魅丽文化 花火工作室

一句春

成仙 著

江苏凤凰文艺出版社
JIANGSU PHOENIX LITERATURE AND ART PUBLISHING

图书在版编目（CIP）数据

一勺春 / 成仙著 . — 南京：江苏凤凰文艺出版社，2023.10

ISBN 978-7-5594-8007-1

Ⅰ . ①一… Ⅱ . ①成… Ⅲ . ①长篇小说 - 中国 - 当代 Ⅳ . ① I247.5

中国国家版本馆 CIP 数据核字 (2023) 第 185400 号

一勺春

成仙 著

责任编辑 张 倩
出版统筹 曾英姿
特约编辑 江佩仪
装帧设计 安柒然
内页设计 刘芳英
出版发行 江苏凤凰文艺出版社
南京市中央路 165 号，邮编：210009
网 址 http://www.jswenyi.com
印 刷 湖南天闻新华印务有限公司
开 本 880mm × 1230mm 1/32
印 张 9.5
字 数 255 千字
版 次 2023 年 10 月第 1 版
印 次 2023 年 10 月第 1 次印刷
书 号 ISBN 978-7-5594-8007-1
定 价 46.80 元

目录

第一章

身为京城第一酒楼，这里每日都座无虚席，人满为患。楼上的雅间专供那些达官贵人，这里的八大菜系也的确让人流连忘返。

就在一个“竹”字雅间门前，穿着青绿缎裳的丫头抬手拨开珠帘，拿着一串糖葫芦急急忙忙走进去：“小姐，王阿婆今日没出来摆摊，奴婢只好买了东巷那家的。”

不同于外面的熙熙攘攘，静谧的雅间里弥漫着一抹淡淡的茶香。紫木圆桌上摆满了酒楼远近闻名的招牌菜，一名身着荷色烟纱散花裙的女子正用手半撑着脑袋。她一双清澈明亮的眼睛正望着窗外，柳眉微蹙，清丽脱俗的小脸上似带着一抹忧郁。

“我听说吴玉和周喜彤那两个小人就在我们隔壁，要不我让小路去听听她们说了些什么？”同桌的一个蓝裙女子忽然试探道。

柳吟余光一瞥，随手接过细云买来的糖葫芦，嫣红的小嘴一张就咬了一颗糖葫芦到嘴里。许是太酸，整张莹白的小脸都皱到了一起。

“还是王阿婆家的好吃。”柳吟随手把那串糖葫芦递给细云。

“这两个人也忒不识好歹了，上次居然帮着沈瑶来反驳二小姐，总有一天定要让她们吃点教训才行！”蓝裙女子继续一脸愤慨地骂着。

柳吟睨了她一眼，又忧郁地望着窗外，为什么别人家的跟班脑袋都那么灵光呢？

“吟妹妹，不用担心。那沈瑶不过是会卖弄几下酸腐而已，矫揉造作，又怎比得上二小姐与殿下青梅竹马？”林璇言之凿凿地说道。

话落，一旁的紫衣丫鬟忍不住低下头掩住嘴角的嘲笑。这京中谁不知道太子殿下极其厌恶柳家嫡女，是这柳二小姐仗着姑母是皇后，死皮赖脸地缠着太子殿下。若不是碍于柳家位高权重，怕是早就沦为京中贵女圈的笑柄了。

柳吟捏着一块桂花糕轻轻一咬，像是没有听到她的话，余光瞥了瞥那紫衣丫鬟，忽然起身拍了拍手上的碎屑：“坐着腰疼，我先出去转转。”

见此，一旁的林璇立即担忧地说：“可太子殿下很快就要到了。”

她们好不容易才打听到太子殿下今日会来这聚福楼。

柳吟戴上帷帽，一本正经地看了林璇一眼：“我就在四周随意瞧瞧，说不定能先遇到太子哥哥呢？”

不等林璇有所反应，柳吟便掀开帘子出了雅间，一旁的细云赶紧跟上。

等人一走，紫衣丫鬟立刻上前给自家小姐沏茶，言语间难掩嘲讽：“这柳二小姐真是一点自知之明也没有，除了家世，她有哪点配得上太子殿下？奴婢瞧着还是那沈瑶胜算更大些。”

沈瑶是京中第一才女，可比这粗鲁不堪且大字不识的柳二姑娘要强太多。

这时的林璇哪还有刚刚那般殷勤，面上满是轻蔑和算计：“你懂什么？柳尚书位高权重，皇后娘娘也是柳家人。爹爹说了，这太子妃之位必定属于这蠢货。即使那沈瑶才貌再出众，终究出身不够，顶天也就是一个侧妃。我们只要跟紧这蠢货，日后总有捞不尽的好处。”

闻言，丫鬟恍然大悟：“还是小姐高明。”

街道上喧闹繁华，戴着帷帽的女子流连于各家小贩摊前。她纤细的身姿惹来不少男子窥探，都想一睹帷帽下的真容。

“小姐，您就不该与这林三小姐交好。奴婢觉得她就是在拿您当枪使，不安好心。”

说着，细云皱眉上前一步：“女子就该矜持，可她每次都唆使您纠缠殿下，也不知安了什么心。”

柳吟把玩着一串铃铛，听着那清脆的响声，心情不错地丢给身后的人，后者接住后连忙扔下铜板再追上去。

“你这话说得偏颇，爹爹与姑母都让我与太子哥哥多走动走动。”柳吟迈步走在前面。

细云一噎，看着前面的人，最终还是闭上了嘴。

柳吟扫过一众琳琅满目的小玩意，驻足在一个糖人摊前。她拿起一个小糖人，帷帽下的嘴角微微上扬，捏糖人的老人也一脸和蔼地望着她。

柳吟微微垂眸，觉得自己就像这糖人一样，变成何样，从来都不是她能控制的。

“小姐，我们还是快回去吧，要是错过了殿下如何是好？”细云上前悄声道。

刚刚还说矜持，现在比自己还着急。柳吟咬着糖人慢悠悠地往回走，就算遇上了又怎样？反正那个太子也不会多看自己一眼。有什么了不起的？也就长得好看，那不近人情的性子只有京中那些无知女子才会倾慕。

柳吟回到酒楼，没看到其他人，倒是在二楼的走道上看到林璇和两个女子在争执。许是看到她回来了，林璇立刻跑过来告状。

“吟妹妹，你可算回来了。这两个人简直欺人太甚，我听到她们在说你的坏话，想去辩驳几句，她们居然敢动手！”

林璇显然气炸了，她平时跟着柳吟何时受过这等委屈。外人看到她与柳吟交好都会礼让三分，如今这两个小蹄子居然还敢对自己动手！

“明明是你在外面偷听，被吴姐姐发现后还骂我们。我们不过与你辩驳了几句，你就推了吴姐姐一把。木儿也是护主心切才不小心撞到你，你怎能颠倒是非黑白呢？”

说话的是礼部侍郎之女周喜彤，看到柳吟时有了几分惧意。对方无法无天、有仇必报的性子众人皆知，碍于其家世，外人纵然受了委屈也无人敢出声。

楼下大堂的人纷纷侧目，向楼上投来目光，低声议论不止。

“你……你们胡说！分明是她故意推的我！”林璇气得脸红脖子粗，这还是她第一次受到如此屈辱。

见此，对面的人都畏惧地退后一步。那个吴玉也是一脸委屈：“木儿也是无心之失，而且林姐姐在门外偷听，这岂是君子所为？”

林璇顿时一噎，楼下看热闹的人也越来越多。

“再说……彤儿说的一丘之貉并未指林姐姐与柳姐姐，林姐姐就这么不分青红皂白地给我们扣帽子着实冤枉。”吴玉说着好似要哭了一般。

林璇气得火冒三丈，只能把目光投向柳吟：“吟妹妹，你可千万不能被这两个小人骗了。我分明听到她们骂你蠢笨无脑，还说太子殿下哪怕娶一头猪也不会娶你，我可是听得一清二楚！”

闻言，柳吟慢慢摘下了帷帽。这个不用林璇说，所有人都觉得她比不上那个第一才女沈瑶。不过那又如何？自己又不用考状元，相反，她更讨厌这种矫揉造作、两面三刀的人。平日私底下编排自己便也算了，今日可是她们自己撞上来的。

“林姐姐，可莫冤枉了我二人，就算借我们几百个胆子，也不敢这样编排柳姐姐。”两个人惶恐地低下头，像是被人欺负了一般。

柳吟咬着糖人，一步一步走近两人，忽然眯起眼捏起吴玉的下巴：“真是一张漂亮脸蛋，要是在上面划上几刀不知会怎样？”

两个人四目相对，吴玉瞬间脸色一变，吓得整个身子都颤抖起来。

这柳吟仗着家世，向来嚣张跋扈，没有什么不敢做的，说划她的脸可能真的会这样做。

“你……你不能这样对吴姐姐……”周喜彤白着脸挡在吴玉身前，一副姐妹情深的样子。

柳吟语气微冷，眉毛一挑：“你说不能就不能？居然敢在背后这样编排本小姐，真是吃了熊心豹子胆！今日不给点教训你们怕是不会长记性！”

“对对对，一定要让她们长记性！”林璇在一旁得意地笑起来。

没想到柳吟居然来真的，两个人颤巍巍的，连忙往后退。

“当然，你们要是给我端茶认错，并且说说你们错在哪里了，我也可以大人不计小人过，放你们一马。”柳吟咬着糖人，一副心胸开阔的模样。

见此，两个人相视一眼，觉得柳吟定没有这个胆子。平时欺压她们也就罢了，可她们好歹也是朝廷命官之女，对方怎敢真的划破她们的脸？

这样一想，两个人都挺直脊背：“没有做过的事我们万万不能认！”

没错，柳吟确实不会真的划别人的脸，她不过是想吓唬吓唬这俩人。如今见对方居然在赌自己有没有这个胆子，一时间也起了逗弄她们的心思。

只见柳吟大手一挥，声音清脆：“给我抓住她们！”

细云显然早就习惯了这种场景，有武功底子的她立刻抓住吴玉的胳膊，狠狠地将人摁在墙上，楼下大堂的人都站起身抻长脖子往楼上看。

林璇立刻递过来一根簪子，深刻贯彻跟班的精髓。

“吴姐姐！”周喜彤急得眼眶都红了。

柳吟接过簪子，笑眯眯地上前，看着对方眼中的恐惧，心里一阵舒爽。阴谋诡计什么的多累啊，她就喜欢直来直去。

柳吟刚靠近吴玉，就觉得周围突然一阵寂静，其他人脸色均一变。那个周喜彤忽然对着她身后颤巍巍地福身，与林璇齐声道：“臣女见过太子殿下。”

众人都恭恭敬敬地屈身行礼，细云也立刻松开吴玉，老老实实地待在一旁。没想到太子殿下竟会在这时出现，这下怕是对小姐的印象更不好了。

听到声音，柳吟的身子一僵，目光落在自己手中的簪子上。出师不利呀！

不管了，有什么好怕的，反正对方都已经很讨厌自己了，她死猪不怕开水烫，也没想着真能当什么太子妃。

柳吟深吸一口气，假装若无其事地收回簪子，转过身一脸欣喜地提着裙摆迎上去：“太子哥哥！”

柳吟那娇憨的语气哪有刚刚张扬跋扈的模样，吴玉揉着发酸的胳膊，心中满是不甘，回去后定要告诉沈姐姐替她讨回公道。

大堂离二楼隔着不远的距离，加上酒楼喧闹，大堂里的人见看不到什么热闹，也就纷纷收回了视线。

走道上正站着一行人，神色各异。为首的是一名身着墨色锦袍的男子，剑眉星目，冷峻的面容上不带任何情绪。不等柳吟靠近，他身边的侍从立刻挡在了前面。

柳吟脚步一顿，瞪了一眼那个侍从，又笑靥如花地看向那个墨袍男子，声音清脆：“没想到在这儿也能遇到太子哥哥，我们可真有缘分。”

柳吟的目光触及男子棱角分明的侧颜，微微眨眼。秦砚也就长得好看一些，她才不是那么肤浅的人！

闻言，旁边的夏邑差点憋不住笑，用头发丝都能想到这柳二姑娘是专门等在这里的。

“柳二姑娘，这是……”夏邑意有所指地扫了一眼对面的吴玉。

“我就是和吴妹妹开个玩笑，当不得真。”柳吟一张小脸上满是认真，罪证早就被她藏进袖子里了。

周喜彤忍不住上前一步，泫然欲泣道：“柳姐姐要划花吴姐姐的脸，还请殿下替臣女做主。”

见周喜彤还敢告状，柳吟也委屈地眨眨眼：“我胆子那么小，哪敢做这种事？”

太子身后的人都忍不住别过头低笑一声，要是这柳二姑娘胆子小，世上就没有胆子大的人了。

“你——”周喜彤气得眼眶更红了。

柳吟依旧嘟着嘴一副委屈巴巴的模样，太子秦砚却直接从她面前走过，面上没有任何波澜。

吴玉和周喜彤都是手心一紧，是啊，太子殿下是何等人，又怎会理会她们的闲事？

“太子哥哥……太子哥哥……”柳吟充分发挥黏人的精髓，锲而不舍地跟上。趁侍从不备，她突然拉住太子的袖摆。

果不其然，秦砚忽然脚步一顿。柳吟看着自己的动作，立刻又把手收回来，却骤然对上一双深不见底的黑眸。

柳吟一袭散花裙，身形窈窕，那双清澈明亮的眼中满是狡黠。秦砚淡淡地瞥了她一眼，回过头径直朝前走去。

侍从心中有些讶异，今日殿下倒是肯正眼看这柳二姑娘了。

直到人走远了，柳吟才回过神来，依旧锲而不舍地大喊：“太子哥哥！”

喊了几句，她突然淡定自如地转过身，冲林璇招招手：“回府。”

演了这么多年，都轻车熟路了，反正对方从来就没给过她一个眼神。

“回……回府？”林璇有些不甘地瞪了吴玉和周喜彤一眼，“那她们怎么办？”

柳吟径直走在前面，声音清淡：“今日本姑娘大发慈悲，放她们一马。”

林璇只能一脸讽刺地瞧了两个人一眼：“哼，今日姑且放你们一马！”

说罢，她立刻跟上柳吟的脚步。

吴玉和周喜彤手心一紧，眼中带着嫉恨。要是没有显赫的家世，这柳吟又算个什么东西？！

柳吟上了马车，等回到府里，听下人说她娘找她，于是又往听荷院走去。

刚一进院子，她就看到外面摆着几个箱子，几个下人正有条不紊地摆弄着。看到她回来，下人们立刻躬身行礼："奴婢给二小姐请安。"

柳吟摆摆手，径直入了房间。软榻上坐着一个风韵犹存的美妇人，似在煮茶，举止优雅若行云流水般让人赏心悦目，这才是大家闺秀。不过柳吟知道这和自己挨不上什么边。

"娘，听说您找我？"柳吟提着裙摆大大咧咧地坐上软榻，端过一杯清茶，又好奇地看向屋外，"外面的箱子是怎么回事？"

偌大的房间里弥漫着一抹淡淡的茶香，美妇人旁边一个绿衣丫鬟忽然笑道："这是大少爷特意从边关让人送回来的东西，知道小姐喜欢那些稀奇古怪的玩意，可是搜罗了好大一箱。"

柳吟不由得眼前一亮，她就知道大哥没有忘了自己。

瞧着柳吟那傻傻的模样，张氏伸手指点了一下她的脑门："你哥哥写来的书信，有一半都提及你，我与你爹倒是只有一两句问候。"

柳吟捂着脑门，抿唇一笑，眉眼弯弯："娘亲和爹爹有我不就够了吗？"

一旁的绿衣丫鬟不禁掩嘴一笑，这二小姐在外面不饶人，可对老爷夫人却是嘴甜，哪有半点凶悍的模样。

张氏也忍不住笑着睨了柳吟一眼，一边给她倒茶，一边漫不经心地问："你今日可见到太子殿下了？"

一说到这儿，屋里的氛围都不一样了。柳吟撇撇嘴，闷闷不乐地拿手撑着下巴："见是见到了，不过太子哥哥就是不愿理我。"

她会继续黏着那个太子，反正也不会少块肉。等对方娶了别人，她也就自由了。

见女儿不开心，张氏意味不明地轻笑一声："别着急，娘有个好消息告诉你。”

柳吟抿了一口茶，一脸好奇地看着张氏。为什么她突然有种不好的预感？

“我今日进宫见了皇后娘娘，商议了一番，决定让你做六公主的伴读，日后就可每日进出皇宫，遇见太子的机会肯定更多。”张氏说罢，似乎已看到了女儿欣喜若狂的模样。

柳吟：“……”

所以要让她天天热脸贴人家的冷屁股？

柳吟深吸一口气，故作欣喜地勾起嘴角：“太好了！”

说罢，不知想到什么，柳吟又愁眉苦脸地叹了一口气：“唉，可是太子哥哥都不理我，要是以后他娶了别的女子可怎么办？”

柳吟一直注意着她娘的反应，后者听完眼神顿时变得严厉：“不可能。”

张氏拉住女儿的手，凑过来，神色严谨：“有你姑母帮忙，皇上也有这个意思，只是差个时机赐婚罢了。你放心，娘一定会让你成为太子妃的！”

不光是为了女儿，还有柳家。柳家看起来风光不已，实际却如履薄冰。皇上早有猜忌，加上一些小人从中挑拨，若是不及时抓住太子，往后的日子可想而知。只有让女儿成为太子妃，甚至是未来的皇后，柳家才能继续繁盛下去。

柳吟表面信心满满，内心却愁得不行。就算太子真的娶了她，那以后肯定也会是个不受人待见的。而且以她的家世，有哪个当权者容得下外戚独大？

盛极必衰，现在她们家应该收敛锋芒，而不是让她去做太子妃。万一对方卸磨杀驴怎么办？

从听荷院出来，柳吟什么心情都没有了。她让人把她哥送来的东西搬进院子，挑拣了一些有趣的收在房里，又继续愁眉苦脸地吃番瓜。

六公主比柳吟小两岁，曾经的伴读是那个礼部侍郎的嫡女。为了让她走后门，皇后果断找了个借口把对方给换了。她的心情十分复杂，因为沈瑶也在书院里给五公主做伴读，这也就意味着她们每天都要针锋相对。

上任元后早逝，太子便养在皇后膝下教养。从她出生的那一刻起就注定要进宫，很多东西都不是她能控制的。虽然她拥有令人羡慕的家世，但对于很多东西她从来没有选择。

去伴读的第一天阳光明媚，柳吟挑了一条樱红的长裙。正红只有皇后能穿，其他红也不是随便一个人能穿的。不过柳吟不同，身为皇后最疼爱的侄女，除了正红她什么都不用忌讳。

柳吟坐着马车来到宫门口，之后只能走路前往书院。这又是皇宫的规矩。

看着那延绵不绝的宫殿，她渺小得像一粒尘沙。都说一入宫门深似海，就算她真成了太子妃，也会被东宫那群女人活活撕了。

柳吟经过正午门时，看到了一个熟悉的身影。她本不打算理会，可实在避无可避，只能扬起笑脸迎上去。

“夏邑哥哥！”

夏邑老远就听到一道娇俏的呼喊声，正打算去议政厅的他忽然脚步一顿，一回头就看到一个骄阳似火的女子朝着这边跑来。他瞬间脸色一变，怎么又碰上这位姑奶奶了？

见人要走，柳吟连忙跑过去拦在他身前，不满地瞪他：“你走什么？莫不是不想看到我？”

宫道上路过一些宫人，皆垂着脑袋不敢四处张望。在这宫里，知道得多了反而会要人命。

“哪里哪里，我这不是有急事吗？”夏邑摇了两下折扇，笑得云淡风轻。

柳吟也不拆穿他，忽然左顾右盼，好奇地凑过去：“太子哥哥在哪儿？”

夏邑：“……”

就知道这姑奶奶是为了这个。今日居然还追到了皇宫，可真够执着的。

夏邑轻咳一声，一本正经地回答："殿下正在与皇上议事，柳二姑娘有何要事？"

对方说得脸不红心不跳，柳吟知道他会搪塞自己，不过她本就只是做做样子，以表达她对太子的热衷。

闻言，柳吟一脸失落地"哦"了一声。不知想到什么，她忽然从细云手中拿过一盒糕点："太子哥哥每日操劳政事必定很辛苦，这可是我亲手做的，能不能麻烦你帮我给他？"

细云不由得眼神一变，这不是刚刚经过东巷时，小姐让她在聚德坊买的吗？

没想到这位姑奶奶还会做糕点，夏邑对柳吟的印象倒是改观不少。犹豫了片刻，他终究接了过来："你放心，我会帮你送到的。"

柳吟见夏邑居然还真的接了过去，顿时有些心疼自己的糕点。这可是她让细云排了好久的队才买来的。

柳吟虽然十分不舍，可面上还是格外欣喜，点点头，笑得清甜："那就麻烦你了。"

夏邑细看，眼前的女子生得极好，肌肤胜雪，眉眼如画，往日只觉得对方张扬跋扈，如今倒是多了几分娇俏之意。

夏邑莫名觉得就算太子殿下娶了对方也没什么，这种心思浅的女子也好拿捏。这样想着，夏邑客气地笑了："举手之劳，不必在意。"

柳吟欣喜地冲他摆摆手，一转身脸瞬间垮了下来。真是可惜了她的云露糕，排了好久的队呢。

她们走远了，细云才忍不住轻声道："小姐，要是被殿下发现那不是您做的可怎么办？"

太子殿下本就不喜她家小姐，若再被发现欺瞒，必定会更加疏远，这可如何是好？

柳吟瞥了细云一眼，不以为意地撇撇嘴：“你觉得太子哥哥会吃我的东西？”

先不说储君所食之物都要经过层层把控，就以秦砚对自己的态度，要是对方真的肯吃，除非母猪能上树。

细云愣了愣，瞬间了然地点点头，一时间觉得小姐真聪明。这样一来，心意表达到了，还不会被发现，当真是一举两得。

刚下早朝，议政厅里坐了不少官员，大多是吏部的官员。只因三年一次的科举要到了，这次不知是谁上奏，说朝中官员买卖风气甚重，寒门子弟无法出头。故而这次选拔由太子殿下亲自主持，一些有小心思的倒也谨慎起来。

夏邑拿着一盒糕点，进殿后扫视了一番，目光最终落在殿前案桌旁的玄袍男子上。他迈步上前，躬身作揖：“殿下。”

议政厅的氛围并不怎么好，仔细点还能看出几个官员神情闪躲，令人生疑。

秦砚微微抬头，忽然拿起桌上的一卷竹简递给夏邑。夏邑双手接过，打开细细研读了一番。

“措辞不错，略带洒脱豪迈之意。只是，微臣若没看错，其中许多观念都借鉴了一些文人墨客的论说，此等文章竟也能进会试？”

夏邑皱眉扫了一眼下面的官员，却无人回应他的视线。可见此次科举还是有不少人耍小聪明，当真是胆大包天。

秦砚目光幽幽地扫向底下一群心思各异的官员：“今日戌时前，将各州县所有入会选的文章交给本宫。”

底下一群人连忙称是，跟着又叫苦不迭。他们就知道太子殿下不好糊弄。

夏邑轻叹一声，不知朝中这种糜烂的风气何时才能改善。

“何事？”秦砚瞥了夏邑一眼。

夏邑连忙躬身道：“殿下上次让下官寻的人已经有了眉目。不过此人隐居已久，而且对朝廷也一直心怀不满，让其入朝为官怕是并不乐观。”

朝中党派倾轧风气弥漫，让不少清高有才之士都生了厌意，宁愿做个闲云野鹤，也不愿再入朝为官。可偏偏太子殿下是个爱才之人，就是不知能否劝动对方。

“等寻到具体位置了再告诉本宫。”秦砚的声音冷淡。

夏邑点点头，目光忽然落在手中的那盒糕点上，随即将东西放在案桌上：“之前在宫里遇到了柳二姑娘，这是她托下官给您带的糕点，说是亲手所做。没想到那等鲁莽的丫头竟也会下厨，可见为了殿下也是煞费苦心。”

正在批阅公文的人忽然不咸不淡地瞥他一眼，他立刻轻咳一声，连忙解释道：“不过女子贵在矜持，此举未免不雅。”

说罢，夏邑便行礼退下去。他已经尽力了，实在是殿下着实不喜欢那柳吟，他也算仁至义尽了。

一盒糕点摆在堆满公文的案桌上略显突兀，旁边的蓝袍太监轻车熟路地拿开。殿下一向不爱吃这些甜腻之物，哪怕是皇后娘娘送来的也未曾动过。可为了让皇后娘娘安心，都由他处理了。

蓝袍太监打开盒子，瞧了一眼，忽然拿出其中一块糕点，讶异地出声：“这不是聚德斋的油纸吗？”

他只是嘀咕了一句，秦砚却顿了顿，继而继续看公文。

好在晨间的太阳不大，等柳吟到书院时，太傅还没有来，屋里已经坐满了年幼的皇子公主们。他们自然见过柳吟，只是没想到对方会来这里，一时间有些惊讶。

穿着粉嫩宫裙的六公主立刻迎上来：“柳姐姐。”

哪怕这里全是皇子公主，柳吟也没有丝毫拘束。这后宫都是皇后说了算，就算是皇子公主无事也不敢招惹自己。

“还以为来迟了，本想给你带聚德斋的糕点，只可惜出了点意外。”

柳吟一脸惋惜地坐在自己的位子上。

六公主立刻笑吟吟地摇摇头："不打紧，午时母后特意让人做了表姐最爱的千水糕，让我特意叫表姐一同过去用膳呢。"

六公主自然也知道母后让表姐给自己做伴读是何意，当然是要借机给表姐和皇兄制造机会了。

其他人一见这柳二姑娘居然是给六公主做伴读，虽然面上不显，心里却极其不屑。谁不知这柳家嫡女一字不识，为人粗鲁又不知羞耻，就会日日追着太子殿下跑。让她来做伴读，怕还不如三岁孩童聪慧。

柳吟不在意其他人如何看自己，她向来不喜那些文绉绉的"之乎者也"，一看书就头疼。可这时怎么也得做做样子，六公主也极耐心地教她提腕习字。

一时间，倒像六公主是柳吟的伴读。其他人都憋着笑，面上又当什么也没有发生。沈太傅也极有耐心地教她如何提笔，全然没有把柳吟曾经欺负自己女儿的事放在心上。

柳吟虽然不喜沈瑶，却很喜欢沈太傅，这才是品行端正有大家风范的儒士。

等下了课，柳吟拿着她写的字准备毁尸灭迹，倒是六公主一直耐心地安慰她："表姐，不必着急，你已经很厉害了，我开始连几个字都要记半天呢。"

知道对方是在安慰自己，柳吟笑笑没有言语。她果然没有习字的天赋。

中午日头大，回到长春宫时两个人都热得不行。一入内殿便带着丝丝凉意，映入柳吟眼帘的是一座华贵不凡的大殿。宫人低着头，有条不紊地做自己的事，气氛格外压抑。

柳吟一边拿着丝帕擦额前的细汗，一边和六公主往里走。只见里面那张偌大的软榻上端坐一位身着暗红色鸾袍的妇人，鬓上并未有太多珠饰，可依旧难掩端庄威仪，这就是她的皇后姑姑了。

柳吟的目光落在殿内一名男子身上，他身着一袭玄袍，身形颀长玉立，玉束金冠，哪怕只是站在那里，也给人一种难以靠近的淡漠矜贵。柳吟愣了一下，不知道该说自己运气好还是不好。

“皇兄，你也在呀。”

看到来人，六公主立刻笑着迎上去。不知想到什么，她又看了一眼后面的柳吟：“今日表姐与我一同去了书院，她可聪明了，一下就识了好多字，就连沈太傅也夸她呢。”

柳吟：“……”

她的好表妹，能别夸了吗？！

皇后倒是来了兴致，立刻冲侄女招招手：“还愣着做什么？还不快过来见过你表哥。”

这可是她特意传话叫来的，这丫头怎么还愣着了？以前可是早就迎上来了。

柳吟手里握着那卷欲毁尸灭迹的宣纸，上前几步，含羞带怯地瞧了对方一眼：“见过太子哥哥。”

秦砚扫了柳吟一眼便移开了视线，对着皇后恭声道：“时候不早了，儿臣陪母后用膳如何？”

见秦砚一句话也不肯与侄女说，皇后暗自叹息。太子到底不是她亲生，有些话她也不好说得太明显，免得反让母子生疏了。

一念至此，皇后睨了一眼旁边的宫女：“传膳。”

对方不理自己，柳吟却不能不理对方，只要对方越来越厌恶她，她就有机会不进宫了。

柳吟深吸一口气，立刻眉眼带笑地凑到秦砚身边，声音甜甜地说道：“太子哥哥，我可是专门为了你入学的，我可努力了。”

柳吟说话间，许是手没握紧，一张宣纸忽然落下，还好巧不巧地落在了秦砚脚边。

秦砚眼睛微垂，宣纸上的字歪歪扭扭，如同一个刚入学的孩童所写。整个内殿的气氛瞬间尴尬起来，柳吟红着脸赶紧蹲下身把纸捡起来。

“这……这只是一个意外，凡事都不能一蹴而就，总得有个进步的过程对不对？”柳吟把东西藏在身后。

六公主欲言又止地别过头，不敢去看自家皇兄。

皇后轻咳一声，夸奖了一句：“吟儿已经很不错了，能有这份心终究是好的。”

柳吟破罐子破摔，满脸正经之色：“太傅说过，不怕人愚笨，就怕没有进取之心。太子哥哥，我说得对不对？”

那张俏丽的小脸上依旧带着一抹娇蛮，念了一日书口齿都伶俐了不少。恰好这时宫人已经布好膳，秦砚一言不发，侧过身去虚扶皇后。

柳吟却见缝插针地跟在他身边，眨着大眼锲而不舍地问：“难道我说得不对吗？”

秦砚并未回头，须臾，眼帘微抬：“嗯。”

虽然只有一个字，可还是让皇后心头一动。以往这孩子从来不理会柳吟，甚至连一个正眼都不给。如今他肯说话了，也就代表凡事有转机。皇后总算看到了希望，早知如此，她早该让柳吟过来给女儿做伴读才对。

柳吟没什么反应，人家摆明了就是觉得她烦，又看到皇后在这里，所以才敷衍她。

刚好用午膳，柳吟把她写的字交给细云，然后随着皇后一同入席。虽然食不言寝不语，不过这里不曾有外人，也就没有那般拘谨，皇后还一个劲地给她使眼色。

柳吟正在咬狮子头，虽然这么多年她时常往宫里跑，但看见太子的概率屈指可数。只因最近有朝臣提出选太子妃一事，皇后才会着急地将她招进宫做伴读。

面对皇后的眼色，柳吟只得拿起公筷，任重而道远地夹起一块鱼肉往秦砚碗里放。鱼肉还未落下，一双银筷突然挡在她的筷子前，就如同两根铁棍，她使了半天力都压不下去。

“太子哥哥……你不喜欢吃鱼吗？”柳吟一脸委屈地看着秦砚。

“嗯。”秦砚收回筷子，神情冷淡。

柳吟："……"

她知道秦砚不是不喜欢吃鱼，只是不喜欢吃她夹的鱼。

柳吟只好把鱼夹回自己碗里，给了皇后一个无奈的眼神，好像在说：看吧，人家还是不理。不过这样也好，反正她也不想嫁给秦砚，他越讨厌她就越合她的心意。

殿内的气氛有些怪，皇后虽然面上不显，心里却忧愁不已。她与皇上提过太子的亲事，皇上却说要让太子自己选妃，不会过多干扰。以太子对柳吟的态度来看，这可不是什么好事。

柳吟是个粗鲁的性子，不知道什么是细嚼慢咽。御膳又挺好吃，她还啃了一个鸡腿，也不怕给秦砚留下不好的印象，毕竟再坏也坏不到哪里去。

等用完午膳，秦砚就以有政事要处理提出告退。不出意料，皇后立刻让柳吟与他一同出去，也算是同路。

出了长春宫，外面骄阳似火。柳吟不紧不慢地跟在秦砚身后，一时间也想不出该找什么话题，其实她自始至终也没和对方说过几句话。

柳吟想了想，突然上前几步，期待地问："太子哥哥，我让夏邑给你带的糕点你吃了吗？那可是我亲手做的，一大早就起来了呢！"

秦砚后面那个蓝袍太监的眼神一变，偷偷扫了一眼这个柳二姑娘。那糕点不是聚德斋做的吗？

秦砚忽然一瞥，目光扫过那张娇俏可人的小脸，并未言语。

见秦砚居然看着自己，柳吟有些受宠若惊的同时还有些心慌，难道这件事被戳穿了？

柳吟告诉自己不要慌，试探性地凑过脑袋，声音清脆："好……好吃吗？"

秦砚对上那双清澈见底的眸子，里面哪有半点爱慕执着的样子。他目光一闪，薄唇微启："你觉得呢？"

四目相对，柳吟像是受了惊吓，莹白的小脸瞬间紧绷。天哪，秦砚居然和她说话了！

细云更是难以置信，太子殿下终于看到小姐的心了！她回去一定要把这个好消息告诉老爷和夫人！

难道秦砚开始屈服于她的家世，决定和她逢场作戏了？

这可不是什么好事。柳吟不想嫁过去被人冷落，深呼吸一下，故作欢喜地勾起嘴角，一脸羞涩地望着秦砚，扭扭捏捏地说：“太子哥哥觉得如何？”

小太监跟在后面忍不住叹息一声，殿下看都没看一眼，怎会知道味道如何？

秦砚径直走在前面，神情波澜不惊：“尚可。”

小太监脸色微变，他分明记得殿下一块都没动，全被自己吃了，难道是他记岔了？

柳吟的心情顿时复杂起来，望着前面那个背影清冷的男子，撇了撇嘴。他是在敷衍自己，还是真的吃了？

柳吟一时间有些琢磨不透，不过就算他知道那糕点不是她做的又怎样，这样正好，可以让他更加讨厌她。

“太子哥哥若喜欢，以后我天天给你做怎么样？”柳吟一副满心欢喜的样子。

秦砚依旧一言不发，他的沉默通常都代表着拒绝。

柳吟锲而不舍地念叨着，秦砚再也没有回她一个字。直到到了分岔路口，她才假装十分不舍地带着细云往宫门口走去。

一回府，张氏就立刻让人传她过去汇报情况。她只说人见到了，可对方依旧不肯理她。

细云在一旁欲言又止，聪明如张氏，自然察觉到了不对劲。

“细云，你说。”

细云立刻低下头不敢说。柳吟瞪着细云，怕细云添油加醋。而且她说得也没错，秦砚本就没有理会她。

“说！”张氏加重了语气。

见此情形，细云立刻跪倒在地，支支吾吾起来："太……太子殿下……与小姐说了两句话，其他……依旧与往常一般。"

张氏眉头一舒展，瞧了一眼自家女儿："这是好事，有什么好瞒的。日后你与殿下相处的时间多了，他定会对你有所改观。"

柳吟手撑着脑袋，懒懒地叉起一块番瓜放进嘴里。还改观，这辈子都不可能了。

柳吟回到自己房间，让下人加了些冰块在屋里，又腾出一间书房。好歹也做了伴读，怎么着也得做做样子。

这写字真不是一般的难，每一笔都要把握得极好。

柳吟练了半天才勉强写好几个字，胳膊都酸了。她突然很佩服那些书法大家，一个字也能写得那么飘逸，不知道练了多久。

柳吟白天就在书院识字，下午就回来练字。之后几天她再也没有遇到过秦砚，倒也乐得自在，傻子才喜欢热脸贴冷屁股。

第五天，柳吟终于遇到那位染了风寒的京城第一才女，沈瑶。

这天柳吟去得晚了些，一进大殿就感觉气氛有些怪。六公主坐在那里一个劲地给她使眼色，她拿着刚买的杏仁酥回到自己的位子上，余光却落在左下方不远处坐着的那个女子身上。

她身着一袭羽蓝色曳地望仙裙，发饰简洁淡雅，面容秀丽端庄，虽不是极美，可身上那一抹高洁的气韵让人心生只可远观不可近看之感。柳吟瞧了一眼就收回视线，很好，和那个八竿子打不出一个字的太子简直是天生一对。

真想祝他们百年好合，不过这份心思只能被她压在心里。

"柳二姑娘，听闻前几日玉儿与彤儿惹您生气了？"

沈瑶的声音温婉悦耳，令人心生好感，听上去也是来道歉的。柳吟却懒洋洋地咬着杏仁酥，头也不回，像是早就猜到她会为那两个人"讨公道"。

"这种小事我都忘了，原来她们俩还记着呢？"柳吟的语气懒洋洋的。

沈太傅还没来，殿内其他人也都眼观鼻鼻观心的，当什么也没看见，只觉得今日又有一场好戏看了。

柳吟这话的意思是在指责那两个人斤斤计较，一点小事还要大肆宣扬，小家子气。可落在沈瑶耳中又是另一番意思，于是她不由自主地仔细打量了一番面前这个身形窈窕的女子。

柳吟一袭朱色撒花软烟罗裙娉婷动人，精致俏丽的五官上带着一抹不以为意，好似真的没有放在心上。若是以往，她早就寻过来大吵大闹了。

沈瑶顿时知道这柳二姑娘不像表面那般蠢笨无脑。

“一场误会，柳二姑娘能不放在心上最好，改日我再让她们两个人给您赔罪。”沈瑶面上带着盈盈浅笑。

旁边的五公主忍不住皱皱眉，嘀咕了一句：“本就是她冤枉人，竟还要别人赔罪。”

五公主的声音很小，柳吟却听得一清二楚，当下眉毛一挑。一旁的六公主立刻抓住她的胳膊，冲她摇摇头。

这五公主的生母是丽贵妃，最近颇受父皇宠爱，与她母后也极不合，此刻还是不宜把事情闹大。

但柳吟从小到大肆意惯了，何时受过别人的气，顿时转过头看了一眼五公主，提高音量：“我可从未说过让她们赔罪，是沈妹妹自己说的，你难道听不懂人话吗？”

闻言，五公主脸色十分难看。这柳吟以前就不给她面子，没想到现在还这么跋扈！

“还有，难道沈太傅没有教过公主，背后计较人长短乃下作之为？我一个刚入学五天的人都明白，怎么五公主到现在还不明白？”

柳吟不顾五公主那极其难看的脸色，又咬了一口杏仁酥，好奇地说：“昨日我刚学了一句话——物以类聚，人以群分。五公主年幼，身为伴读，沈妹妹怎么也不教教她一些为人处世之道？”

柳吟清脆张扬的声音传入众人耳中，居然还会暗讽他人。以前的柳吟可是只会大吵大闹地说一些污言秽语，才入学不过几日，连口齿都伶俐了不少。

五公主气得眼眶都红了，她何曾被人这般辱骂过，并且母妃还一直叮嘱她不要惹柳家的人。她堂堂金枝玉叶，如今难道要活生生被人折辱不成？

沈瑶目光清浅地扫过对面的柳吟，忽然淡淡一笑："公主也是一时心直口快，柳姐姐也说公主年幼，又何必与她计较呢？"

柳吟瞥了一眼沈瑶，抿了一口带来的果饮，语气悠悠地说道："我说公主年幼不过是一个比喻，再过一年也该及笄了，身为伴读理应及时劝导公主，莫让公主学了些不好的风气。这么简单的道理，怎么沈妹妹也不明白？"

一旁的六公主满脸异色，就这么呆呆地望着柳吟。她没想到这才入学几日，表姐就变得这么会说话，不像以前只会撒泼胡闹。

沈瑶不由得秀眉微动，正欲说些什么，旁边的五公主却忍不住站起身，一脸怒意地瞪着柳吟："沈姐姐再如何，也不知比你好多少倍！"

柳吟擦了擦手上杏仁酥的碎屑，头也不抬地说："纵然大不敬，臣女也得在这里规劝一回。公主，您是金枝玉叶，一举一动都代表着皇家颜面，怎可如同那市井泼妇一般大喊大叫。您看看其他比您年幼的公主殿下，都比您懂事。"

其他一些年幼的公主瞬间坐直身子，一副端庄大方的模样。她们的生母不如丽贵妃势大，自然得时刻小心行事。

五公主扫了一眼其他正襟危坐的人，气得眼睛都红了。由于丽贵妃的娇生惯养，她的性子急，哪有其他人会隐忍，旁边的沈瑶冲她微微摇头。

沈太傅进来时，只看到殿内一众小孩间气氛格外怪异。五公主趴在桌上红了眼，那柳二姑娘倒是优哉游哉地坐在那里吃糕点。

"表姐……"

六公主立刻扯了扯柳吟的衣袖，把声音压低："太傅来了。"

柳吟虽然不喜沈瑶，但还是很尊敬这位沈太傅的，立刻把她的零食打包好递给旁边的细云，然后拿出笔墨纸砚，一副好学生的模样。

沈太傅好似没有察觉这群小孩之间的矛盾，来到殿前，放下戒尺，扫视一圈：“昨日老夫让你们准备的文章如何了？”

底下齐声应道：“请太傅过目。”

这可就为难柳吟了，她本就不识几个字，更别提写什么文章了。从小爹爹和娘亲也从未刻意拘着她做什么才女，这几日一看到那些“之乎者也”就头疼。

“嗯，都放在桌上。”

所有人都把宣纸摆在桌上，太傅一个一个地收了来，准备一一点评。

这次文章的主题是“文与武”，沈太傅先看了十皇子的，一个才十二岁就故作老成的小孩。沈太傅看完后，突然拂了拂胡须，让人看不出喜怒。

“文能治国，武能定国，两者缺一不可。不过此番老夫让你们阐述的是文与武其一，十皇子有些偏离文章的本意。”

沈太傅微微摇头，翻到下一个。十皇子微微低下头，沉默寡言的他让人看不清心中所想。

下一个是九皇子，他本就是跳脱的性子，沈太傅看完后，顿时把他的鬼画符文章拍在一旁，眉头一皱：“明日给老夫抄写五遍赋语。”

沈太傅生起气来还是很吓人的，九皇子撇撇嘴，继续吊儿郎当地坐在那里玩他让太监捉来的蚂蚱。

轮到六公主时，沈太傅舒了舒眉：“不错，不过论不达意，缺了点东西。”

得到了沈太傅的批评，六公主整个人都有些恹恹的，开始反思自己哪里写得不对。

轮到沈瑶时，沈太傅丝毫没有徇私：“天下通常都是掌控在智者手中没错，但你言论中对武的概述太片面，带有轻蔑之意，此乃文者大忌。”

沈瑶手一紧，慢慢低下头，一副虚心受教的模样。

五公主坐在那儿有些得意，似乎就想看柳吟出糗，丝毫不认为她能写出什么。

的确，看到柳吟那篇字时，沈太傅也是眉头一皱。他教书育人这么多年，朝中不少肱股之臣都是他的得意门生，这字却是他见过最难以言喻的。

不过比起开始那一日，这柳二姑娘的确进步不少，他也就顺势看了下去。

所有人都在等着看沈太傅如何批评柳吟，不多时，只见沈太傅笑眯眯地拂了一下胡须："不错，不错，纵然只是纸上谈兵，可你能有此等想法也不容易。"

没想到沈太傅居然夸奖了柳吟，要知道沈太傅可从来都不会这样夸奖一个人，更何况还是柳吟。五公主气得几番欲言又止。

"文与武相辅相成，缺一不可。不过纵观历朝历代，真的智者不会露出锋芒，谁知文者不会武，武者又不会文呢？可其主导还是文，武者通过武力获得天下，文者则通过征服武者掌控天下。由此可见，文大于武。"

沈太傅拂着胡须，颇为满意地看向第一排的柳吟："你有此见解，的确不错。"

"什么见解？与沈姐姐的不是一样吗？"五公主终于忍不住出声。

见还有人有质疑，沈太傅立刻板下脸："老夫看的不是你们的选择，而是观点。瑶儿字里行间都透着贬低武者之意，这正是文人的酸腐，与他人无二。"

柳吟钦佩地看着沈太傅，什么叫大公无私，什么叫大家风范，谁说太傅都是古板的老头，这绝对是偏见。

被自己父亲当众批评，沈瑶眼眶都红了，手中的丝帕被她握得极紧。

"沈姐姐本来就没有说错，那些蛮人除了会打架还有何用？"五公主不服气地冷哼了一声。

这话柳吟不乐意了，立刻回头瞥了她一眼："五公主，此话可就寒人心了。没有武者，谁苦守边关，谁保家卫国？你吗？还是你的沈姐姐？"

"你——"五公主气得眼眶一红。

"还有，试问古往今来那些名家大师，谁曾贬低过武者无用？文人武者缺一不可，就好比我们的皇上和历朝历代的太宗，谁手下不需武者定国？你这么说，将满朝武将置于何地？！"

柳吟掷地有声的话语让殿内所有人都愣住了，大家看柳吟的眼神里多了一抹别样的意味，他们从未想过这个蠢笨无脑的柳吟居然能说出这种话。

六公主更是惊呆了，这……这真是她表姐？

"说得好！"沈太傅毫不吝啬地附和，他这个女儿什么都好，就是太在乎表面功夫，殊不知这些才是最无用的东西。

"都是太傅教得好。"柳吟笑着拍了个马屁。

五公主气得一脸铁青，就这么死死地瞪着柳吟。旁边的沈瑶一直低着头，似乎在反省。

等上完课，柳吟不出意外地收获了许多好奇的视线。见此，她挥挥手让细云把带来的糕点分给其他人吃。

都是些人精，见这柳二小姐比以前好说话了，不管是为了与她搞好关系还是什么原因，一个个热络地收了她的东西，顺带还聊了起来。

"这杏仁酥的味道比御膳房的还好，一定是聚德斋做的。"九皇子在吃的方面还是有见地的。

"你们喜欢，日后我经常给你们带。"柳吟不以为意地笑了笑。

那些年幼的公主也凑了过来，问起柳吟的胭脂水粉在哪里买的。女子家总是有说不完的话题。

五公主不屑地望着这一幕，不过念了几日书，就在这里摆谱，谁知道那文章是不是她写的。

最后柳吟被沈太傅叫走，两个人像是忘年之交，笑呵呵地聊了起来。

走在整齐划一的宫砖上，沈太傅拂着胡须看向柳吟，苍老的面孔上带着和蔼：“你刚入学，有些事不用着急，只要有进取之心就好。若是不嫌弃，老夫明日拿些字帖让你临摹，这样对你会有不少帮助。”

柳吟没想到对方是来帮她练字的，忙不迭地点头：“谢谢太傅！”

柳吟本就未用心，如今竟不知该如何拒绝对方的良苦用心。

看着眼前这个笑靥如花的小姑娘，沈太傅也是呵呵一笑，只觉得传言终究是有误。这柳家的小姑娘虽然为人霸道、强势了些，倒也是个通事理且虚心好学的，他就喜欢这样的学生。

“太傅。”

不远处忽然传来一道熟悉的声音，柳吟闻声望去，就见不远处的小道上走出来一群人。个个锦衣华服，气度不凡，说话的好像是夏邑，为首的正是秦砚。

柳吟的心情有些复杂，不想碰上的却偏偏碰上，自己这运气可真“好”。

看到来人，沈太傅立刻躬身上前，屈身作揖：“微臣见过太子殿下，见过三皇子。”

柳吟深吸一口气，眉眼一弯，立刻提着裙摆小跑过去，甜腻腻地喊：“太子哥哥！”

柳吟的脚步轻盈，一袭罗裙在烈日下骄阳似火，竟比路旁的娇花还耀眼。秦砚身后那些世家子弟纷纷低下头，眼角的余光不由自主地投向前面的人，心想今日殿下也是倒霉，被这柳家嫡女黏上怕是甩不掉了。

走近后，柳吟也不理会其他人异样的眼神，依旧笑容满面地看向秦砚：“太子哥哥，我们可真有缘分，皇宫这么大居然都让我们碰上了，一定是上天注定。”

好几个世家子弟差点笑出声，第一次看到这么大胆的女子，竟没有一点女子的矜持。

秦砚神情未变，像是没有看到柳吟一般，而是对着沈太傅微微颔首。

旁边的夏邑眼中弥漫着一缕疑惑，实在难把柳吟和沈太傅这种人联系到一块儿，忍不住看向太傅："您这是……"

沈太傅低着头回道："柳二姑娘是六公主的伴读，微臣正想着给她几本字帖临摹。她虽然入学晚，但只要有进取之心，何时都不迟。"

"她给六公主做伴读？"饶是夏邑，也不禁面露诧异。

柳吟忍不住瞪了对方一眼："我可聪明了，你莫要瞧不起人！"

其他人都低头憋住笑，谁不知这柳家嫡女大字不识，还鲁莽泼辣，如何给六公主做伴读？

沈太傅却颇为严肃地说："柳姑娘聪慧过人，凡事一点就透，而且还有自己的见解。"

沈太傅说着，似乎为了维护柳吟，还翻她写的文章，找了半天才将那张字迹潦草的宣纸递过去。

一看那鬼画符般的字迹，那些世家子弟差点笑出来，三岁孩童都比她写得好。

沈太傅甚少这样夸人，夏邑正欲伸手接过那张纸，却先一步被人取走了。

三皇子颇有兴致地扫了一眼这篇文章，虽然语句略有不对，但好在准确地表达出要阐述的意思，而且言论精准，倒不像一个女子所作。三皇子不敢相信这竟是那个大字不识的柳二姑娘所作。

"不错，虽然措辞不太流利，却很有意思。你这丫头竟也有开窍的一日？"

柳吟得意地扬起下巴："那是当然，我可聪明了！"

三皇子都夸赞了柳二姑娘，后面的世家子弟对那篇文章也好奇起来。就连夏邑看了之后也很诧异，怎么也没想到这竟是那个泼辣鲁莽的柳吟写出来的。

秦砚扫了一眼一脸得意的柳吟，忽然把视线落在沈太傅身上，声音清淡："许久未与太傅一叙，改日定寻您小酌一杯。"

"殿下抬爱。"沈太傅立刻垂下头。

见秦砚要走，柳吟顺势拉住他墨色的袖摆，眨着大眼道：“太子哥哥……你为何不夸夸我？”

她葱白的细指在烈日下泛着莹光，秦砚神色不变，挣开她的手，径直迈步离去，其他人立刻跟上。

只有那个绿袍小太监一脸异样地瞥了柳吟一眼，以往殿下可从不会让这柳二姑娘碰到。

看到人就这样走了，柳吟依旧一副依依不舍的样子跟在后面喊：“太子哥哥！”

她喊了几句，三皇子停下脚步，敲了一下她的脑门：“你如此有进取之心，你大哥必定高兴坏了。”

“别动手动脚的，男女授受不亲！”柳吟不由自主地瞪了他一眼。

如今倒是知道男女授受不亲了，三皇子乐了，目光落在秦砚身上，特意拔高音量：“某些人整天太子哥哥长、太子哥哥短的，可真偏心。”

柳吟一把捂住他的嘴，红着脸，恶狠狠地瞪着他：“你再说一句，我以后就日日缠着你！”

许是真怕这泼辣的小丫头缠着自己，三皇子立刻闭上嘴，一脸意味不明的笑，负手快步跟上去。

看到他们都走了，柳吟也松了一口气，还好秦砚一如既往地讨厌自己。

柳吟想起旁边还有个沈太傅，对方正以一种异样的眼神看着自己。想起自己刚刚的野蛮行为，她突然有点不好意思。

“那个……学生就先走一步了，太傅慢行。”柳吟一本正经地拱手作揖，立刻带着细云往宫门口走去。

沈太傅微微摇头，笑而不语，继续踱步前行。

回到府中，柳吟先洗了个澡去去暑气，然后又喝了一碗冰镇酸梅汤，舒服地靠在贵妃椅上看着她的话本。其实很多字她都看不懂，全靠猜。

不就是识字吗？她只是不爱学，若是她用功起来，必定不输沈瑶。

“小姐，奴婢觉得太子殿下对您有所不同了。”

细云一边给柳吟摇着团扇，一边笑吟吟地说：“奴婢觉得太子殿下定是看到了您的诚心，不然上次也不会与您说话。”

柳吟：“……”

就说了一句话，至于记到现在吗？

“你以后少往娘亲那里告状就好了，小奸细。”柳吟瞥了细云一眼。

细云立刻就急了，扑通一声跪倒在地：“奴婢以为这种好事可以告诉夫人，小姐不喜，奴婢以后再也不告诉夫人了。”

看着细云那急切慌乱的模样，柳吟摆摆手：“不过与你开个玩笑，我若真生气还会与你在这儿说话？不过以后不管我身边发生了什么事，你都不许告诉娘亲，不然我定会罚你。”

细云连忙点头：“奴婢明白。”

“起来吧，我们去爹爹那里寻两本书。”

柳吟放下那本写得弯弯绕绕的话本，决定去她爹那儿找几本好看的书来。这些话本都是讲一些儿女情长的，酸腐极了。

柳吟摇着团扇穿过九曲长廊，来到书房门前。院里的侍卫没有拦她，她慢慢地推开门，屋里有两个人正在说话。国字脸的中年男子看到她，无奈地摇摇头，挥挥手让门客退下去。

“二小姐。”长着羊胡子的门客对着柳吟微微颔首。

柳吟瞥他一眼，合上门笑着走过去：“爹，您这儿有什么书吗？就是那种地理杂录，或者奇闻异录之类的，要不然史册也行。”

柳国正提起狼毫写着什么，声音粗犷：“早让你学识字，你不听，如今为了你的太子哥哥倒是想了起来。你这脑子还能看懂史册？还是去看看《女则》《女诫》吧。”

偌大的书房里寂静无声，左侧有一排很大的书架，上面摆着琳琅满目的书卷。柳吟撇撇嘴，一边走过去寻找，一边嘀咕：“就知道看不起人。”

柳国正把信纸折起来放入一个信封，无奈地看着女儿：“多学些东西是好事，可你也莫太为难自己，无论如何爹爹都会让你成为太子妃的。”

柳吟没有说话，只是继续找书。嫁过去一辈子困死在深宫中吗？如果真是这样，她宁愿忤逆爹爹和娘亲，也不做那劳什子太子妃。

“爹爹已经联合许多朝臣向皇上谏言选太子妃，我们柳家的根基在这里，太子怎会不权衡利弊？过些日子爹爹再加一把火，顺便让你姑母在皇上面前多提几句，然后将你们的婚事在太后的寿宴上定下来。”柳国正眯着眼认真地说道。

闻言，柳吟的眼神微变，手紧了紧，一时间没有说话，只是心情有些沉重。

柳吟虽不懂朝中之事，却也知道没有哪个储君愿意被人这样逼迫，而且她看太子也不愿意轻易让人摆布。柳家势大，这么一个外戚没有哪个帝王会不忌惮。就算自己真嫁过去了，迟早有一日对方也会把柳家打压下去，甚至是铲除。

盛极必衰，他们现在应该低调行事，收敛锋芒，最好把一些实权让出去，这样才能明哲保身地继续发展下去，而不是迎风而上继续谋求高位。

柳家看似风光无限，可不管退一步还是进一步，都将面临许多危险。

“怎么，你不开心？”

注意到柳吟的异样，柳国正皱眉。若是以前，女儿早就高兴得离地三尺了。

柳吟回过神，放下手里的书，脸上一副欲言又止的表情，走过去：“我……我怕太子哥哥会不理我。”

看着柳吟怅然若失的模样，柳国正无奈一笑，抬手拉过柳吟纤细的胳膊，一张国字脸上满是慈爱：“太子若真娶了你，就代表他接受了我们柳家的投诚。哪怕只是做做表面功夫，他也不会不理你，等日子一长，总会有些感情的。”

说到这儿，不知想起什么，柳国正面上忽然弥漫起一抹凝重：“让你嫁给太子也是为了我们柳家着想，虽然表面上爹爹在朝中话语权较大，实际上皇上早有忌惮。再加上小人从中挑拨，爹爹也是如履薄冰，唯一的机会就是让你嫁给太子。只要你当了皇后，哪怕被削权，也是值得的。”

柳国正本来也不想与女儿说这些，可是她也长大了，是时候让她明白柳府如今的处境。她嫁给太子本就是计划之中的事，只是以她这种心性，日后进了东宫又如何镇得住其他姬妾？

面对柳国正的语重心长，柳吟就算有再多的想法也只能烂在肚子里。她认真地点点头：“女儿一定会努力让太子哥哥喜欢上我的。”

柳国正笑着摸摸柳吟的脑袋，起身去书架上把她要的书拿出来。她表面欢喜地接过来，内心却十分沉重。

出了书房，柳吟心不在焉地回到自己房间，一时间有些迷茫。爹娘已经铁了心要把她嫁给太子，这对她来说可不是什么好事。

一个不受宠的太子妃能起什么作用？并且她也不认为秦砚会娶自己。皇上已经对柳家有了猜忌，太子再娶她只会惹来一身骚。而且他要娶早就娶了，也不会等到现在。

“小姐，您怎么了？”

见柳吟一回来就闷闷不乐，细云有些担忧。

柳吟坐在书桌前，翻开带回来的书，摆摆手：“你下去吧，我看一会儿书。”

纵然有不解，细云还是转身退出房间，并且小心地合上房门。

屋里放了冰块驱暑，所以并没有那么热。柳吟一时间也看不进去书，思来想去还是觉得自己想得太长远了。就算做个不受宠的太子妃也没什么，还不用伺候那些臭男人，谁愿意伺候谁伺候去。

这样一想，柳吟的心情顿时舒畅了不少。不过这是下下之策，她得找个合适的时间劝劝她爹，秦砚妃之位真没什么好的。

柳吟看了一会儿书，虽然她还是有些字不认识，却也大概能猜到里面的意思。她下定决心一定要好好念书，不然以后胸无点墨走到哪里都不方便。

第二天，柳吟又在聚德斋买了几盒糕点，决定带给其他人吃。能搞好关系就搞好关系，哪怕只是表面功夫，也比多一个敌人好。

排队耽误了些工夫，柳吟本以为会迟到。等她匆匆忙忙赶到书院时，里面只坐了几个人在温书，并不见沈太傅。

“怎么今日人这么少，太傅呢？”柳吟好奇地走过去，难道其他人都迟到了？

看到柳吟，六公主认真地回答：“太傅今日有事，刚刚让人过来传话，说让我们自己温书。”

殿内并不见五公主和沈瑶，可能是不想与自己同处一室。柳吟来到自己的位子坐下，发现殿内只剩下平时刻苦钻研的好学生，像九皇子那些调皮的学生早就不知溜到哪里去了。

六公主忽然神秘兮兮地凑过来，压低声音：“不如我陪表姐去找皇兄吧？”

在六公主心里，皇兄日后总归是要娶表姐的。

柳吟不由自主地瞥了她一眼，摊开自己带来的书，语气恹恹的：“我又不知道太子哥哥在哪儿，如何去找他？”

天天贴人家冷屁股也挺累的，她今日想休息一下。

“我刚刚听母后说，太子哥哥今日休沐，定在东宫里，我们过去一定能找到他。”六公主十分笃定。

柳吟：“……”

为何除了她，所有人都比她急呢？

“难道表姐不想见太子哥哥？”六公主突然一脸好奇的模样。

看着眼前的书，柳吟吐出一口浊气，慢慢道：“我是怕太傅知道我们偷偷溜出去，不过他今日怕是不会过来了。”

柳吟合上书，一副迫不及待的样子，六公主也笑着跟上去。她就说表姐怎么可能不想看到皇兄嘛。

为了不让对方娶她，她要继续保持下去。

东宫外守着几个禁军，待看到两个人靠近时，门口的侍卫轻车熟路地将长剑一伸，顿时将人拦住。

“还请柳姑娘留步。”

见几个人都只拦自己，柳吟心里说不出是什么滋味。不过看到太子这么讨厌她，她也就放心了。

“大胆，表姐是本公主带来的人，你们居然敢如此不敬？！”

六公主沉下脸，自幼在皇宫长大的公主，又是皇后所出，自然积累了不少气势。那几个禁军一脸为难地低下头：“还请公主恕罪，这是殿下的吩咐，属下也只是听命行事。”

六公主皱着眉要呵斥他们，柳吟立刻拉了拉她的胳膊，微微摇头。

虽然心有不甘，但六公主也只能随着柳吟一同往回走，黑溜溜的眼珠子不时地转动，也不知在想什么。

柳吟并不惊讶，对东宫的侍卫来说，哪怕是放刺客进去，也不能放她进去，这是血的教训。

“我想到了！”

六公主突然拉着柳吟往东宫的另一边走去，柳吟一头雾水地被她拉着跑。比起其他人，柳吟觉得自己已经够矜持了。

其间遇到不少巡逻的禁军，由于是六公主，没有人会多加注意。她们一路小心翼翼地来到后门，六公主让身边的宫女前去敲门，接着从里面走出来一个面相精明的老嬷嬷。她看到来人，吓得立刻跪倒在地。

“老奴见过公主殿下。”

“行了，行了，只要你替本公主保守秘密，别让他人知道我们从这里进去即可。”

六公主一瞥，后面的宫女立刻走上前递过一个荷包。老嬷嬷有些不敢接，一副苦哈哈的模样：“这……”

“怕什么，若是皇兄责怪你，本公主自会让母后将你调至长春宫。”

六公主冷冷地说罢，又殷勤地看向柳吟，似乎在说：看吧，都说能进去。

柳吟扫了一眼这个后门，不知道这里会不会出现巡逻的禁军，只能凑过去低声道："我若就这样进去，也必定会被赶出来，太子哥哥也不会见我，还是回去吧？"

六公主立刻不开心了："表姐，你什么时候变得这么畏首畏尾了？我们偷偷溜进去以后，皇兄总不可能赶我走，这样你们就可以单独在一起了。难道你不想见皇兄吗？"

那个老嬷嬷忍不住多看了一眼这个模样出众的姑娘，没想到她就是传说中的柳家嫡女。听说她为人粗鲁泼辣，可怎么瞧着倒挺标志水灵的呢？

"这样吧，不如你换上红儿的衣服，这样进去后我就说你是我的宫女，便不会有人赶你了。等见到太子哥哥后，你就与我一同留下。只要我不离开，太子哥哥必定也不好赶你。"

见六公主说得很有道理的模样，柳吟无可奈何，最终还是点点头："好吧。"

说服了柳吟后，六公主瞪了一眼那个欲言又止的老嬷嬷，然后又让其寻一间无人的房间，给柳吟换上宫女的衣服，连发饰都改了，可谓准备得十足充分。

看到柳吟换了衣服，六公主忍不住夸了一句："表姐可真好看，皇兄不懂欣赏那是他不解风情。"

柳吟轻咳一声，默默低下头跟在六公主身后。细云等人都被留在了外面，毕竟人多不好行事，现在做个花痴还真不容易。

东宫很大，不时有巡逻的侍卫路过。问了一个宫女后，得知太子正在清宁殿，六公主又带着柳吟轻车熟路地往清宁殿去。

东宫向来守卫森严，柳吟从未进来过，一路上她都低着头。在清宁殿外，她们遇到了经常跟在太子身边的小太监。

"小禄子，皇兄可在里面？"六公主淡定自若地问道。

小禄子躬身回道："殿下吩咐不让任何人打扰，公主若是有事奴才可代为通传。”

话落，六公主又眼珠子一转，瞥了一眼旁边的柳吟：“也没什么，只是想给皇兄送些吃食。既然如此，那便让红儿送进去吧，本公主就先走了。”

柳吟低着头，端着她从聚德斋买来的糕点快步在一众侍卫面前走进去。小禄子奇怪地扫了她一眼，一看那身形就不是红儿。

“这……”

“小禄子！”六公主似笑非笑地打量他一眼，“你要知道，这是母后的意思，惹恼了母后，你可是知道后果的。”

被人这样威胁，小禄子只能一脸为难地低下头，可这样殿下也不会放过他呀。

清宁殿很大，柳吟根本没来过，也不知该往哪儿走。好在她遇到一个宫女问了一声，说自己是公主派来给殿下送糕点的，对方才客气地给她指了一条路。

既然都进来了，怎么着也得走个过场。

来到太子所在的院子外，外面依旧守着几个侍卫。柳吟低着头，脚步不紧不慢地走过去。不出意料，她被人一声喝住。

“殿下说过不需要人伺候！”

浓眉大眼的侍卫看上去凶巴巴的，柳吟依旧低着头，故作镇定地说道：“奴婢是六公主派来给殿下送糕点的，放下就走。”

几个侍卫迟疑了一下，柳吟立刻低着头溜进去。只见偌大的庭院中栽了一棵梧桐树，秦砚正坐在石桌前看书，棱角分明的侧颜带着一抹拒人于千里之外的冷漠。

听着熟悉的脚步声，秦砚眼帘一掀，只见院中不知何时多出一个宫女打扮的女子，手里端着几个盒子，那葱白纤细的五指根本不像一个长年做粗活的宫女。随着人越走越近，他收回视线，继续看着手中的书。

倒是外面的侍卫满心疑惑，忍不住多看了一眼宫女。待看到那双不属于宫女的绣鞋时，当下脸色大变，抽出长剑就冲了过去。

“殿下，小心刺客！”

柳吟刚把盒子放在桌上，还在想着要说什么话，乍一听那声怒喝，吓得浑身紧绷，立刻左顾右盼。这东宫怎么这么不安全，光天化日之下居然有刺客！

利剑朝柳吟的后脖颈袭来，秦砚一瞥，举起书瞬间抵在柳吟的颈侧，一缕青丝随风慢慢飘落。

柳吟愣在那儿，后脖颈还冒着丝丝凉气，连动都不敢动。

剑尖刚好抵在书上，若再前进一点，她掉的可就不止头发了。

“殿下！”

侍卫立刻收回长剑，将柳吟包围起来，一脸严肃地审视她：“此女子形迹可疑，很有可能是刺客。”

柳吟：“……”

原来那个刺客说的是自己？

看着瞪大眼久久不能回神的柳吟，秦砚微启薄唇：“下去。”

几个侍卫面面相觑，转身退了下去。

“本宫说的是你。”

柳吟愣了一下，骤然对上一双深不见底的黑眸，一时间抬手捂住自己脖子，心有余悸地嘟嘴：“为什么是我？”

说着，柳吟又可怜兮兮地眨着眼道：“我刚刚差点都没命了，太子哥哥也不知道关心一下人家。”

秦砚没有理会柳吟，拿着书往屋里走。柳吟立刻跟上去，还未扯住他的衣袖，就被他避开了触碰。她咬咬牙，跟无赖一样坐在地上抱住他的腿。

秦砚低下头，只见那张莹白的小脸上满是执着，颇有种无所顾忌的模样。他眉头微蹙，可那双手依旧紧紧抱着他不放。

柳吟红着脸，仰起小脑袋，委屈巴巴地眨着眼：“我可是专门来找太子哥哥的。”

自己如此不知羞，秦砚肯定会更加讨厌自己。果不其然，一本书突然挑开她的手，对方恍若未闻般径直往屋里走，声音十分淡漠：“来人。”

从外面冲进来几个侍卫，柳吟的眼珠子一转，突然跟上去，声情并茂地喊：“太子哥哥，你就让我留下吧。只要你今日让我留下，我保证未来一个月都不来烦你了！”

见那些侍卫大步靠近，柳吟连忙举起三指发誓：“我要是说话不算话，就让我天打雷劈！”

秦砚余光一瞥，没再言语，那些侍卫等待着殿下的下一步吩咐。

柳吟立刻笑着跟进内殿。她当然不是为了留下，只是想给自己找一个借口而已。这样她就能名正言顺地休息一个月，不用再天天缠着秦砚，还不会惹人怀疑，简直是一举两得。每日缠着对方她也不好受。

偌大的内殿寂静无声，弥漫着一抹淡淡的沉香，静心醒神，舒缓身心。内殿的摆设并不奢华，甚至可以说有些沉闷。墙上挂着许多文人墨客梦寐以求的名画，要不是最近跟着沈太傅长了眼，柳吟还真看不出这些画和普通的画有什么区别。不过东宫里的肯定都是好东西。

柳吟的视线被左侧那排书架吸引了，余光一扫，见秦砚正坐在案桌前写着什么。她忍不住上前几步，在琳琅满目的书架上打量起来。

她爹的藏书基本是些枯燥无味的名人诗词和一些吏部的册子，这里的书涉猎要广泛许多，从天文地理到奇闻异录，各行各列让人眼花缭乱。

柳吟突然被一本羊皮封面的书吸引了目光，她踮起脚费力地把书拿下来，书名是三个字，机什么术，中间一个字她没见过。等她翻开书一看，里面全是一些错综复杂的机关术，一眼看去居然还看不懂。

原来是本机关术，柳吟知道以自己的学识一定看不懂，便将书放回原位，拿过一本奇闻异录。

殿内异常安静，柳吟不像平时总是叽叽喳喳的。秦砚眼帘一掀，只见她站在书架那边翻看着一些书，突然想起太傅说她已经做了六公主的伴读。

找到了自己想看的书，柳吟心满意足地转过身，却见秦砚正看着自己。她顿时有些心虚，想把书放回原位。

“那个……太子哥哥，你能把这本书借我看几日吗？”柳吟伸手指了指那本书。

柳吟穿着一袭简单的蓝色宫裙，精致的小脸上带着娇憨，一双杏眼里带着虚伪的爱慕。秦砚没有说话，目光暗了暗。

“你识字？”

秦砚的声音平淡，却让柳吟的脸一垮。他这是什么意思，歧视吗？

“我当然识字了，太子哥哥这是看不起我吗？！”柳吟瞪大眼，没想到秦砚会歧视她。

秦砚回过头，神色淡淡：“拿去。”

比起柳国正，他这个女儿倒是不像柳家人。

柳吟撇撇嘴，也不和他计较，反正所有人都觉得她愚笨不堪。

拿了书，柳吟还客气地道谢：“虽然以前我的确有些不学无术，但我以后一定会刻苦钻研。我知道太子哥哥觉得我烦，不过我说话算话，未来一个月定不会再烦你。”

虽然柳吟表面委屈巴巴，内心其实欢喜极了，未来一个月她总算不用日日缠着秦砚了。

秦砚忽然微启薄唇：“字识得如何？”

柳吟：“……”

柳吟没想到秦砚会主动跟自己说话，她觉得他一定是想借此嘲讽自己。

“多谢殿下记挂，太傅都说臣女一日千里，不信我给太子哥哥作一首诗——”

“来人。”

不等柳吟话落，就从外面进来两个面容严肃的嬷嬷，二话不说就架起她的胳膊把她抬出去，丝毫不顾及她的身份。

“太子哥哥——”

柳吟的叫喊声逐渐远去，秦砚眼帘微掀，指腹轻轻摩挲着折子。

第二章

柳吟依旧是从后门出来，细云在东宫外等着柳吟。只是她看着自家小姐狼狈的模样不禁有些好奇，也不敢问小姐有没有见到太子殿下。

这是柳吟第一次被人这样对待，但这里是东宫，她还真不敢放肆。

见小姐一路都气闷的模样，细云终于忍不住问出声：“小姐，您刚刚见到太子殿下了吗？”

柳吟忍不住轻哼一声，慢悠悠地走在宫道上：“见是见到了，可是我答应了太子哥哥，之后的一个月都不再烦他。”

“啊？”细云顿时讶异，“那……那小姐岂不是要一个月见不到殿下了？”

小姐那么喜欢太子殿下，让她一个月看不到人，肯定会急死的。

柳吟突然从怀中拿出一本书，眉毛一挑：“这是太子哥哥给的，以后我想他的时候看书就好了。”

闻言，细云顿时眼前一亮，没想到太子殿下居然还给了小姐东西，这是不是说明殿下对小姐已经有很大的改观了？

御花园的另一条小道上突然走出一行人，其中一道清雅的身影有些眼熟。柳吟瞟了一眼，真是冤家路窄，当下就准备往回走。

不过五公主眼尖，顿时出声唤道："这不是柳姐姐吗？"

其他人纷纷望去，可入目是一个宫女，哪里是柳吟。

可随着宫女转过身，待看到她的面容时，一个个眼中全是讶异，真的是柳吟。

"柳姐姐，怎么穿着宫女的衣裳还偷偷摸摸的，这要是被当成刺客抓起来可如何是好？"

说话的是长公主之女明月郡主庄明月，长公主是皇上的亲姐，所以庄明月也颇受宠爱，向来目中无人，与柳吟也是十足的冤家。

"我瞧着她就是想偷偷摸摸接近皇兄罢了。一个女子竟一点也不知廉耻，那日居然还教训我，也不看看自己是何等模样。"受了柳吟多日气的五公主也不禁轻哼一声。

旁边的沈瑶淡淡地瞥了柳吟一眼："公主慎言，议人长短岂是读书人所为。"

没有理会这群人的一唱一和，柳吟穿着宫女服不紧不慢地走过去，对着一脸不满的五公主沉声道："五公主可真是冰清玉洁、超凡脱俗，我到如今才明白，原来那些清高的读书人喜欢骂人不知廉耻。明日我得去问问太傅，这究竟是何种说法。"

五公主脸色顿时有些不好看，其他人则用异样的眼光看着柳吟，没想到一段日子不见，她的口齿居然变得如此伶俐。

"不过是念了几日书，就在这里装模作样，真是让人贻笑大方。"庄明月嗤笑一声，清秀的面容上满是不屑。

御花园里不时有路过的宫人，皆低着头快步路过，只当什么也没有看到。

柳吟嘴角微勾，看着庄明月，淡淡地说道："原来在郡主眼中，读书人都是在装模作样？"

背后说她管不着，可当面如此，她绝不会咽下这口气。

庄明月顿时眼神一冷："本郡主何时这样说过？"

"可我听着就是这个意思，难道不是吗？"

柳吟冷笑一声，俏丽的小脸上满是嘲讽，知道柿子还得挑软的捏，当下看着五公主正色道："今日公主给我个说法也就罢了，如若不然，我免不得叫上姑母去寻贵妃娘娘问个清楚，为何公主要如此辱骂臣女，这究竟是何道理？"

本就是逞一时口舌之快，五公主何曾想过把事情闹大，一时间也有些急了："我……我……你……"

庄明月上前一步，眼一眯："柳吟，你好大的胆子，居然让公主给你赔礼道歉？你眼中到底还有没有礼仪尊卑？！"

刹那间，其他人也跟着低声议论起来，纷纷说柳吟不知好歹，居然让公主殿下向她赔礼，还真以为柳家可以一手遮天了不成。

"郡主莫不是耳聋了？我何曾说过让公主给我赔礼道歉？"

柳吟的声音清淡，目光幽幽地望着庄明月："我只是让公主给我个说法，为何要如此辱骂臣女？"

说着，柳吟负手上前对上庄明月的双眸："皇上赏罚分明，亦不会随意苛责臣子，怎么到了郡主这里就可以折辱人？还是在郡主眼中，我们这些人就是天生下贱，理应被公主欺辱苛待？"

对上柳吟那双咄咄逼人的眸子，庄明月眉头一皱，牙根咬得紧紧的。

"本郡主何时这样说过？你莫要胡说八道！"她冷哼一声，面上满是不悦。

柳吟眉毛一挑，随手拨弄了一下自己的珠饰，幽幽地说道："那郡主就是欺我柳家无人，理应被尔等这般欺凌？"

"我——"庄明月的脸色十分难看，揪着手帕瞪着柳吟。

柳吟虽身着一袭简单的蓝色宫装，但身形纤细窈窕，面容精致俏丽，不知为何，她们总觉得柳吟不像表面那般愚笨无脑。

细云从来不担心自己家小姐会吃亏，毕竟这可是从来没有发生过的事。

气氛有些诡异，沈瑶忽然出声："不过是一些误会，柳姐姐何故牵扯如此之大？公主也只是心直口快，柳姐姐心胸开阔，必定不会计较那么多。"

看着清雅淡然的沈瑶，柳吟的声音微沉："不好意思，我心胸一向狭隘。"

沈瑶的眼神微变，显然没想到柳吟会不按常理出牌。其他人均闭嘴不言，免得惹祸上身。

"柳吟，你莫要得寸进尺！"庄明月终于怒了。

瞧着庄明月一脸怒意，柳吟无辜地耸耸肩，面上满是委屈："郡主，这也太欺人太甚了。分明是你们一群人在这里欺压辱骂臣女，还非说臣女得寸进尺。天下哪有这样的道理？"

"你——"庄明月气得要上前，却被身后的宫女拉住。

柳吟懒懒地扫过一群人，提高音量："看来公主殿下是不打算给臣女一个说法了。也好，我正巧要去姑母那里，那就晚些时候贵妃娘娘那里见了。"

说完这番话，她也不看五公主着急的模样，直接负手离去，方向正是长春宫。

见人走了，五公主急得立刻拉住沈瑶："沈姐姐，我该怎么办呀？若是被母妃知道我与她争执，必定会责怪我的。"

虽然母妃得宠，可这宫里到底还是皇后说了算，柳吟又是皇后最疼爱的侄女……

庄明月忽然冷哼着仰起头，艳丽的五官上带着一抹不屑："我瞧那臭丫头也没那个胆子。你着什么急，一个公主难道还真怕了她不成？"

五公主只能闭上嘴，但面上依旧难掩忧色。

柳吟穿过御花园，还摘了一朵月季把玩，显然心情不错。她哼着小曲来到长春宫，里面的宫女看到她都愣了半天，十分惊讶表小姐怎么穿着一身宫女的衣服。

柳吟打算在这儿吃顿午膳再回家，好歹也得做做样子，吓吓那个五公主。告状还是算了，一点小事真闹大了大家都不好看。

柳吟到内殿时见外面守着不少乾清宫的人，还有她皇帝姑父身边的大太监李元海，她可能来得不是时候。

“柳姑娘，您来得真巧，皇上正在跟娘娘用午膳，奴才这就给您去通报一声。”

李元海看到柳吟，立刻笑眯眯地往里面走。柳吟连忙叫住他：“公公……不用了……”

但李元海并没有停下，还很快就消失在殿门口。柳吟无奈地抬头看了一眼天上的太阳，皇上本就不常来皇后这里，自己还进去打扰，未免有些不懂事。

没过多久，李元海依旧笑眯眯地走出来：“皇上传柳姑娘进去呢。”

柳吟虽然想骂人，可面上还得客客气气地向这个李公公道谢。她无奈地深吸一口气，迈步踏进内殿。

屋里放着冰块，所以并没有外面那么热。四周都是伺候的宫女，只见圆桌上摆满各色山珍海味，一名身着褐金色蟒袍的中年男子正吃着太监布的菜。他长相偏儒雅，可寡淡的神情又平添一分不怒自威，整个内殿的气氛偏肃穆。

“臣女叩见皇上。”柳吟老老实实地行了个礼。

听到声音，皇帝余光微扫，不知看到什么，面上带着一丝兴味：“你这是玩的哪一出？”

皇后也注意到了柳吟那身衣服，当下便眉头一皱。平日里玩闹也就算了，怎么在皇上面前也如此不分轻重，这让她如何开口提太子妃一事？

柳吟低着头，一副扭扭捏捏的模样：“刚刚……与六公主在玩躲猫猫……”

柳吟当然不能把真相说出去，不然颜面何存。

殿内宫女都掩嘴低笑，皇帝更是摇着头轻笑不已。只有皇后叹气指责："多大的人了，还跟个小孩子似的，让你给彤儿做伴读，你这个表姐反而整日带着她胡闹。"

"适当地玩闹有利于舒缓身心，而且我们女子念书是为了陶冶性情，又不是要做状元，姑母怎么还不让人玩了？"柳吟撇着嘴嘟囔了几句。

皇后一噎，旁边的皇帝笑声不止，忍不住多打量了一眼柳吟："几日不见，说起话来倒是一套一套的。"

"那是沈太傅教得好。"柳吟一本正经地说。

皇帝似乎被逗乐了，一段日子不见，只觉得这丫头伶俐了许多，也不知是不是真的是沈太傅教得好。

皇后一脸无奈地摇摇头，见皇帝面上并无不悦，暗自松了一口气："这丫头歪理邪说一大堆，好的没学到，光学人钻牛角尖了。"

皇帝只是招招手，让人加一副碗筷："女子活泼些是好事，太过古板反而无趣。朕瞧吟儿的性子就挺不错的。"

柳吟是真不想留下来吃饭，这个时候她筷子都不好伸，可样子又还得做，只能一副受宠若惊的样子坐在圆桌旁。

皇后意味不明地夹了一筷菜放到皇帝碗里，漫不经心道："也就皇上这样想，就吟儿这性子，日后也不知有没有人家要。"

柳吟低头紧紧握着筷子，慢条斯理地扒着白饭，只当什么也没有听到。

殿内的气氛似乎有些变化，皇帝不紧不慢地喝着汤，垂着眼帘，声音平静："吟儿生得如此标志，又天真烂漫，不知有多少世家子弟倾慕，就你爱多想。"

皇后的手指微动，扫了一眼一直在吃饭的侄女，忍不住又出声道："臣妾是觉得……"

"呀！"

柳吟突然抬起头，好似想起什么，面对两个人投来的视线，顿时一脸委屈："姑父可莫这样说，吟儿可担不起。刚刚明月郡主和五公主还骂臣女不知廉耻呢，臣女不过与她们争执了几句，她们就说臣女以下犯上，不知好歹！”

皇帝粗眉微蹙：“为何？”

皇后也忍住了要说的话，意味深长地看着柳吟。或许，她一直都看轻了这个丫头。

“臣女换了衣裳和六公主在御花园里玩，被明月郡主她们看到了，说臣女偷偷摸摸没有一点大家闺秀的模样，还说我平时就知道缠着太子哥哥，不知廉耻。臣女一时委屈就与她们争执了几句，郡主就说臣女以下犯上，还说臣女不识好歹。臣女一个人如何争得过她们，这不，只能来找姑母了。”柳吟嘟着嘴，一脸委屈。

听来听去原来是来告状的，皇帝轻笑一声，看着皇后打趣道：“这沈太傅着实厉害，把这丫头教得多么伶牙俐齿。”

柳吟扒了一口白饭，眨着一双大眼看着对面的人：“我这叫能言善辩。”

“哈哈！”皇帝忍不住抬手敲了一下柳吟的脑门，“朕瞧着是牙尖嘴利！”

皇后在一旁赔笑：“吟儿就爱胡说八道，皇上莫要放在心上。”

柳吟低着头继续扒饭，她只知道先下手为强，后下手遭殃，此时不上眼药更待何时？

似乎吃够了，皇帝端过一旁的茶盏，轻轻抚着茶盖，面色有些不悦：“明月这丫头向来无法无天，的确得好好管管。至于容儿，朕会让贵妃多加管教。”

说到这里，皇帝神色严谨地看向皇后：“你是中宫之主，容儿也是你的孩子，平日里有什么不对的你直接管教便是，不用顾忌贵妃。”

闻言，皇后的神情舒缓不少，秀丽端庄的面容上带着一抹温和：“皇上说的什么话，女孩子家家拌几句嘴实属常事，容儿也是个乖孩子，相信贵妃妹妹定会仔细教导的。”

皇帝笑了笑，没有说话，拍拍她的手，起身便要离去。柳吟立刻起身行礼相送。

“后宫交给你，朕自是放心。御书房还有事，朕就先走一步，你平日也多注意身子。”

皇帝声音轻柔地说完，便迈步离了内殿。皇后面上一红：“臣妾恭送皇上。”

柳吟瞧了一眼那道离去的背影，后背一片冷汗。果然伴君如伴虎，姑母这皇后做得可真不容易。

等人一走，皇后也从那片刻的温情里回神。她狭长的凤眸扫视一圈，殿内所有宫人都躬身退下。片刻间，整个偌大的内殿只剩下两个人。

“你呀！”

皇后忍不住沉着脸抬手点了一下柳吟的脑袋：“在皇上面前也这样没大没小，你如今的胆子真是越发大了。”

柳吟无辜地捂着脑袋，谁说她不怕，天知道她刚刚吓得连菜都不敢夹，生生扒了半碗白饭呢。

“我……我只是实话实说罢了……”柳吟撇撇嘴。

皇后摇摇头，开始认真地打量起柳吟来。依旧是那张精致俏丽的小脸，五官在一众贵女里都是拔尖的。虽然这丫头的心思藏得好，可她也知晓对方在想什么，只是如今柳家的局势只有与太子联姻这一条路可以走。

察觉到皇后狐疑的视线，柳吟心里咯噔一下，一脸兴奋地从怀里拿出一本书，献宝似的放在皇后面前：“这是我今日从太子哥哥那里拿来的。”

皇后面上出现一抹疑惑，不由自主地屈指敲了一下她的脑袋，沉声道：“还不快说实话。”

她瞧这丫头今日就没做什么好事，还换了一身这样的衣裳。

柳吟得意地笑了笑，小心翼翼地把书收好，一脸羞涩地低下头：“我……我今日跟表妹去了东宫，所以……所以才换了身衣裳，这……这书也是我从太子哥哥那里拿的。不过这是有代价的，我发誓一个月都不再缠着他才换来的呢。”

皇后倒没有责怪柳吟，只是意味深长地眯起眼，华丽的护甲慢慢在桌上划过，殿内一时寂静下来。

虽然太子不是她亲生的，可皇后多多少少也了解这个儿子。自己这么多年明里暗里地撮合，对方都没有妥协，甚至连看柳吟一眼也不愿意。但以她对太子的了解，若是真的厌恶，早在她撮合之际就会拒绝，而不是一声不吭地任由柳吟胡闹。

皇后也在赌对方的心思。

“姑母……”柳吟伸出手在皇后面前晃了晃。

皇后回过神，突然抓住柳吟的手，一脸凝重：“你如今也是个大人了，有些事姑母也不再瞒你。如今柳家的局势并不好，姑母到底不是太子的生母，这层关系并不牢靠，朝中有太多觊觎柳家地位的人。只有你成为太子妃，甚至是未来的皇后，柳家才能继续繁盛下去。可是你刚刚也看到了，皇上一直都模棱两可，让人猜不透，而那陆丞相也有意让女儿成为太子妃，所以你的形势并不乐观。不过这次太后寿宴，姑母与你爹已经做了准备，定会让你成为太子妃的。”

柳吟神色复杂，她知道柳家人不是看不到其中的利弊，而是不愿舍弃现有的荣华富贵。急流勇退不是所有人都能做到，所以他们都抱着侥幸的心理，认为只有她成为太子妃才不会受到打压。

“这样，本宫就以召你进宫陪伴彤儿为由，自明日起你便在宫中住一段日子。太子每日都会来给本宫请安，这样你们见面的机会就更多，关系肯定也会更融洽。”皇后深思熟虑。

“……”

柳吟抿抿嘴唇，不知道该说些什么。她好不容易找了个借口休息一个月，现在又让她进宫！

“可是……我已经答应了太子哥哥，一个月都不再缠着他。”柳吟有些为难。

“傻丫头，你的脸皮何时变得如此薄了？”皇后笑出声。

柳吟低下头没有再说什么，听这意思是让她出尔反尔吗？

进宫的事就这么定了下来，没在长春宫多留，柳吟就出宫了。一路上她唉声叹气，刚找了个借口不用再缠着对方，现在又让她……

柳吟回到府邸，不多时皇后的口谕就下来了。都是自家人，有些事心照不宣，柳国正等人自是没什么意见，巴不得让女儿和太子多多相处。

于是事情就这么定了下来，晚上收拾东西的时候，张氏还一直叮嘱柳吟在宫里要谨慎行事，不要闯祸，遇到事情就去找皇后，说了大半个时辰才离去。

柳吟觉得自己得找个机会早点搬回来才行，住在宫里她浑身不舒服，哪有在宫外自由自在。

次日一大早，她被丫头叫醒洗漱。她必须早些时候进宫，不然就要误了去书院的时辰。

柳吟住的是六公主的撷芳殿，这样也好，不像长春宫那里处处都是皇后的眼线，做什么都不方便。

柳吟一大早带着行李进宫后，六公主早早地就在撷芳殿等着了。她满心欢喜地给柳吟安排了住处，还想要带她参观一下其他地方。不过去书院的时间马上就要到了，于是两个人急急忙忙往书院跑。

“我听说昨日秦容被贵妃罚了，现在还被关在承乾宫静思己过呢。不过我觉得她就是做给父皇看的，若真想向表姐道歉，为何不让人过来表态？她就是不想在母后面前低头，又要做给父皇看，真爱装模作样。”六公主一边走一边愤恨地说道。

柳吟倒是没太大反应，这后宫本就是一潭深水，自己到底只是个臣子之女，贵妃怎么会带着公主向她道歉？就现在这样也还是看在皇帝的面子上。

“快走吧，等会儿迟了太傅又要念叨。昨夜都在收拾东西，我连太傅让温的书都没有看呢。”柳吟抓着六公主的胳膊，提着裙摆小跑。

“表姐，你慢点……”

辰时的御花园还带着丝丝阴凉，娇艳欲滴的花瓣上沾着滴滴晨露，摇摇欲坠。宫人们都低着头快步经过，柳吟跑得有些上气不接下气。

六公主比柳吟还不如，才跑几步脸都白了，柳吟无奈只能停下来慢慢走。可刚走过一条鹅卵石小道，拐弯就撞上一行人。

“皇……皇兄……”

六公主显然还没有喘过气，连说话都有气无力，额前更是布满细汗。

看着两个人脚步匆匆，三皇子不由自主地笑着打趣一声：“瞧你们急的，后面可是有洪水猛兽？”

说完他又别有意味地扫了一眼柳吟，然后将视线落在自家皇兄身上，一时间心中了然，怕是专门过来偶遇的吧？

柳吟不知他心中的想法，不经意地瞧了一眼对面的男子，拉着六公主赶紧走了，一句话也没有说。这下可惊呆了一群人。

“这……柳姑娘今日是怎么回事？”

夏邑一脸讶异地回头看着那两道急匆匆的身影，又抬头看了一眼太子殿下。今日太阳没从西边出来呀，怎么这个柳吟如此反常，居然不黏着太子殿下了？难道是欲擒故纵？

秦砚没有说话，继续走在前面，余光扫过那道离去的身影，眼帘微垂。

这是前往议政厅的方向，三皇子向来胆大，不禁上前几步，看着秦砚犹犹豫豫地说道：“其实……我觉得柳丫头挺不错的，虽然为人鲁莽、泼辣了些，可到底一片赤子之心。皇兄……就是对她有些偏见而已。”

秦砚走在前面，忽然一瞥，薄唇微启：“你倒是上心。”

三皇子莫名有些心虚：“毕竟……自幼看着这丫头长大的，多少了解些。”

秦砚淡淡地看了他一眼，棱角分明的脸上不带任何情绪，声音冷淡：“昨日让你看的批文如何？”

三皇子顿时眼神一变，脚步缓下来，左顾右盼，吞吞吐吐地说：

“这个……”

夏邑低笑一声，摇着折扇但笑不语。三皇子挥起拳头作势要捶死这个幸灾乐祸的家伙，后者立刻一躲，两个人你闪我躲着用眼神交流。

“明日前把事情处理好。”秦砚忽然出声。

三皇子只能强颜欢笑应道：“是！”

这么短的时间，皇兄分明是在刁难他。看来他还是不该给那丫头说情。

柳吟终于在太傅到的前一秒来到书院，两个人喘得上气不接下气。不过因为五公主被关在长乐宫静思己过，沈瑶今日也没有来。

柳吟倒也乐得自在，连上课都认真了不少。沈太傅还给她带了几本字帖临摹，都是比较适合女子的，笔法很简练。一开始她还有些不好意思，决定改天还礼。沈太傅喜欢字画，她记得她爹那里可是有不少宝贝，拿一幅过来应该没问题。

等下了课，柳吟一边收拾东西，一边想着中午吃什么。

六公主憋了一上午，终于忍不住问道：“早上表姐为何不与皇兄打招呼？”

换了以前，表姐肯定会黏着皇兄不放，可今日居然跑得如此快，她都怀疑太阳是不是从西边出来了。

柳吟瞥了六公主一眼：“我答应了太子哥哥一个月不缠着他。”

见六公主又一副欲言又止的样子，柳吟只得凑过来，神秘兮兮地说：“而且……这叫欲擒故纵。太傅说凡事要张弛有度，步步紧逼反而会适得其反。”

柳吟忽悠了一句，六公主立刻一副恍然大悟的表情，还拼命点头：“对对对，表姐真聪明，我瞧父皇那些妃子也是这样勾引父皇的。”

柳吟：“……”

算了，随这丫头怎么想吧。

出了书院，两个人就商量着午膳吃什么。六公主说宫里有个温泉殿，待会儿要带她去泡泡，她听得心思都不在这儿了。这大热天的，泡着温泉吃着番瓜，多么悠闲快活。

两个人迫不及待往撷芳殿走去，刚到春意亭那里，就看到九皇子一群人在那里吵吵闹闹，好像在打架一样。

两个人立刻往亭子那边走，刚拐过一条小道，一个小太监就火急火燎地冲过来，结结实实与柳吟撞个正着。那个小太监吓得立刻跪倒在地。

"柳姑娘恕罪！柳姑娘恕罪！"小太监的脑袋磕得咚咚响，惶恐极了。

"没长眼的东西！"

六公主瞪了他一眼，又担忧地看着柳吟："表姐，你没事吧？"

柳吟揉了揉被撞疼的胳膊，微微摇头，瞧了一眼那个颤巍巍的小太监，淡淡地说："罢了，罢了。"

说完，柳吟就径直往凉亭那里走去，心里有些好奇，怎么随便一个小太监就知道自己的身份，她有这么出名吗？

走近后，只见九皇子和几个平常调皮捣蛋的皇子在那里围成一堆，嘴里一边骂着丑八怪什么的，一边指使那些太监打人。

"你们做什么呢？"

听到声音，一群人顿时注意到来人。九皇子立刻笑嘻嘻地跑过来："柳姐姐，你还是别看了，这丑八怪可吓人了。"

一群小皇子年纪不大，却把纨绔展现得淋漓尽致，可见平时没少欺负宫女和太监。柳吟瞪了他一眼，然后一步一步上前，周围的太监也纷纷给她让路。

不多时，一个瘦削的人影便映入眼帘。他穿着一件分不清颜色的衣服，正蜷在鹅卵石小道上，发丝凌乱，遮挡住他的面容。

六公主也上前几步，凑到柳吟耳边："这是东国送来的质子，说好去年接他回去的，结果到现在都还没有来接人。"

六公主的话落，柳吟发现地上的人似乎动了一下。她扭过头去看九皇子等人，十分严肃地说：“太傅平日是如何教的？你们以后再欺负人，我就告诉姑母，看姑母如何罚你们！”

后宫里如今是皇后和丽贵妃两家独大，他们自然畏惧皇后这个能主宰他们命运的嫡母。一群人连忙说了一句“不敢了”，然后就跑了。

“一个个不念书，比我还不求上进。”柳吟忍不住摇摇头。

旁边的六公主低下头忍住笑，原来表姐也知道自己不上进。

柳吟看着地上的人，慢慢蹲下身，拉住他的胳膊：“起来吧。”

清脆的声音响在耳边，首先入目的是碧色裙摆。地上的人目光暗了暗，突然挣开柳吟的手，捂着受伤的胳膊踉跄地站起身。柳吟也发现这个人非常瘦，从那张脏兮兮的脸上依稀能看到俊秀的五官，只是额前有一块疤。

“我小时候手上也烫了一块疤，最后用了雪灵膏就好了。你这个疤虽然久了一点，但应该还可以消退，改天我回府的时候把药给你带过来。”

柳吟一本正经地看着那张脸：“而且你挺好看的，比那个夏邑好看多了。”

阳光下，女子浅笑盈盈，一双秋水明眸映出一道污秽狼狈的人影。他低下头，踉跄着离去。

见此情景，六公主倒有些不满了：“什么人啊？表姐，你就是烂好心。”

六公主转身往左边那条鹅卵石小道走去，柳吟不咸不淡地说道：“太傅说，与人为善就是与己为善，你怎么连这也不懂？”

这个质子柳吟有所耳闻，只是没想到被欺负得这么惨。不过这宫里向来捧高踩低，她看那个质子挺阴冷孤僻的，被欺负这么久也没有磨平他的棱角，想来也有几分傲骨。

“表姐如今和太傅是越来越像了，整天念叨。”六公主捂着耳朵走在前面。

柳吟笑着揪住六公主脑后的头发：“说我麻烦是不是？！”

“啊！”六公主立刻捂住自己的头，委屈巴巴地跑在前面，“表姐欺负人，我要去告诉母后。”

细云等人都捂嘴低笑不止。

柳吟连忙去追她：“你给我站住！”

两个人在御花园的小道上穿梭，一个太监躲在假山后，忽然从身上拿出一个长竹筒，揭开盖，一条褐色的长蛇吐着信子慢悠悠地钻出来，顺着草丛不知滑向何处。

六公主这娇生惯养的身子怎么可能是柳吟的对手。很快柳吟就追到了六公主，揽着六公主的肩膀，凶神恶煞地威胁她：“你要告诉姑母是吧？那我也告诉她，某人偷偷看那些话本。”

“你……你……”六公主立刻红了脸，没想到柳吟居然知道这件事，正欲说些什么，余光却不经意扫到草丛中那条褐色长蛇，当即吓得小脸一白。

“蛇……蛇……蛇……”

“你别想吓我，宫里怎么可能有蛇……咝！”

柳吟只觉得脚踝处猛地一疼，一低头见那条蛇还盘旋在草丛中吐着信子。

柳吟的瞳孔猛地一缩，整张脸瞬间煞白，更别提还被咬了一口。后面的细云等人也是尖叫出声，纵然害怕，还是去周围寻石头和棍子打那条蛇。

“表姐！”

六公主连忙将柳吟扶住，红着眼一步一步往后走。可那条蛇也不知怎么回事，就一直徘徊在几个人身边，似乎在等待时机随时出击。

“马政那边还没有查到马瘟源头？”秦砚回头瞥了一眼旁边的人。

旁边还穿着朝服的中年男子立刻恭声回道：“下官已经让人严加排查了。”

秦砚眉头微蹙：“本宫不想听废话。”

中年男子低着头，额前冒起阵阵细汗：“下……下官……”

“给你三日。”秦砚的声音低沉。

“是……是。”中年男子连忙点头。

两个人步行向前，周围的宫人急匆匆地往前跑。秦砚目光一扫，顿时瞧见不远处小道上的一行人惊慌失措、举止僵硬。

眼看周围聚拢的宫人越来越多，那条蛇依旧徘徊在草丛中，一群人居然都没有抓到。柳吟此时已经坐在了地上，小脸一片苍白，只觉得脚踝处格外疼，也不知道那条蛇有没有毒。

“皇兄！”

看到来人，六公主面上一喜，红着眼着急地说：“表姐被蛇咬了，要是蛇有毒可怎么办呀？”

蛇？

小禄子立刻往草丛里瞧了几眼，依稀看到一条褐色的影子。宫里一直都有洒除蛇虫鼠蚁的药粉，怎么还会有蛇呢？而且这条蛇被这么多人追赶居然都不跑？

“宫里居然有蛇，真是好生奇怪。”那个官员也是一脸不解。

秦砚上前几步，看着白着脸坐在地上的柳吟，视线一转，目光落在草丛深处。他忽然抬手从她的发鬓上拔下一根银簪，其他人还在找蛇，顷刻间就见一条褐色长蛇被簪子钉住七寸，正挣扎着摆动身子。

“毒性不重，送她回宫，传太医。”秦砚瞥了一眼便转身欲走。

“可是……轿子还没有来……”

六公主急得眼泪汪汪，转而又瞪红儿：“还不快去催！”

“奴婢这就去。”红儿连忙往前跑。

听到有毒，柳吟整颗心都凉了，自己这是倒了什么霉？

“殿下……这事要不要查？”小禄子压低声音问道。

听着后面一群宫女吵吵闹闹的声音，秦砚的脚步一顿。他瞥了一眼脸色苍白的柳吟，眼帘微垂，忽然转身上前，在众人的目光中俯身将人拦腰抱起。

柳吟只觉身子忽然悬空，吓得连忙去抓旁边六公主的胳膊。可周围的人反而退后一步，满脸异样。不知想起什么，她忽然慢慢抬起头，入目却是一张俊逸淡漠的脸。

“……”

她是被蛇咬昏了头吗？

怀里的人非常轻，那张苍白的小脸上只有惊恐，没有半分欣喜。秦砚不咸不淡地瞥了她一眼，目光微闪。

后面的人都呆愣在原地，怀疑自己看错了，太子殿下居然亲自抱着柳二姑娘回宫？！

“细……细云……刚刚……”六公主一脸震惊地站在那里，显然还没有反应过来。

细云比她还不如，整个人都僵了，脑子里一片空白，眼睛瞪得老大。

这个地方离撷芳殿已经没有多远，可一路上仍有不少宫人路过。柳吟突然有些不好意思地别过脑袋，直到脚踝处传来阵阵刺痛，才骤然换上恐惧的表情。

“那……那……条蛇有多毒？”柳吟苦着一张脸，连声音都在颤抖。

“身上那么多花纹肯定有剧毒，这要是太医院治不好可怎么办？”

柳吟越想越心慌，脚踝处也越来越疼，她只觉得心拔凉拔凉的。她都还没有好好享受人生，就这么被蛇咬死了，这是造的什么孽？

“赤链蛇，并不致命。”秦砚的声音很平静。

柳吟立刻抬起头：“可是我感觉整个人头昏脑涨的，我肯定中剧毒了！”

秦砚没有理会柳吟的念叨，进了撷芳殿。里面的宫人都目瞪口呆地看着太子殿下将表小姐给抱进来。

秦砚随手将人放下，没有片刻停留。刚要转身，他只觉衣袍像是被什么牵扯住一般。回过头，只见床榻上的人正趴在那里扯着他的袍子。

柳吟挤出两滴泪，深情地看着秦砚：“无论我是否会出事，吟儿都不会忘记太子哥哥的。”

殿内的宫人心中感叹不已，表小姐可真痴情。

两个人四目相对，秦砚的声音低沉："表妹如此痴心，真让本宫受宠若惊。"

说罢，秦砚便转身离去。迎面撞上追来的六公主，还有几个气喘吁吁的太医，他一言不发，越过众人离去。

"微臣叩见殿下。"一群太医连忙躬身行礼。

"皇兄！"

六公主想说什么，却又担心表姐，只能先挥手让太医进去："还愣着干什么，快去看看表姐！"

柳吟趴在床上，神情有些怪异。秦砚那句话是什么意思？怎么她听着有点讽刺的感觉。难道自己还不够痴情吗？

"表姐，你没事吧！"

殿内一片慌乱，柳吟的脑袋都被吵疼了。不多时，皇后也急匆匆地赶来，脸色十分难看。自家侄女居然在自己的地盘上出事，她要如何向哥哥交代呢？

皇后一来，整个内殿一片寂静，所有人连大气也不敢喘。几个太医轮流把脉后，不知怎么回事，一个个忽然围在床边，神色怪异地看着柳吟。

"柳姑娘，可否将外衣给微臣？"一个太医恭声道。

柳吟皱眉看了看皇后，皇后挥挥手，立刻有两个宫女放下床幔。片刻后，从里面丢出一件碧色外衫。

几个太医拿在手里闻了又闻，还不时低语。皇后顿时沉声道："怎么回事？"

太医们立刻跪倒在地，恭声回道："回皇后娘娘，咬伤柳姑娘的应该是一种火赤链蛇，此蛇毒性不大，并不致命，只会让中毒者伤处红肿，或者昏迷晕厥。待微臣给柳姑娘开几副药，再配合外敷药，过几日便可好全。"

听到不会死，柳吟心里的石头顿时落了下来。还好秦砚没有骗她，只是这御花园里怎么会有蛇呢？

皇后也想到了这一点，立刻瞥向后面的宫女，声音冷厉：“御花园的人都是如何当差的？将刘掌事给本宫传来！”

几个太医相视一眼，其中一个年迈的老太医开口说：“启禀娘娘，臣等还在柳姑娘的外衣上发现了细微的千藤花粉末。此花最吸引蛇类，想必那蛇便是跟着这种气味咬伤柳姑娘的。”

闻言，柳吟差点从床上跳起来。她就知道这件事没那么简单，居然是蓄意谋害！

“表姐身上怎会有千藤花的粉末？这一整日我都和表姐在一起，没看到有人动手脚啊。”六公主也皱着眉一脸不解。

皇后凤眸一眯，半晌才摆摆手让所有人退下，神情却没有之前那般难看，反而透着一抹平静。

柳吟背靠着床伸出腿，任由细云给她上药。好好的脚此时已经肿起一片，那两个牙印看起来是那么阴森。

如果是想杀她，不会放一条毒性不大的蛇。如此说来这个人只是想让她不好过，并非真的想要她的命，所以可以排除那些想要她命的人。剩下有这个能力和胆子，而且还不想让她好过的人，除了庄明月和五公主还能有谁？！

“姑母——”

“吟儿。”皇后对上柳吟欲的双眸，沉声道，“有些事你心里明白即可，在没有足够把握将其一击毙命的情况下，绝不能轻举妄动。”

两个人四目相对，柳吟神色一敛。是呀，就算查到了又如何，那两个人背后有长公主与丽贵妃，而且这蛇并不致命，到时候就算闹到皇上那儿也不过是些不轻不重的责罚而已。

“难道我就要白白吃亏吗？”柳吟有些不甘心。

皇后淡淡一笑，上前握住柳吟的手，眼中闪过一丝精光：“你只是个孩子，这些都是小孩子的小打小闹，姑母不便出手。你自己想做什么就去做，只要不过分，姑母都能给你兜着。”

柳吟的眼睛一亮，那几个人敢放蛇咬她，那她也可以放蜘蛛、蜈蚣咬回去。要是闹大了，反正也不是她先出的手，她还是有理的一方。

六公主自幼在深宫中长大，自然也不是什么天真无邪的人，一两句便听明白了，一时间无比气恼，那几个人真是欺人太甚！

“好了，你这几日多休息，就不要去书院那边了。”皇后摸摸柳吟的脑袋，转身要离去。

不知想起什么，六公主连忙跟了上去，憋着笑，意味不明地看了一眼床上的人：“母后，您怕是不知，刚刚……刚刚可是太子哥哥抱表姐回来的呢。”

皇后的神色一变：“你说什么？”

柳吟靠在床上着急地解释：“就是……我被蛇咬了，表哥刚好顺路才送我回来的。”

“哪有，东宫明明是相反的方向，皇兄就是看到表姐受伤，心生不忍。不然以皇兄的性子，怎会如此好心？”

六公主一脸认真地揪着头发丝：“而且以前表姐也不是没有在皇兄面前装过受伤，可皇兄都没有像今日这般关心你呀？”

柳吟盯着这个臭丫头，以前她是装的，可如今是真的呀。

皇后面上并没有喜色，太子是因为接受了柳家的示好，还是真的对柳吟改观，才会变化如此之大呢？莫说抱柳吟回宫了，以往可是连句话也不曾说。看来她得找个机会试试对方的态度才行。

回过神，皇后眼中渐渐染上一抹喜色，抬手拂了拂柳吟额前的青丝：“这是好事，你这丫头如今倒是学会害臊了。”

“才没有！”柳吟躺在床上撇嘴。

皇后的目光微动，继续道：“这次你表哥也帮了你，明日姑母让刘嬷嬷陪你去东宫道谢。”

柳吟没有说话，算是默认了。不说其他，太子的确帮了自己，道谢就道谢吧。虽然她不知道他为什么会突然好心送自己回来，不过肯定没那么简单。

没说几句皇后就走了，六公主还在兴高采烈地说着刚刚的事，比她这个当事人还高兴。她没有时间和六公主闲扯，立刻招招手，在细云耳边嘀咕了几句。

细云神色一变：“这……这怕是不好吧？”

“有什么好不好的？我没有捉一条毒蛇来咬她们已经算不错了。你快回府，按照我说的去做。”柳吟十分严肃地说。

细云犹豫再三，最后还是点点头，一脸为难地出了内殿。六公主甚是不解。

“表姐，你让细云去做什么？”六公主好奇地坐到床上。

柳吟靠在床头若有所思地摆摆手：“明天你就知道了。”

见柳吟还卖关子，六公主闷闷不乐，转而出去看药煎好没有。这条蛇也差点把她吓死，宫里何曾出现过这种阴毒的东西。

柳吟不会咽下这口气，那几个人居然敢放蛇咬她，要是不找回这个场子，她如何对得起那一大把后台。

敷了药，伤口的确消肿了许多，脑袋也没有那么晕了。待到第二天，她已无大碍，就是走路有点不方便。

细云没有辜负她的期望，一大早就进宫了，还带来了她要的东西。

等六公主从书院回来以后，柳吟就让她看看自己的宝贝。盒子一揭开，只见里面爬着两只拇指大的蜘蛛，吓得六公主花容失色地往后靠。

“怕什么，毒不死人。”

柳吟笑眯眯地将盒子盖上，靠在软榻上，拿过一颗葡萄放进嘴里：“被这蜘蛛咬上一口只会浑身发痒，然后起红疹，最多也就半个月出不了门，不会要人命。”

六公主依旧缩在软榻的另一头，拿起一根簪子怯怯地戳了一下那个盒子：“表……表姐是打算对庄明月用？”

柳吟一只手轻叩着桌面，眉毛一挑：“过几日就是太后寿宴，正是下手的好时机。这几个臭丫头居然敢放蛇咬我，不给点教训还真把我当软柿子捏了！”

六公主扫了一眼那个黑盒子，依旧心有余悸：“可……”

“可什么，就这样定了！”

柳吟从软榻上走下来，拿着那盒雪灵膏：“我出去一趟，很快就回来。”

六公主还没回过神，柳吟已离了内殿。她想跟上去，却被说不用跟着，只能让人把那个装蜘蛛的黑盒子给收起来。

柳吟的脚踝处还有些肿，走路不是特别方便。没过多久，一座破烂萧条的院落便映入眼帘。烈日下，院中那口石井外的碎石反射着微光。四周并没有杂草，可见平时还是有人在打扫。

“小姐，我们……”

“你在外面就好，我很快就出来。”柳吟摆摆手，一瘸一拐地进了院子。

房门是微微敞开的，柳吟上前几步，只觉得里面涌出阵阵阴气。屋里有些暗，看不太清，她只能踩着石阶进去。可刚迈过门槛，一道黑影突然出现在眼前，吓得她连忙扶住旁边的木门。

男子身形颀长，有着一张俊秀青涩的面容，只是额前有一块疤痕，给人一种孤僻阴森的感觉。特别是那双眼睛，让人心里发慌。

“这……这个……”

柳吟咽了咽口水，慢慢将手中的几瓶药递过去：“这个是雪灵膏，对消退疤痕有奇效。还有其他几瓶都是外伤药，效果很不错。”

柳吟纤细白皙的小手在烈日下似泛着光，男子沉默了好一会儿，忽然退后一步，伸手将门紧紧地合上。

看着突然合上的房门，柳吟有些无言以对，只能将药放在门口，冲着里面的人喊道：“我把药放在这里了。”

里面没有回应，柳吟有些不甘心，又冲着屋里的人喊：“你不要觉得所有人都不怀好意，再阴暗的地方也会有阳光。其实我们都是普通人，你的身份取决于你想做什么人。如果连你自己都不爱惜自己，还有谁会爱惜你？”

屋里依旧寂静无声，柳吟无奈地摇摇头，然后又一瘸一拐地往院外走。果然，在这个世界上，不是所有人都相信“好心”这两个字。

就在柳吟转身之际，木门忽然开了一条缝，一双黑眸定定地望着离去的倩影。直到人影渐渐消失，他的视线才缓缓落在门槛前那束阳光上，贪恋又隐忍。

柳吟觉得自己以后还是不要随便好心了，反正也不会有人相信。

等柳吟回到撷芳殿，还没来得及坐下喝口水，皇后身边的刘嬷嬷就突然到了。她突然想起昨日答应了去给太子道谢的。

许是知道柳吟行动不便，皇后还给她准备了一顶轿子。要知道在这宫里只有正二品以上的妃子才能用，而且这还是皇后坐的。

她这个姑母可真是不遗余力地助自己上位，她又能说什么呢？当然是和刘嬷嬷大摇大摆地前往东宫道谢了。

这一次，不出意外，她又被东宫外的侍卫拦住了。

“这是皇后娘娘的意思。”刘嬷嬷看了那几个侍卫一眼。

后者面面相觑间似乎有些为难，但最后还是妥协地退后一步。柳吟这才由细云扶着，一瘸一拐地从东宫正门走进去。

柳吟终于明白皇后为什么要派刘嬷嬷陪自己来了，原来还有这个用处。

第一次堂堂正正地打量东宫里的景色，别的没记住，柳吟对这里巡逻的侍卫倒是记忆深刻。因为这些人一看到她就一副如临大敌的模样，是看到了刘嬷嬷才忍着没有把她赶出去。

看着那道倩影，宫女三三两两围成一堆，低声议论起来——

“我听说昨日柳二姑娘被蛇咬伤，还是殿下亲自抱回撷芳殿的。”

“怎么可能？你又不曾亲眼瞧见，定是以讹传讹。殿下那么讨厌柳姑娘，怎么可能离她那么近？”

“我觉着也是假的。你看，要不是有刘嬷嬷在，这柳二姑娘怕是连东宫的门都进不了呢。”

几个宫女低笑着各自离去，好似什么也没有发生。

柳吟穿过长廊花园，又走了好一段路，才来到清宁殿外。上次那几个侍卫似乎还记得她，看见她来，连忙进去禀报。

不多时，小禄子走出来，一脸客气：“不知柳姑娘有何要事？”

柳吟还未来得及开口，旁边的刘嬷嬷忽然道：“表小姐是来向殿下道谢的。另外，皇后娘娘特意让老奴给殿下备了解暑的甜点，不会耽搁殿下太多时间的。”

柳吟不禁偷偷打量了一眼刘嬷嬷，她这话说得真讨巧。太子不让自己进去，总不好拒绝皇后的一片好意，总之无论如何她们一定得进去。

果然，小禄子顿了顿，最后还是侧过身让两个人进去。

秦砚在书房，外面守卫森严，让柳吟不禁想起上回差点没命的事。下回还是不要做这么冒险的事了，再搭上命可不值得。

推开门，等两个人进去后，只见书桌前坐着个身着一袭墨袍的男子。许是察觉到有人进来，秦砚放下手中的狼毫，冲刘嬷嬷微微颔首：“等本宫忙完，迟些时候便去陪母后用晚膳。”

刘嬷嬷面上带着和煦的笑，她也是看着太子长大的，多少有几分真心，将食盒放下后才恭声道：“还是政事要紧，娘娘只想殿下能多多注意身体。”

“有劳母后费心了。”秦砚垂下头。

刘嬷嬷忽然看了一眼旁边的柳吟，后者也突然回过神，轻咳一声，立刻凑过去认真地说道：“昨日还得多谢太子哥哥，我今日是特来向你道谢的。”

刘嬷嬷也跟着轻笑一声：“那老奴就先行告退了。”

转身之际，刘嬷嬷不经意地扫了一眼对面的男子，又垂下头迈步离开书房。

就知道会留下她一个人，她已经有心理准备，干脆拉了一张凳子坐下，打开食盒认真地说道：“我是不会打扰表哥的，你忙你的，我一声也不吭。”

柳吟觉得反正他也不会吃，还不如自己吃。她干脆把糕点和糖水全拿出来，一个人坐在那里吃起来。他就这么盯着她。

“表哥放心，回去后我一定告诉姑母，这些都是你吃光的。”柳吟拿着一块糕点信誓旦旦地说道。

柳吟那粉淡的嘴边还沾着糕点碎屑，一副言之凿凿的模样。秦砚微启薄唇：“不是说一个月都不再缠着本宫吗？”

柳吟：“……”

“我……我说过吗？是何时的事？我怎么不记得了？”柳吟张口咬了一口糕点，莹白的小脸上满是无辜。

秦砚的视线一转，继续看手中的折子。

柳吟低着头，心虚地吃着东西，整个书房只剩下她吃东西的咀嚼声。她也不想热脸贴冷屁股，可是皇后不肯啊。

屋里很安静，等吃得差不多了，柳吟就在书架旁翻书看。她说过不打扰别人，就肯定不会打扰别人。

柳吟看了一会儿书，奈何有些字不熟，看得有些费劲。直到瞧见桌上的笔，她立刻走过去坐下。好在书桌够大，她就坐在另一侧，悄悄从砚台那边拿过一支细小的狼毫。

秦砚低着头，专注地看着手中的公文，剑眉星目，棱角分明，目光清冷。柳吟偷偷瞄了几眼，很快便收回视线，然后从书桌的另一头拿过几张雪白的宣纸。

笔画多的字难度太高，她只能先练笔画少的字。不知是不是这支狼毫太软了，她落笔的时候总是不得劲，一下笔就是一坨墨水。

屋里连她的呼吸声都那么清晰，秦砚批注好一本公文，扫过她纸上歪歪扭扭的几个字，顿了顿，视线落在她颤巍巍的小手上。

“中气不足。”

淡漠的男声让女子不由自主地抬起头，只见秦砚依旧看着公文，好像刚刚那句话只是她的错觉。

柳吟撇撇嘴，忍不住嘟囔一声：“我一个女子要那么多中气做什么？”

话落，又是一坨墨水落在纸上。柳吟十分挫败，宁愿背那些绕口的“之乎者也”，也不要写这些字。

秦砚一瞥，只见那一撇划得老长，柳吟还十分认真地在那里写着。秦砚皱皱眉，漫不经心道：“你抖什么？”

“我……我没抖……”柳吟刻意固定好手，可每当笔尖触碰到纸时，她的手就止不住地颤抖。

许是有些尴尬，柳吟只能加大力度，又是一坨墨水落在纸上，还有些沾到她的手心上。

柳吟为了证明自己，想着太傅说的诀窍，落笔要稳，不能有停顿，得行云流水，可写出来的字依旧不忍直视。她有些不好意思地别过头。

秦砚扫过那张微红的小脸，目光微暗，忽然伸出手握住她的笔，带着她开始落笔，声音低沉：“不要抖。”

柳吟呆呆地望着那只骨节分明的大手，同样的笔，写出来的字却截然不同。她那个应该算是鬼画符。

屋里的气氛似乎有些怪，柳吟十分认真地跟着对方的力度走，神情格外专注。

“往下压。”

秦砚的声音清淡，许是察觉到她的手还在抖，眉头微蹙：“怎么这么笨？”

许是察觉到对方语气里的嫌弃，柳吟瞬间瞪大眼，歪头对上他的视线：“原来太子哥哥看不起我。”

四目相对，秦砚忽然松开手，薄唇微启：“没有。”

秦砚又拿过一本公文翻看，神色平静：“你可以回去了。”

柳吟用手帕擦拭手心的墨汁，可是越擦越多。她轻声嘟囔：“你就是看不起我。”

看不起就看不起，还非要说出来，非要戳她的心才满意吗？

而且她练她的字，哪里碍着他的眼了？他看不惯可以不看呀，又没说让他教，教了又说她笨，哪有沈太傅那么和蔼可亲又有耐心。

听着柳吟一直在那里低声念叨，秦砚突然出声："来人。"

柳吟："……"

下一刻房门忽然被人推开，小禄子躬身走进来，已经猜到了殿下的心思。

果然，只听秦砚说："带下去。"

小禄子低着头，上前几步，客气地做了一个"请"的手势："柳姑娘……"

"我不走！"

柳吟也来了脾气，抱着桌子，愤怒地瞪着对方："占了人家便宜就要赶人走，原来太子哥哥是这种人！"

小禄子："啊？"

秦砚眼帘一抬，眉头微蹙："本宫何时占你便宜了？"

见他不认账，柳吟言之凿凿道："你刚刚明明摸了我的手，难道你敢说没有？"

小禄子倒吸一口凉气，可看到自家殿下那难看的脸色时，吓得立刻垂下头。

"你看，你看，恼羞成怒了对不对？你吓我也没用，我说的都是实话。"柳吟破罐子破摔，干脆趴在书桌上。

秦砚的眉头越皱越紧，棱角分明的脸上带着一抹异色，就这么定定地凝视着那个喋喋不休的女子。他的视线一转，忽然落在小禄子身上，声音低沉："看够了？"

小禄子立刻冲外面喊道："来人。"

外面立刻进来几个人高马大的侍卫，柳吟的眼珠子一转，立刻捂着脚喊："我被蛇咬了，走不动路。"

小禄子以前从没觉得柳姑娘这么难缠，好在他早有准备，又唤了几个宫女进来，似乎要把她抬出去。

见此，柳吟也不好再装了。走就走，反正她也待够了。

不过许是袖摆太宽，柳吟起身时不小心扫落了砚台，洒落一地墨汁，还有些沾到了衣服和手背上。

仿佛越擦越多，柳吟心思一动，忽然挪动脚步，猝不及防地举起满是墨汁的手在秦砚身上抹了两下，再一瘸一拐地往外走，生怕被人找麻烦。

看着殿下身上的污渍，小禄子的眉头跳了两下："您……可要更衣？"

望着那走得飞快的身影，秦砚扫了一眼满桌的墨汁，眉头紧蹙。

小禄子也立刻溜了出去。

出了书房，柳吟心情不错地拿手帕擦拭着手上的墨汁。不知想起什么，她又看着一旁的小禄子道："你知不知道识时务者为俊杰？"

两个人对视一眼，小禄子连忙低下头，一脸为难："奴才……"

"你最好祈祷我别成了太子妃。"

柳吟轻哼一声，放了一句狠话，又光明正大地被几个侍卫"护送"出东宫，只有小禄子苦大仇深地望着远去的轿子。以前他是不担心，可最近他越发心虚了起来，殿下何曾让人在书房里待这么久过？

回到撷芳殿，柳吟立刻去洗澡，总算把那些墨汁洗干净了。六公主一直缠着她说在东宫的事，她只好说被人泼了一身墨后赶了出来。这下连六公主也埋怨自家皇兄不近人情了。

为了不让人瞧不起，柳吟开始刻苦钻研如何写字。她一定要让那个太子刮目相看，不是她笨，而是他太苛刻！

到了太后寿宴那天，柳吟的脚好得差不多了，她的计划也终于可以实施了。

刚到戌时，夜色已笼罩整个皇宫。本来早该出门的，可皇后专门派了个宫女给她梳妆打扮，美其名曰不能让人比下去。

柳吟被摆弄了许久，待两个人拿着黑盒子出门时，探子也已过来汇报，庄明月在莲花池那边放水灯。

"表姐，我们……这样是不是太出格了？"六公主有些犹豫。

月色朦胧，两个人走在布满鹅卵石的小道上，周围时不时有脚步匆匆的宫人路过。今夜太后举行寿宴，整个皇宫忙成一团。皇后为了操办此事，这几日都没空催她去找太子。

柳吟握紧她手中的黑盒子，不以为意地弹了一下六公主的脑门："你这个胆小鬼，这有什么好怕的？她们敢放蛇咬我，还不准我咬回去啊？"

柳吟将盒子交给细云，左顾右盼间低声道："待会儿我会故意推她，你就借机将蜘蛛弹到她身上，一定要快。蜘蛛这么小，不会有人发现的。"

细云接过盒子，满头大汗，只一个劲地点头。

"可……可要是被人发现了怎么办？"六公主抓住柳吟的胳膊，依旧有些担忧。

柳吟轻叹一声，低声道："发现了又怎样？是她们先动手的，我只是反击而已。你胆子怎么这么小？以后还怎么干大事？"

六公主抿紧嘴唇，重重地点头，柳吟立刻笑了，拉着她往目的地走去。

此时宴会还没有开始。这个季节莲花池里早已开满荷花，等两个人过去时，只见池水中星光点点，飘着大片靓丽的水灯，照亮朵朵盛开的荷花，显得格外美。

池边正站着一群欢声笑语、身形曼妙的女子。虽然隔得远，可柳吟还是一眼就看到了庄明月。她并未看到沈瑶与五公主，不过庄明月旁边还站着一个眼生的女子，她并未在京中见过此人。

有些眼尖的人注意到了她们，立刻拉了拉庄明月的衣袖，用眼神示意庄明月看柳吟。

庄明月顺势望去，不禁嗤笑出声："听闻柳二姑娘不幸被蛇咬伤，还以为今日见不到你。没想到太医院的人还是有点用处的。"

柳吟一步步走近，扫了一眼被水灯照亮的荷花，眉毛一挑："那真是让郡主失望了，一条蛇而已，早就被臣女炖成了蛇羹。听太医说这蛇羹可滋补了。"

闻言，一群贵女掩嘴后退一步，从未想过居然会有女子吃这等恶心的东西。

柳吟当然没吃，那条蛇被太医院的人拿去入药了。蛇胆什么的可都是好东西，也算是物尽其用。

“那倒好，只是柳妹妹日后出门可得小心些。也不知这蛇为何就咬伤了柳妹妹，真是让人恼火。”庄明月还皱了一下眉。

庄明月身后的那个吴玉也见缝插针：“说不准这便是缘分。”

其他人都掩嘴低笑，柳吟瞧了一眼那个吴玉，看来上次在茶馆里的事没有让她长记性，居然还敢在这里挑衅自己。

吴玉被柳吟盯得有些心虚，退后一步，低下头不敢再出声。

柳吟瞥了一眼细云，示意她准备动手，然后突然上前推了吴玉一把：“看来今日你这脸是不想要了。”

吴玉没想到柳吟会突然动手，踉跄着退后几步，其他人也被吓了一跳。庄明月不悦地瞪着柳吟：“你居然敢在本郡主面前动手？！”

气氛忽然变为剑拔弩张，柳吟挑着眉又推了吴玉一把：“我就动手了。”

“你……”庄明月气得要上前，却被宫女拉住。

人群中，细云低着头从柳吟旁边经过，假意抬手拉吴玉，实则故意擦了一下庄明月的衣袖。两只蜘蛛有一只掉了，还有一只顺势爬了上去。

看到细云的眼色，柳吟见事情成了，也没空和她们闲扯，摆了摆手，转身就要走：“罢了，罢了，免得郡主又要说臣女不顾礼仪尊卑，我还是先走吧。”

“等一下。”

一道悦耳的女声从身后传来，柳吟脚步一顿，慢慢回过头去。

说话的人是庄明月身边那个陌生女子，模样清秀可人，并没有京中女子身上的柔弱，一袭黄裙身姿笔挺，气质毓秀。

六公主立刻凑过去低语了几句：“这是镇南王的女儿贺歆，封号祁阳郡主，此次应该是特意进京给皇奶奶祝寿的。”

闻言，柳吟眉毛微动。镇南王手握重兵，盘踞一方许久，自己和对方吵起来怕是不太好，还是先忍忍再说。

“不知祁阳郡主有何贵干？”柳吟面上带着客气的笑。

眼前的女子身形玲珑有致，一袭水裙娉婷动人，五官精致俏丽，一双清澈明亮的大眼狡黠动人，哪有传闻中蠢笨鲁莽的模样，不过张扬跋扈却是真的。

“你的丫头刚刚在明月身上擦了什么？”贺歆似笑非笑道。

细云的眼神一变，低着头没有说话。柳吟心里也咯噔了一下，面上却不以为意：“我不懂郡主的意思。刚刚发生了什么？”

庄明月在身上搜寻着，面上满是警惕，她总觉得这个臭丫头没安好心。

见此，柳吟只是微微耸肩，声音清脆：“定是郡主眼花了，我不过与明月拌几句嘴，过几日就好了。”

只要她不承认，谁又能拿她怎么样？

“歆儿，你别听她胡说八道。你也见过她有多过分了，平日里更没有将我们放在眼里。”庄明月皱着眉，还在身上找着什么。

柳吟卷着发尾转身要走。管她什么郡主不郡主的，没有证据，谁又能证明是自己做的？待会儿就等着看好戏了。

看着柳吟离去的身影，贺歆目光微动，腕间微动。柳吟只觉胳膊一疼，一低头，就见胳膊上不知何时多了些细微的白色粉末。她立刻转过身，扫视一圈，最终将视线落在贺歆身上。

“不知郡主往我身上撒了什么？”柳吟的语气有些冷。

庄明月嗤笑一声：“柳妹妹，说什么呢？我们离你那么远，谁又看见了？”

其他人也都装没瞧见，反而闲聊起来。

“小姐，那个祁阳郡主会武功。”细云连忙凑过来低语几声。

六公主有些担心，镇南王可不是普通的藩王，这贺歆与庄明月自幼便是“手帕交”，关系好，她是怕表姐吃亏。

柳吟神色不变，定定地望着贺歆。后者面上依旧带着浅笑，好似什么也没有发生过。

“歆儿。”

就在这时，不远处忽然走过来一行人。许是听到声音，贺歆立刻转过身，脚步轻盈地朝着那群人跑去。

来的是大皇子与三皇子一行人，中间还有一个面容清朗的男子，身着一袭蓝色鎏金腾云祥纹锦袍，脚步稳健。直到贺歆拉住他的胳膊，他的面上才出现一抹责怪之意。

“是否又在胡闹？”

贺歆负手转过身，不以为意地轻笑一声：“大哥就爱多想，我不过是与人开个玩笑罢了。”

一些世家女纷纷屈身行礼：“见过大皇子、三皇子、世子殿下。”

庄明月有品阶不用行礼，可柳吟只是大臣之女。她看了一眼那个镇南王世子，对方撑腰的来了，今日不宜再战，改天再找回场子。

柳吟也不说话，转身就要走人。贺歆十分不悦地出声：“站住！这便是你们柳家人的规矩？”

三皇子与大皇子相视一眼， 不明白那位姑奶奶怎么和贺歆闹了起来。镇南王一家就连父皇也得忌惮三分，这丫头怎么还这么无法无天，一点分寸也不懂。

庄明月看到来人，面上忽然染上一抹羞红，揪着手帕慢慢走过去：“冀哥哥。”

贺冀微微颔首。

柳吟也转过身，不咸不淡地说道：“让郡主失望了，我柳吟向来没规矩，连我姑母都不管我，郡主管得倒是挺宽的。”

柳吟面上带着浅笑，语气有些冷。贺歆眼神微变，第一次遇到不给她面子的人。她正欲说什么，旁边的贺冀忽然上前几步。

“柳姑娘是在指家妹多管闲事吗？”贺冀面上带着淡笑，语气有些冷。

柳吟的眼神有些闪烁，好汉不吃眼前亏，大丈夫能伸能屈，现在还是先脱身为好，她肯定杠不过人家一家子。

“我……我可未曾这样说过。”柳吟的声音又轻又细。

三皇子也忽然笑着上前：“一场误会，贺冀，你何时也爱与姑娘家计较了？”

庄明月眼中满是嘲讽，看这臭丫头如何嚣张，这下总算踢到铁板了。

柳吟的目光扫过六公主那张忐忑不安的小脸，贺冀忽然伸手抓住柳吟那纤细的胳膊。他的目光触及上面的粉末时，立刻将视线落在贺歆身上：“解药。”

“我……”贺歆微微抬起下巴，随手从怀中拿出一个小瓶子扔过去。

柳吟有些呆愣，把胳膊收回来，看到对方递过来的小瓶子后犹豫地接过来，那慌张不安的模样哪有刚才的张扬跋扈？

贺冀声音清润：“我还以为柳姑娘胆子有多大。”

听着贺冀的打趣，柳吟恼羞成怒地皱眉：“原来世子喜欢吓人。”

不知道这是些什么粉末，她打开瓶子，低头看了看，只嗅到一抹清香，却倒不出什么。

“大哥……”贺歆立刻凑过来，面上满是不悦，“我分明看到她的丫头鬼鬼祟祟的，肯定在明月身上动了什么手脚，你还给她解药做什么？”

柳吟有些气不过，刚想辩驳，可一想到人家哥哥在，只能咽下要说的话，冷着一张脸表达内心的不满。

“住口。”贺冀瞥了贺歆一眼，声音微沉，“下次再让我看到你胡闹，你便休想出府。”

贺歆只是冷冷地瞧了柳吟一眼，然后退后一步，干巴巴地说：“不敢了。”

柳吟的嘴角微勾，看来这世上还是有帮理不帮亲的人。她转过身，拉着六公主径直离去，反正事情都已经办好了。

见柳吟还是这么不懂规矩，三皇子无奈地笑道：“这丫头向来这么鲁莽，歆儿，你莫要与她计较。”

贺歆低着头，让人看不清她面上所想，只是平静地说：“殿下多虑了。”

贺冀扫了一眼贺歆，忽然抬手落在她的肩头，语气低沉：“收起你的性子，莫要以为我在与你说笑。”

贺歆的手心一紧，大步走在前面，眼中闪过一丝精光。她知道此番进京父亲是想与柳家联姻，哥哥不是不喜联姻吗？如今是要妥协了？

看着贺歆，贺冀的眸中依旧透着不悦。倒是旁边的大皇子打起了哈哈：“女孩子家总是有些小脾气，祁阳郡主比那个柳二姑娘可要好多了。”

夜色中，一行人不紧不慢地往华安殿去。贺冀但笑不语，这个柳家嫡女倒是与传闻中有些不同。

来到华安殿，这里已经坐满了朝臣，柳吟坐在右侧的女眷区。张氏已经入座，看到她过来，笑着拿起手帕擦拭着额前并不存在的细汗。

“怎么这会儿才来？你又带着六公主去哪里胡闹了？”

柳家女眷自然是坐在前排，仅次于六公主这个嫡公主。柳吟刚坐下，就有许多巴结的人上来，包括她那个跟班林璇。不过她都摆摆手将人挥退下去。

“娘就知道胡思乱想，我很老实的，不过是带着表妹转了一圈罢了。”柳吟说着还看了一眼旁边的六公主。

后者立刻点头，就是语气有些虚：“舅母多心了，表姐只是与我看了一会儿水灯而已。”

张氏狐疑地在两个人身上扫了一圈，倒没有再说什么。她的女儿她最清楚不过了，若是突然安分了那才叫不正常。

柳吟眼珠子一转，觉得还是有必要把这件事说一下。万一她真的惹到别人，影响了她家与镇南王一府结交怎么办？

柳吟凑过来，挽着张氏的胳膊，支支吾吾地说了几句：“我刚刚碰到了那个镇南王府世子，还有那个祁阳郡主，与她起了些冲突，这个……不会有事吧？”

张氏顿时露出“果然如此”的表情，柳吟低着头，有些心虚地抱着张氏的胳膊轻轻晃着。

殿内笙歌乐舞，丝竹管弦声不绝于耳，女眷区这边都三三两两围成一堆攀谈着，聊近日京中发生的趣事，与胭脂水粉、衣裳什么的。

张氏左右环视一圈，跟着低下头轻声道：“此事该与你说才对。镇南王府一家前几日便进京了，也来过我们府中拜访。听镇南王的意思，似乎想与我们结亲，然后将那祁阳郡主嫁给太子。这算盘打得虽然精，但你爹并未一口回绝，凡事都得给自己留条后路。若太子实在不愿娶你，那镇南王世子年轻有为、相貌堂堂，也是个不错的良婿。”

柳吟：“……”

这个消息来得太突然，她得缓缓。

镇南王一家进京无非是来表忠心的，与她家结亲肯定也是看中柳家在朝中的权势，还想一起拿下太子妃之位，这倒是两边都不耽误，他们也不想想，皇上会不会答应。

权臣结亲本就是大忌，这要是两家再联合在一起，足以倾覆半个朝堂。还想做太子妃？这镇南王的胃口也太大了，比柳家还疯狂。

“当然，太子妃之位还是首选。今日你爹爹已经给你铺好路了，待你姑母抛出引子，底下的大臣便会谏言太子选妃。论家世、样貌，京中除了你，还有谁更适合？”张氏的语气不容置喙。

柳吟倒吸一口凉气，赶紧退到自己的位子上坐下，喝了一口果酒缓缓神。敢情这是一场鸿门宴，难道她真要嫁给太子？

这时，林璇突然走过来，伏在柳吟耳边幸灾乐祸地说：“我刚听闻明月郡主身上忽然生了红疹，已经去了偏殿传太医。”

柳吟眼前一亮，心情总算有所好转。她正欲说点什么，柳国正身边的侍从忽然走了过来。

“二小姐，老爷唤您过去一趟。”

柳吟顿了顿，嘱咐林璇多加注意偏殿那边的动静，便与那侍从走到大殿的另一侧。

这边围满了大臣，仔细听还能听到她爹与一个爽朗的声音在交谈，其他大臣时不时地插上几句。走近后，只见她爹对面站着一个身形魁梧粗犷的中年男子，身上的佩剑充分说明了他的身份——当今日下唯有一人入殿可携佩剑。

看到柳吟过来，柳国正立刻笑着招招手："这丫头，还不快过来给你贺伯伯问安。"

柳吟身着一袭碧色素雪绢云形千水裙，娉婷动人，肌肤胜雪，容貌精致俏丽，一群大臣都眼观鼻鼻观心地夸赞起来。论样貌，这柳家嫡女的确出挑，可这性子着实让人不敢恭维。

柳吟笑着对中年男子微微福身，声音十分清脆："见过贺伯伯。"

镇南王身后还站着贺歆，见柳吟如此装模作样，心中有些嘲讽，面上倒是一副两个人从未见过的模样。

"多年未见，小丫头都成大姑娘了。柳大人可真是好福气，不像我家丫头，成天就知道舞刀弄枪，一点女儿家的秀气也没有，可把我和她娘急坏了。"镇南王摇着头叹气，看柳吟的眼神颇为满意，一时也觉得传闻有误。

"哪里，我这个女儿不也是整日没个正形，哪像郡主如此懂事。"柳国正摆摆手，一脸谦虚。

柳吟站在后面保持微笑，她爹叫她过来，就是为了让她看他们相互吹捧的？

"太子殿下驾到！"

随着太监尖细的嗓音响起，刹那间，所有人退后一步，躬身作揖："微臣叩见殿下。"

人群中走来一行人，所有皇子都跟在身后。为首的男子玉束金冠，一袭玄色窄袖蟒袍显出身形颀长。看到来人，贺歆的眼神微动，孤傲的神色瞬间染上一抹笑意。

"太子哥哥。"贺歆立刻迎了上去。

来到秦砚身侧，贺歆面上闪过一丝扭捏：“五年未见，太子哥哥怕是早把歆儿给忘了吧？”

见此，其他大臣都意味不明地笑了，目光不由自主地扫过柳二姑娘，只有镇南王无奈地摇头。不过他们将门出身的人不讲究文绉绉的那一套，对贺歆的主动也并未觉得有不妥。

倒是柳国正心里有些不满，立刻瞥了柳吟一眼。柳吟依旧站在那儿无动于衷地揪着自己的碧色衣袖，直到胳膊被人拉住，她也不肯妥协。平时倒是没关系，可现在这么多人，她才不要热脸去贴冷屁股呢。

“家妹鲁莽，殿下莫怪。”

贺冀笑着将贺歆拉至身后，贺歆有些不甘心，却也知道如今是什么场合，当即收敛了自己的性子。

秦砚神色不变，目光不经意地扫过那道碧色身影，缓缓开口道：“无碍。”

见柳吟还愣在那里，柳国正轻咳一声，责怪似的说：“你这丫头，还不快见过你表哥。”

既然有人顶替了她的位子，她又何必出这个风头？既然贺歆想成为太子妃，那便让贺歆去做好了，她正求之不得。

柳吟顿了顿，不紧不慢地躬身行礼：“臣女见过太子殿下。”

柳国正的眼神有些不对劲，就这么看着眼前这个文文静静的柳吟，怀疑是不是自己看错了。

其他大臣也是眼神微变，以往这个柳家嫡女时常追着太子殿下跑，他们许多人都瞧见过的，可如今……难不成对方真的改了性子？

贺歆转过头去，眼中闪过一丝讽刺，这京中女子就是喜欢装模作样。

“听闻柳二姑娘在给六公主做伴读，前几日沈太傅还与微臣说起，这柳二姑娘聪慧过人、玲珑剔透，柳大人可真是好福气。”

随着一个大臣出声，其他人也想起沈太傅似乎说过此事，一时间对这柳家嫡女也改观不少。不管真心还是假意，都吹捧起来。

柳国正呵呵地笑个不停，他这些日子没见女儿，倒是不知她是否真的听进了太傅的话。如果真是如此，他怕是做梦都会笑醒。

柳吟可经不起夸，当即便瞥了秦砚一眼，闷声道：“哪里，爹，你是不知道，前几日太子哥哥还骂我笨呢。”

见女儿没两下又被打回原形，柳国正立刻轻咳一声：“胡闹，怎敢这样与殿下说话。”

柳吟：“……”

可她说的都是事实呀！

秦砚面上带着淡笑，声音低沉：“表妹向来聪慧。”

柳国正那个受宠若惊呀，这还是太子第一次在人前夸柳吟，一时间面上的笑容都快压制不住了。

其他人心思各异地附和，只有柳吟站在那儿欲言又止。有的人可真会装模作样，那天明明骂她笨，现在又不承认，演技比她还好。

镇南王出声道：“柳大人的确好福气，不像本王府中那个丫头，让她读书写字就如同要她的命一般。”

“爹！”贺歆不满地瞪对方一眼。

接下来大家又是互相吹捧。柳吟干脆离开这里，回到自己的位子上，左右环视一圈，忽然对旁边的六公主招招手。

“表姐，怎么了？刚刚舅舅叫你过去做什么？”六公主轻声细语，一副仪态端庄的样子。

在外面，身为嫡公主就得维持皇室仪态。

柳吟却没那么多顾忌，立刻愤恨不平地说：“如果我跟你说你皇兄前几天骂我，你信吗？”

话落，柳吟清楚地看到六公主眼中闪过一抹诧异，接着又变为无奈：“表姐，你可真会说笑。皇兄如此有礼的人，平日里一句重话都未曾对我说过，又怎会骂你？”

还有一句话六公主不敢说，那就是：皇兄连句话都不愿与你说，又怎么会骂你？

就知道六公主不会信，有的人形象太深入人心了。柳吟说破嘴皮子也撼动不了，干脆一个人坐在那儿闷闷地喝果酒。

若自己以后真的嫁去了东宫，那太子要是折磨欺负自己，怕也不会有人相信，还会觉得是她在胡说八道。那自己岂不是哑巴吃黄连，有苦说不出？

“皇上驾到！太后娘娘驾到！皇后娘娘驾到！”

刹那间，殿内瞬间安静，舞姬们纷纷退下，所有人都屈身行礼：“微臣叩见皇上，皇上万岁万岁万万岁！太后娘娘千岁千岁千千岁！皇后娘娘千岁千岁千千岁！”

声音响彻大殿，只见那道明黄的身影缓缓落座，跟着抬起手：“众卿不必多礼。”

“谢皇上！”

柳吟也跟着大家一同起身入座。她的位子非常靠前，倒是可以看到上面的人。不过她并不敢打量，只能偷偷瞄几眼，然后正襟危坐，盯着面前的酒杯。

皇帝扫过殿内所有人，最终把视线落在镇南王身上：“贺爱卿千里迢迢进京，真是有心了。”

话落，所有人的目光都聚集在镇南王身上。后者立刻起身低头恭声道：“皇上切莫折煞微臣，能给太后娘娘祝寿，乃是微臣的福气，也是微臣全府之幸。”

皇帝只是淡淡一笑，神色并无变化，指腹不断地摩挲着酒杯。倒是旁边布满鹤发的太后忽然道：“还是镇南王有心，听闻歆儿那丫头也进京了，改日定要进宫陪陪哀家这个老人家才行。”

贺歆起身站出来：“能陪太后说话，歆儿求之不得。”

众人分不清皇上满意不满意，但太后面上满是和蔼的笑。皇帝也摆摆手，让他们不必拘束。

接下来是太监念各朝臣送上来的礼单，那一卷非常长，也不知要念到什么时候。见其他人都动筷子了，柳吟也低着头吃糕点。反正寿宴是皇后准备的，毒谁也不会毒她。

“你只顾着吃，难道在宫里还饿着你了不成？”

一旁的张氏忍不住摇摇头，别家女子都文静，就这丫头没个正形。

原来吃东西也不可以，柳吟只得把糕点放下，故作端庄：“不吃了，不吃了，我坐几个时辰就是了。”

看着这逗趣的一幕，六公主忍不住偷偷挪过一点身子，转过头，把声音压低：“待会儿我带表姐去一趟御膳房，听闻那里有烤乳猪，一定不会饿着你的。”

闻言，柳吟瞬间眼前一亮，拿过一颗果子放在对方桌上：“果然还是表妹最好。”

两个人轻声细语，就跟还没长大的孩子一样。张氏轻叹一声，面上挂着无奈的笑，眼神中却透着复杂。她不知把女儿娇惯成这样是对还是错，只愿柳家能护这丫头一世。

等念完礼单已经过去小半个时辰，其中还包括各国使节送来的寿礼。直到那些舞姬重新上殿，殿内才慢慢热闹起来。柳吟说话也不必总是压着嗓子了。

等柳吟悄悄把明月郡主的事说完后，六公主还有些担心。可事已至此，只能咬死不认。就算贺歆看到也不能把她们怎么样，又没有证据证明是她们做的。

看着底下两个小丫头好得跟亲姐妹似的，皇后一笑，看向太后，漫不经心道：“吟儿这丫头也老大不小了，前几日臣妾嫂嫂还在愁以后这丫头没人要呢，如今倒还跟个孩子似的。”

正看着歌舞的太后只是慢慢垂下眼帘，声音中带着责怪：“哀家瞧这小丫头就挺好，样貌也出众，皇后这是杞人忧天了。”

丽贵妃忍不住掩嘴挡住面上的讽刺，皇后这心思，就差昭告天下了，也不看看柳吟如此鲁莽的人配不配得上太子。

“臣妾也是这样宽慰嫂嫂的。”皇后神色不变，视线一转，落在旁边的皇帝身上，“只是太子早已过及冠之年，可如今正妃依旧空悬。虽说政事要紧，但臣妾想着这成家也是件大事。”

皇帝不咸不淡地抿了一口清酒，未言语。

这时，底下一个年迈的御史忽然站了出来："启禀皇上，恕老臣多嘴，大皇子早已迎娶正妃，太子殿下也该早日选妃成家才对。皇室正统血脉需要繁衍啊。"

随着老御史出声，一时间，其他大臣也陆陆续续附和起来。柳国正坐在那儿并未出声，好似事不关己。

镇南王若有所思地看着这一幕。他倒是小看了柳家在朝中的势力，这太子妃一位鹿死谁手还未可知。

听着底下人的谏言，皇帝一只手搭着椅背，目光幽深地扫了底下人一圈："哦？那爱卿们可有合适的太子妃人选？"

殿内的气氛似乎有些变化，秦砚坐在那里不咸不淡地抿着清酒，低垂着眼睑让人看不清神色。

柳吟感觉自己的心都要跳出来，看着那一个个站出来说话的大臣，算是第一次看到柳家的影响力。可她又很担心，应该没有哪个皇帝喜欢这样被逼迫吧？

"微臣觉得柳大人千金样貌品行出众，正是太子妃的不二之选。"

其他人也附和。

"微臣认为陆丞相千金才貌双全，也是个不错的选择。"

一个不同的声音冒出来，更多声音随之出现。柳国正就坐在那里，隔得老远与那陆丞相相视一眼，很快又别过头去。两个人心思各异。

"祁阳郡主德行出众，也不失为一个人选。"

众大臣各执己见，柳吟坐在那里手心直冒汗，努力维持着神情。她从未这么紧张过，更没想到这一日会来得这么快。

张氏十分笃定，只是未料到有这么多人想来插一脚。

还有许多中立派并未出声，殿内的舞姬也慢慢退下，只剩下众多朝臣推举着心中人选，说话掷地有声。

底下的人争执不休，良久，皇帝才将视线落在秦砚身上："太子，你怎么看？"

第三章

刹那间，争执不休的大殿寂静一片，所有人把视线投向他们的太子殿下，只有柳吟松了一口气。她敢保证，秦砚定然不会娶自己。

面对众人灼灼的视线，秦砚不紧不慢道："今日是皇奶奶的寿宴，此事不如改日再议。"

果然，柳吟勾起嘴角拿了一颗葡萄塞进嘴里。就这个老狐狸太子，真是和她姑父一样狡猾深沉，谁知道这二人脑子里在想什么。

一干大臣面面相觑，瞬间偃旗息鼓。今日确实是太后寿宴，他们说这些的确于礼不合。可今日又确实是个好时机，下次也不知要等到何时。

"此事容后再议。"皇帝突然出声。

这下底下的人还有什么好说的，只能若无其事地继续看着歌舞喝着酒。柳国正一副乐呵呵的模样，好像什么也没有发生过，与同僚一杯又一杯地畅饮着。

围观了整个过程的柳吟心情十分复杂，她觉得自己不能再坐以待毙了，不能把一辈子都搭在秦砚身上。如果他确实无心接受柳家的投诚，那无论她爹娘做再多也没有用，还不如另谋出路。

“吟儿，你在宫里待的时间也够久了，不能总麻烦皇后娘娘，过几日还是搬回来吧。”张氏忽然认真地说道。

四目相对，柳吟点了点头。可不知怎么回事，她总觉得她娘话里有话。

六公主一听到柳吟要走，立刻皱着眉道：“舅母，你就让表姐再多待几日吧。反正她在宫外也没事做，不如与我一同温书习字也好有个伴。”

说这话时六公主的语气有些虚，不过表姐最近的确用功了许多，她也并未说错。

“我迟早都得回府，等日后我再带你出宫玩。”柳吟笑着看了六公主一眼。

六公主依旧有些不舍，张氏在一旁直摇头，这两个丫头真跟个孩子似的。

等寿宴差不多结束了，柳吟想去看看明月郡主怎么样了。不过她还是决定先送她娘出宫，有些事必须得说清楚。

朦胧的月色洒了一地，宫道上都是来来往往的大臣或命妇。柳吟特意带她娘走了一条无人的近路出宫，周遭终于没有什么人经过。

“你今日也看到了，皇上若真有心立你为太子妃也不会模棱两可一直拖拉，而且……近日柳家也并不安好。”

张氏轻叹一声，两个人行在静谧的小道上。张氏神色复杂地拉着柳吟的手，压低声音：“你大伯前几日在差事上出了些错，皇上直接将你大伯贬去西城偏远之地。虽然品阶未降，可这分明就是贬压。以往皇上绝不会这样不给我们柳家脸面，也不知皇上是何意思。让你成为太子妃，第一是想赌一把太子是否愿相信我们柳家，第二……这也是为了你日后的终生幸福着想。”

晚风拂面，柳吟垂下眼睑，任由张氏握着她的手，一直盯着地面不说话。

张氏抬手摸摸柳吟的脑袋，露出一丝淡笑："娘亲知道你比以往懂事了许多，与你说这些也是希望你能有个心理准备。如若实在回天无力，那太子妃一位……你就得放弃。"

张氏语气微顿，心中忽然有些苦涩。外人只道她们柳家一手遮天，可谁知步步艰难，她也只愿女儿日后能平平安安开开心心。

两个人脚步放慢，夜色下，余风吹过草丛。柳吟忽然抬起头，一脸凝重地握紧她娘的手："夫子说过，强求来的东西不一定适合自己，我是喜欢太子哥哥，但我更不想看到您和爹再那么辛苦下去。如果……如果……真有那一日，我……会看开的。"

朝廷之事她不懂，却也知晓就算自己成了太子妃，皇上的猜忌也依旧不会减少。

看着柳吟发红的眼眶，张氏莫名眼角一热，紧紧握住柳吟的手，半天也说不出一句话。

她的女儿终于长大了。

一路来到宫门口，柳吟目送柳府的马车缓缓离去，这才若有所思地往回走。只是她运气不怎么好，遇见了刚好要出宫的贺歆。

"我就知道你那个丫头鬼鬼祟祟没安好心，居然放蜘蛛咬明月。你可知她如今脸上都生了红疹，毁人容颜，柳二姑娘真是好生歹毒。"

看着突然拦住自己的人，柳吟并不想理会。见周围有不少出宫的命妇往这边看，她也只能沉着脸看向对方："原来郡主喜欢无凭无据就冤枉人啊。你说我放蜘蛛，我还说你放蜘蛛呢。这里是京城，不是你家，我柳家再落魄，也轮不到外人随意强加罪名！"

她不过是以其人之道还治其人之身，而且过半个月对方定能好全。

柳吟掷地有声的话语吓了许多人一跳，众人纷纷收回视线，出宫的出宫，只是不时地回头瞧上几眼，没想到那柳家嫡女也是个有傲气的。

四目相对，贺歆的眼神有些冷，就这么定定地看着面前的女子。忽然，她的腕间微动。

“歆儿。”

身后突然传来一道微沉的男声，贺歆回过头，看到贺冀旁边的男子时，瞬间眼睛一亮，立刻迎了上去。

“太子哥哥。”贺歆面上全是倾慕，不加任何掩饰。

贺冀一把拉住她的胳膊，神色不愉：“给柳姑娘道歉。”

贺歆的脚步一顿，就这么瞪大眼看着哥哥，连呼吸都屏住了，一双丹凤眼中满是不甘。

柳吟环着手悠悠地走过去：“罢了，罢了，我柳家人向来心胸宽广，看到世子殿下这么明事理我也就放心了。只是以后要是没有证据，还请郡主不要开这种玩笑，可是会坏人名节的。”

贺冀看了贺歆一眼，将视线落在柳吟身上，面上带着歉意：“舍妹不懂规矩，多亏柳姑娘深明大义。”

不怕直来直往的，就怕笑面虎，柳吟也不知道这世子是个什么人，只能笑呵呵地摆摆手：“世子殿下客气了。你们远道而来，便是客人，我怎会与郡主计较那么多？”

一套又一套的客气话，以往的柳吟可从来不会说。三皇子与夏邑面面相觑，从不知沈太傅这么厉害，竟能将一个鲁莽的丫头教成这样。

“那便好，不过终归是歆儿多有得罪，改日在下必携家妹前往府上登门致歉。”贺冀清朗的脸上依旧带着歉意。

秦砚不由自主地扫他一眼，薄唇微启：“本宫便不送了，改日再与你喝几杯。”

“殿下留步。”贺冀立刻微微颔首，

“太子哥哥……”贺歆似还想说什么。

三皇子等人自然也是齐声告退，柳吟对着贺歆做了个鬼脸，然后光明正大地跟了上去：“表哥，你等等我！”

看着一行人离去的身影，贺歆跺了跺脚，忍不住看向自己哥哥，然后冷着脸离去。

贺冀没有理会她的小脾气，不紧不慢地上了马车，只是不时地回头看一眼身后的人影。都说柳家嫡女痴缠太子殿下，可在他看来不是那么回事。

月色袭人，小禄子在前面提着灯笼一声不吭，柳吟立刻一脸不开心地看向夏邑等人。后者还有什么不明白的，怕惹上这个姑奶奶，纷纷找了借口寻另一条路离去。

柳吟觉得小禄子有些碍眼，可没有办法，她使唤不动他，只能当他不存在。她凑近秦砚，抬头看着那皎洁的月，文绉绉地说道："今夜良辰美景，真是极其难得的夜色呀。"

小禄子憋着笑加快了脚步，秦砚像是没有发现柳吟的存在一般，自顾自地走在前面。夜色下，他棱角分明的面容一如既往清冷。

柳吟就这么踩着秦砚地上的斜影，一步一步跟在身后，声音轻细："我想问太子哥哥一个问题，只要你如实相告，从今以后我便再也不会缠着你了。"

这种话柳吟不知说了多少遍，连小禄子都不信了。

见秦砚不说话，柳吟只能跟在秦砚身侧，抬手慢慢拉住他的衣袖，一张莹白小脸上满是认真："你……是否真的不会娶我？"

柳吟只想被明确地拒绝一下，这样她就有借口不再缠着他了。大不了装模作样地伤心一段时间，总比这样一直装模作样下去好，她以后也得嫁人呀。

轻细的女声在寂寥的夜色中响起，秦砚的目光微动，视线不由自主地落在柳吟身上。她低着头，只余垂落在肩侧的青丝遮住半边轮廓。

小禄子默默加快脚步，离两个人有一段距离才停下。

"沈太傅没教你女子需矜持文静？"秦砚的声音清淡。

柳吟抬起头，眨着眼一本正经道："太傅只教我有话就要直说，拖拖拉拉很容易遗憾终生。"

四目相对，柳吟有些心虚地转移视线，两根手指快速地缠绕着绣帕，抬起头，看着天边的下弦月。

晚风微凉，秦砚的目光幽深。半晌，他微启薄唇："你想嫁给本宫？"

这个问题太直接，柳吟愣了好一会儿才憋红了脸，羞涩地低下头："我……我当然想嫁给太子哥哥。"

秦砚漫不经心地瞥了柳吟一眼，迈步走在前面，神情难辨。

见秦砚不说话，柳吟又跟上去，继续锲而不舍地问："我就想知道表哥到底会不会娶我？"

柳吟最讨厌那些说话弯弯绕绕的人了，有什么直说不好吗？

秦砚依旧没说话，走至一处分岔路口才脚步一顿，回过头，对上柳吟的双眸，声音低沉："你既不愿说实话，本宫又为何要告诉你？"

柳吟被对方那个眼神搞得有些茫然，只能看着对方往东宫的方向走去，然后渐渐消失在夜色中。

愣了许久，柳吟才回神，回想秦砚刚刚那句话的意思，这……不相信自己了吗？！

不可能！

可刚刚秦砚那句话是什么意思？！

柳吟越想越忐忑，等她思绪混乱地回到撷芳殿时，整个人都恹恹的。难怪那个秦砚最近那么奇怪，突然间还和她说话了。是不是因为知道她并没有那么喜欢他，这才转变那么大？

如果不是看穿了她，他又为什么会说那句话，他到底是什么意思？

思来想去，柳吟感觉整个脑袋都要炸了。算了，算了，这种弯弯绕绕还是不适合她，就算他看出来又怎么样，反正他也不会娶她。

"表姐，我特意让御膳房送来的烤羊腿，你快尝尝！"

房门忽然被人推开，只见六公主让人端着一条大羊腿走进来。柳吟刚洗干净脸上的脂粉，看到有吃的，立刻凑了过去。

烛火幽幽，烤羊腿还往上冒着热气，一看就酥软可口。柳吟在宴会上没吃饱，立刻迫不及待地切了一块下来。柳吟知道六公主是在挽留她，想留她在宫中多待几日。可她该走还得走，这皇宫又闷又无聊，她还是回自己家住逍遥自在些。

柳吟的腿已经好了，第二日就得去书院上课。几日不见，五公主已经彻底不敢来惹她，显然也知道了明月郡主的事。

沈太傅让大家背诵文章，拗口又难记，背不出的人明日就得罚站。听闻无论哪个王公子弟在他手里都是一视同仁，不然皇上也不会让他来做太傅，而且一做就这么多年。

大殿内响起一片嗡嗡的念书声，柳吟字都认不全，还得跟着六公主一起念，边记边读，脑袋都要大了。

“表姐就多留几天吧，不然你回府后又没人陪你念书了。”六公主见缝插针。

沈太傅正四处巡视，还没有走到这边。柳吟立刻瞥了她一眼，压低声音：“我才是伴读。”

“那表姐就更应该留下陪我了呀。”六公主一脸认真。

殿内全是念书声，柳吟正欲再说什么，却见六公主身边的红儿忽然急匆匆地走进来，好像有什么要紧事。

知道沈太傅最忌讳有人打扰他上课，可红儿也管不了那么多，走近后冲着两个人低声道：“表小姐，不好了，长公主带着明月郡主去找皇上主持公道了，说是您放的蜘蛛在明月郡主身上。如今皇后娘娘已经赶过去了。”

柳吟：“什么？！”

她没去告状，这两个人倒是倒打一耙！简直是欺人太甚！

柳吟骤然起身，也顾不得还在上课，立刻就往外冲去。六公主叫都没叫住，只能赶紧跟上去。

沈太傅也唤了几声，最后只能沉着脸瞪向其他人，决定等两个人回来了再罚。

只有五公主勾起嘴角，察觉到沈瑶的视线，这才探过脑袋伏在她耳边低语了几句。

闻言，后者神情并无太大变化，依旧低着头念着书，一双杏眼中闪过一丝无人察觉的精光。

听红儿说他们在乾清宫，可外面守着大批的御林军，不等柳吟靠近就被拦了下来。

“柳姑娘，若非圣上传召，您不得入内。”御林军神色冷硬。

柳吟扫了一眼御林军，不禁退后几步，眼巴巴地看着乾清宫的门。六公主气喘吁吁地追上来，立刻抓着她的胳膊：“表姐，我们快走吧，母后一定会为你辩解的。”

柳吟不甘心地瞪着那扇殿门走来走去，不知那个长公主会如何抹黑自己。最近皇帝在打压她们柳家，这要是真的连累了爹娘可怎么办？！

与此同时，内殿气氛凝重，一个身着玫红金罗蹙鸾华服的妇人正身姿笔挺地站在那里，旁边还立着一个蒙着面纱的年轻女子。只见她露出的额头上生着片片红疹，格外骇人。

“皇上，您也瞧见明月如今的模样了，女子的容貌何其重要。女子家吵闹我可以不管，但柳吟这般歹毒，您看明月这副样子，日后要如何出去见人？这是要让她成为天下人眼中的笑柄吗？”

咄咄逼人的话语响彻内殿，皇帝疲惫地揉着眉心，一旁的秦砚一言不发地看着这一幕，神色如常。

“皇姐说话还是得拿出证据为好，虽然本宫也心疼明月这丫头，但难道吟儿的名声就不重要吗？单凭你三言两语就给她扣这么大的帽子，你又让世人如何看她？”皇后皱着眉，掷地有声。

长公主上前一步，看着皇后，目光灼灼：“那日不止一人看到柳吟身边的丫头在明月身上动手脚，皇后娘娘一句‘事不关己’，就要撇得一干二净不成？”

“那皇姐便将那些人证全传来，若真如此，本宫必定不会再为那丫头辩解。”皇后不急不缓道。

闻言，长公主眼睛一眯，传人来？以她柳家的威势，谁又敢说什么？当真是厚颜无耻！

“好，我这就让人传祁阳郡主过来，她也亲眼瞧见过，我看到时皇后娘娘还有何话可说。”

话落，长公主立刻看向旁边的宫女，后者躬身退下去。

庄明月一直低着头没吭声，眼中全是恨意。等她好了，定要十倍奉还！

皇后眼神微动，忽然把目光投向一旁的皇帝："皇上，既然要查，那便彻查到底。前几日吟儿在御花园被蛇咬伤，臣妾早就觉得不对劲，干脆一同查清楚为好。臣妾也不想吟儿蒙受不白之冤。"

庄明月顿时眼神一变，偷偷拉了拉长公主的衣袖。长公主并未回头，可还有什么不明白的，这丫头肯定没有收好尾巴，真会给她添乱。

两个人争执不休，皇帝坐在那里，满脸疲惫。清官难断家务事，说来说去怎么也说不清。

"既然太医说明月过半月便可好全，皇姐又何必大张旗鼓搞得尽人皆知，岂不是让人看了笑话。"皇上不轻不重地说道。

长公主眉头一皱，殿内又响起她尖锐的声音："明月身为郡主，却被人如此欺凌，便是将皇家颜面踏于脚下。此事若不追究，日后置我皇家颜面于何地？"

殿内其他宫人也都低着头，暗叹这长公主的脾气真是一如既往火爆。可是没办法，谁让她是皇上一母同胞的亲姐姐呢。

皇后也皱眉思索着要如何解局，她千算万算怎么也没算到这长公主连她柳家的面子都不顾，居然真的要把事情闹大。

"御花园蚊虫一向多，宫人们时常见到这类蜘蛛，皇姑姑是如何确定蜘蛛不是自己爬到明月身上的？"

秦砚的声音让长公主眼神一变，对方怎么会突然为柳家那个丫头出头？

长公主的语气缓和了许多："众人亲眼瞧见的，难道还有假不成？"

秦砚面无波澜："既然是亲眼所见，为何不当时便将其拿下？"

长公主一噎，皇后一脸异样地看了秦砚一眼。

"前几日表妹被蛇咬伤，放蛇的小太监刚好要被处死。如果皇姑姑有时间，不妨听听是谁指使他这样做的？"

秦砚不咸不淡的话语让众人心思各异，特别是庄明月，紧张到只能一直去扯自家娘亲的衣袖，她可不想和那臭丫头弄得鱼死网破。

长公主就这么定定地看着她的好侄子，眼睛一眯，僵硬地说："既然太医说半个月便能好全，那皇姐便不追究了，免得有人说我得理不饶人。"

皇帝笑着摆摆手："皇姐能看开自是最好。王海，快将西域进贡的玉灵膏给明月，小丫头留下疤痕可就不好看了。"

说着，他不经意地看了一眼不动声色的秦砚，眸中闪过一丝幽光。

从乾清宫出来，皇后意味深长地看了秦砚一眼，正欲说什么，却见柳吟正在乾清宫外走来走去。

看到他们出来，柳吟第一时间迎上去。经过长公主身边时，她也沉着脸扭过头。

长公主冷哼一声，带着女儿径直离去，只是脸色不怎么好看。

"你怎会在这里？不用上课？"皇后看了柳吟一眼。

"表姐是偷跑出来的，回去以后太傅肯定又要罚我们了。"六公主立刻说道。

柳吟瞪了她一眼，凑过去挽住皇后的胳膊，偷偷瞄了一眼秦砚，莫名想起他昨日的话，又开始纠结自己到底有没有被拆穿。

皇后拍拍柳吟的手背，看着秦砚，温声道："快到午时了，不如一同与母后用午膳如何？"

秦砚顿了一下，才淡淡地出声："好。"

皇后笑着走在前面，柳吟跟在后面欲言又止。奈何不好开口，她只能无所事事地东看看西看看。

回到长春宫，上了午膳，皇后才认真地看向秦砚："柳侍郎一事你父皇是否真的动怒了？"

殿内只余贴身伺候的宫女，听到皇后的话，柳吟和六公主相视一眼，然后默默低下头吃饭，老实得不像话。

秦砚不紧不慢地给皇后布菜："母后多虑了，父皇只是在气头上，过一阵必会将柳侍郎调回京，您不必担忧。”

柳侍郎就是那个被贬压的大伯父，柳吟不懂朝中之事，可听她娘的意思，这好像是皇帝第一次对柳家人下手，可见事情并没有那么简单。

“这样？”皇后的神色缓了缓，面上带着一抹宽慰的笑意，“若是这样，那自然最好不过了。”

说着，皇后又把视线投向正在数米粒的柳吟身上：“你这丫头光会惹麻烦，今日还得多亏你表哥帮你收拾烂摊子，还不快谢谢人家。”

有秦砚在，柳吟筷子都不敢伸太长，骤然听到皇后的话，一脸茫然地抬起头，接着看向一直在吃饭的秦砚，视线停留在那张脸上。

“表姐……”

六公主忍不住用手肘碰了柳吟一下，似乎有些看不下去了。表姐的胆子也太大了，居然敢一直盯着皇兄看。

柳吟轻咳一声，回过神。虽然不知道当时乾清宫里到底发生了什么事，但她还是起身夹了一块鱼肉想要放到秦砚碗里。

不出意外，她的筷子还没靠近就被人挡了下来。

“不必。”秦砚眼帘都未掀。

也不是第一次被拒绝，柳吟早就习惯了，只好把鱼肉放进自己碗里，然后一口吞下，又狠狠地扒了一口白米饭。

皇后扫了两个人一眼，漫不经心地问：“昨日……”

“咯咯——”

柳吟突然涨红了脸蹲在地上咳嗽起来，旁边的六公主被吓蒙了，连忙放下筷子去扶她：“表姐，你没事吧？”

“我……”柳吟拼命用手指着喉咙，“刺……”

“快传太医！”皇后立刻吩咐。

殿内伺候的宫女倒水的去倒水，传太医的传太医，瞬间乱成一片。

“表姐，你快喝水。”六公主急得眼眶都红了，连忙端过一杯水递到柳吟嘴边。

柳吟灌了一杯又一杯，可喉咙依旧格外难受，连说话都非常费劲。

她那张莹白的小脸都涨红了，眼角还渗出点点泪珠，看起来好不可怜。

皇后来到柳吟身边，轻拍着她的背，面上满是担忧，又催着宫人快点传来太医。

秦砚扫视那张难受的小脸，不紧不慢地抿了一口清茶。须臾，他忽然起身，周围的宫人立刻退至一旁。

柳吟就这么一杯又一杯地灌着水，下一刻，只见一只手忽然扣住她的喉咙，紧接着一股恶心感袭来，分不清是被掐的还是恶心的。她瞬间剧烈咳嗽起来，拼命去掰脖颈间的手。

谋杀啊！

“这……”皇后欲言又止，看着这一幕，似乎有些心疼自家侄女。

随着大手一松，柳吟又拼命地咳嗽起来，就差把肺咳出来了：“我……我……”

柳吟哑着嗓子连忙去摸自己的脖子，却感觉异物感好像消失了，连忙欣喜地看向众人，声音沙哑：“我……好了！”

“儿臣还有政事要处理，就先行告退了。”秦砚忽然朝皇后拱手。

“好……”

皇后顿了顿，立刻看向还在喝水的侄女：“还不快谢谢你表哥。”

柳吟差点把水喷出来，一只手捂着还在发疼的脖子，幽怨地看了秦砚一眼，自言自语：“我都快被掐死了。”

如果不是跟秦砚没仇，她简直要怀疑对方是不是在刻意报复自己。

“胡说八道些什么。”皇后皱着眉，不悦地瞥了柳吟一眼。

“表姐。”六公主也拉了拉柳吟的衣袖。

秦砚扫了一眼柳吟脖颈间的指痕，目光微动，继而转身离去。

柳吟非常自觉地追上去，都不用人催。

今日的太阳并没有那么大，午时还有些微风，惹人昏昏欲睡。柳吟捂着隐隐作痛的脖子跟在秦砚身后，时不时地给小禄子使眼色。

后者非常识时务地退得远远的，柳吟不急不缓地跟在秦砚后面。御花园里人来人往，看到秦砚，纷纷跪到一旁，头也不敢抬。

跟了一段路，柳吟才敢迈着小碎步上前，抻长脑袋认真地说道：“刚刚……谢谢太子哥哥了。”

又是一阵沉默寡言，柳吟也习惯了这样的秦砚。左顾右盼间，见周围没什么人经过，她这才低下头轻声道：“好吧，我说实话。”

她揪着手帕，声音跟蚊子叫一样：“我……的确是因为爹娘……才……才一直缠着你的，他……他们……都说让我……嫁给你，我……我也没办法。”

以她的心智谋略，肯定玩不过太子。与其和他玩心眼，不如老实交代，这么多年对方肯定像看傻子一样看她。

她轻细的声音响在身侧，秦砚眼帘微垂，脚步稳健地走在前面，好似什么也没有听到。

见秦砚没有反应，柳吟也有些忐忑不安，撇撇嘴，只能继续跟在他身后说：“我今日便要搬回府了，以后也不会再缠着殿下，反正你也不会娶我。”

这样也好，说清楚以后她就不用再演戏，浑身轻松，想做什么就做什么。之后再表现出一副被太子伤了心的模样，便不会有人怀疑她为何转变这么大了。

“小禄子。”

突然响起的声音吓得落后一大截的人连忙追上来，额前地不自觉冒了虚汗：“殿下有何吩咐？”

“本宫记得库房中还有一盒玉灵膏，待会儿拿给她。”秦砚的声音冷淡。

小禄子一脸呆滞地抬头，看着自家殿下的背影，忽然有种是不是听错了的感觉。等回过神，他又连忙应声：“是！”

柳吟一脸呆愣地瞪大眼，怀疑自己刚刚听岔了。

秦砚脚步一顿，忽然转过身，吓得柳吟身子一僵，神色紧绷地左顾右看，手心不自觉地开始冒汗。

“日后多与沈太傅念些书。”他的目光深沉，说着便往一个拐角走去。

小禄子收敛了神色赶紧跟上去，还不时地回头看一眼那位柳二姑娘，心中掀起惊涛骇浪。没想到自己也会有看走眼的时候，看来在这位姑奶奶没进东宫前，自己还是得搞好关系才行，免得以后日日被寻麻烦。

直到细云追上来，柳吟才逐渐回神，粉唇紧抿着，不由自主地抬手摸了一下脖子。她知道对方就是在嫌弃她，还拐弯抹角地骂人，让自己多读书，不就是想说她笨吗？

“小姐，太子殿下与您说了什么呀？”细云十分好奇。

柳吟叹了一口气，重新往长春宫走去：“没什么。”

反正她以后是不可能嫁给秦砚了，知道自己骗了他，他又怎么可能还会娶她。等回到长春宫，她和皇后说了今日出宫回府。皇后有些不愿，她就说这是她娘的意思，皇后这才肯放她走。

柳吟回到撷芳殿收东西，六公主依依不舍地游说她不要走。柳吟有些无奈，又不是见不到了，她以后不还是会进宫做伴读嘛。

直到小禄子送了药膏过来，柳吟才想起去看自己脖子上的伤。秦砚下手可真狠，差点要了她半条小命，都留下手指印了。

“柳姑娘若是有哪儿还觉得不舒服，得赶紧找太医。这鱼刺可大可小，一定得放在心上才行。”小禄子一副十分担忧的样子。

柳吟靠在软榻上，怪异地看了对方一眼。这太阳真是打西边出来了，这该死的东西居然对自己也有好脸色了。

“那没什么事奴才就先告辞了。”小禄子点头哈腰地退了出去。

六公主接过那瓶药膏端详，又惊诧地凑过来：“这可是西域进贡的玉灵膏，听闻能活血化瘀，祛除一切疤痕。一共才三瓶呢，就连母后都没有，皇兄居然给了表姐！”

柳吟指挥细云把皇后给的赏赐都带上，毕竟那些都是钱。

听了六公主的话，柳吟站在书桌前继续收拾自己的书，闷声道：“我都快被他掐死了，难道不可怜吗？”

说着，她左顾右盼，抓住六公主的胳膊，一脸凝重道：“这事一定不准告诉姑母！”

“为……为什么？”六公主被柳吟严肃的模样吓了一跳，这难道不是好事吗？

柳吟皱着眉，一本正经地分析：“你想想，要是你告诉姑母，她肯定会以为表哥对我有了改观。可事实上表哥现在连一句话都不愿意和我多说，这不是让姑母白欢喜一场吗？”

六公主认真想了一下：“可是……”

“没什么可是，我说不准说就不准说。你要是敢偷偷泄密，我就把你偷看话本的事说出去。”柳吟一脸凶狠地威胁她。

六公主立刻红着脸捂住她的嘴，眼中全是气恼：“我不说就是了，表姐就知道欺负人！”

六公主似乎真的生气了，跺跺脚便红着脸退了出去，只有细云一直在那里偷笑。柳吟瞪了她一眼，后者又赶紧收拾东西。

皇后给了不少赏赐，足足两个大箱子。柳吟平时最嫌麻烦，可对于这些值钱的宝贝，她自然选择全带回去。回到柳府后，晚膳时，她爹娘特意吩咐厨房做了一大桌子她喜欢吃的菜。

宫里处处都得守规矩，当然没有在自己家逍遥自在。不过因为柳吟昨日偷跑出去，第二天去书院时又被沈太傅狠狠地批了一顿，还罚她一定要背熟那篇文章才能回去。

柳吟字都认不全，可没有办法，硬是磕磕绊绊背到申时才出宫。许是知道她现在肯上进了，她爹特意让人送了许多书画过来。

柳吟真是哭笑不得，能认所有字已经是她最大的心愿了，这些高雅的书画她真的不懂欣赏，还不如让她送给沈太傅。这做人处处都得送礼搞好关系，沈太傅一开始还推脱几下，最后许是真心喜欢，便收下来，还说以后一定会更严格地教她。

柳吟不知道这算不算搬起石头砸了自己的脚。

书院好不容易放一天假，柳吟拉着六公主出去逛。许是很少出宫，六公主显得十分兴奋，买了不少东西。

“我就这么出来，要是母后找不到我可怎么办？”六公主有些担忧。

茶香四溢的房间里摆满了各色菜肴，柳吟抿了一口清酒，夹了菜放进嘴里，口齿不清地说：“你担心什么？红儿不是知道你出宫了吗？姑母找不到你肯定会问她的。”

柳吟又给六公主倒了一杯水：“不要整天担心这个担心那个的，你身为唯一的嫡公主，又不用和亲，日后只需要挑个喜欢的驸马成亲就好了。我要是有你这么逍遥快活，做梦都得笑醒。亏你还每天杞人忧天，累不累呀？”

柳吟说的是实话，自己背负着柳家未来的局势，嫁给谁从来都不是她能控制的。六公主就自由多了，以后挑个喜欢的青年才俊做驸马，而且还不用给驸马纳妾，她居然还不满足？

“表姐……”六公主瞪了柳吟一眼。

柳吟笑着放下筷子，凑过来：“有什么好害羞的，快跟表姐说说，你喜欢哪种类型的男子？日后我让娘帮你留意一下，现在负心汉多，我一定得帮你多考察考察才行。”

见柳吟越说越离谱，六公主羞得立刻扭过头不和她说了，细云也掩嘴低笑。

知道她脸皮薄，柳吟也没有再说什么，拿了几颗葡萄一边吃一边推开窗户。外面街道上人来人往，繁华热闹，小贩的吆喝声不绝于耳，不知道别的城州是不是和京城一样热闹。

要是能出去走走该多好……

柳吟咬着葡萄，视线忽然落在人群中那两道衣饰不俗的人影上。其中一个女子戴着帷帽让人看不清长相，可那种高傲的走姿柳吟认得清清楚楚。

“你快过来看看。”柳吟忽然冲后面的人招招手。

六公主好奇地走过去，只见柳吟冲她指了指：“你看那是不是庄明月和贺歆？”

六公主定睛一看，脸色瞬间微变："的确是贺歆。"

那旁边肯定就是庄明月了，一想到对方恶人先告状，柳吟就有些气不过。她看了一眼手里的葡萄，拿起一颗眯着眼突然朝窗外抛去。

"表姐！"六公主立刻拉住她的胳膊。

不知道是不是准头太好，那颗葡萄居然真的落在那个戴着帷帽的女子头上。许是感觉到异样，女子左右环视一圈，旁边的贺歆似乎察觉到什么，顿时往她们这边看来。

柳吟也没有回避，慵懒地咬着葡萄，还挑衅地冲两个人挑了一下眉。

那戴帷帽的女子也顺势望向这边，虽然隔了一顶帽子，可柳吟还是能感觉到对方眼神中的愤怒。她悠悠地关上窗，隔绝了两个人的怒视。

"表姐，你这样……会不会不好呀？"六公主有些担忧。

柳吟坐在桌旁继续吃菜，脸上全是不以为意："你等着吧，她敢倒打一耙，以后有机会我一定会还回去。所以说人还不是不能太心软，不然就会被人爬到头顶上。"

"可是……那个贺歆会武功，万一她又给表姐洒什么药粉可怎么办啊？"

柳吟顿了顿，抬起头对上六公主的视线："对，我们今日没带人出来，还是先回去再说。"

六公主连忙点头，柳吟立刻往外走去："你看那庄明月还说我不矜持，那贺歆不也整天太子哥哥来太子哥哥去，居然还有脸说我不懂礼仪尊卑？！"

出了包间，柳吟让细云先去结账，刚到楼梯口就看到从楼下上来一行人。几个人迎面撞上，气氛瞬间变得剑拔弩张。

"柳吟，你居然敢打本郡主！"

戴着帷帽的女子声音中充满愤怒，分明就是庄明月的声音。旁边的贺歆手里还捏着一颗珠圆玉润的葡萄，显然就是刚刚柳吟丢下去的那颗。

没想到两个人来得这么快，六公主毫不示弱地瞪回去："何人看到是表姐动的手？还有，明月，你看到本公主都不用见礼的吗？这便是皇姑姑教你的礼仪尊卑？”

身为唯一的嫡公主，在外人面前六公主自然不会畏畏缩缩，气得庄明月差点咬碎一口牙，就这么狠狠地瞪着两个人。

从走道上经过的小二小心翼翼不敢靠近，他认识柳家这位姑奶奶，这种贵人的事可不是他一个小喽啰能看热闹的，他只能从角落慢慢溜下去。

“是我与明月没有注意，还望六公主莫怪。”贺歆神色内敛，微微颔首。

不爱与这两个人闲扯，柳吟给六公主使了一个眼色，接着便往楼下走去。只是经过对方身侧时，她忽然停下脚步，只觉得胳膊处传来阵阵酸麻。

“你又动了什么手脚？”柳吟捂着胳膊瞪向贺歆。

贺歆负手往前走了几步，眉毛微动：“我做了什么？柳姑娘说话还是得讲证据。”

“小姐，她扎了您的流慧穴。”细云立马凑过来轻声道。

“表姐……”六公主皱眉。

柳吟的胳膊依旧酸麻不止，不怒反笑：“行，那我只能去寻镇南王要个公道了。反正我一向喜欢大题小做。”

贺歆眼神微变，正欲说什么，却见楼下赫然走来一行人。她瞬间眼前一亮。

“太子哥哥。”

听到声音，柳吟也转过身往后看去。只见大皇子和镇南王世子一行人不知何时出现在这里，为首的男子身上一袭玄袍身形颀长，一双黑眸深不见底。

贺歆红着脸慢慢伸出手，可还未碰到秦砚的衣袖，后者就不经意地避开了她的触碰。她尴尬地收回手，面上维持着淡笑。

“歆儿，你又在胡闹什么？”看到她，贺冀眉头一皱。

见此，柳吟立刻指着自己抬不起来的胳膊开始告状：“世子殿下，你可得好好管一下你妹妹，她居然用针扎我，害得我的胳膊动都动不了。我就算再心胸宽广容，忍耐也是有限的。”

大皇子等人面面相觑，这几个丫头真是天生不合，一靠近就要出事，居然还闹到了宫外。如果他们刚刚没有听错，这柳吟还说要去找镇南王告状？

“我才没有。”

贺歆立刻看了一眼旁边的秦砚，着急地解释起来：“太子哥哥，你一定要相信我。”

明明刚刚比自己还跋扈，如今倒是柔弱了起来，柳吟都快被气笑了。贺冀忽然走过来，抓住她的胳膊，只在上面按了两下，酸麻的胳膊好像就能动了一样。

看到这一幕，庄明月顿时心一紧，帷帽下是一双怨毒的眸子。

“回府后在下必定严加管教舍妹。”贺冀慢慢松开她纤细的手腕。

柳吟动了动胳膊，立刻笑着看向贺冀，声音清脆：“还是世子殿下通情达理。”

不就是会武功嘛，简直欺人太甚，大不了以后她也找个武林高手在身边，看贺歆还怎么嚣张？

看着挨得极近的两个人，秦砚眉头微蹙，声音低沉：“过来。”

柳吟身子一僵，左右环视一圈，发现秦砚依旧在看自己。这……他是在对自己说话吗？

柳吟眨眨眼，连忙挪着小碎步走过去：“殿下有何吩咐？”

从未见过这么老实的柳吟，大皇子等人讶异不已。这念了几日书，性子是越发规矩了，沈太傅真的能化腐朽为神奇。

秦砚盯着她的发顶，语气微沉：“闹够了？”

柳吟：“……”

明明被欺负的人是她好不好！

柳吟抬起头，委屈地瞪了贺歆一眼：“是她打我，为什么说我惹是生非？”

六公主也一脸欲言又止地想替柳吟解释，明明是贺歆欺人太甚。

其他人也都闭上嘴没有说话，太子不喜柳吟也不是第一日，他们都已经习惯了。

贺歆慢慢环抱手臂，笑容清浅：“没有做过的事本郡主可不认。”

秦砚一双没有温度的视线忽然投了过去，声音微冷：“本宫不想看到还有下次。”

四目相对，贺歆呼吸一顿，手渐渐握紧，清秀的面容上满是隐忍。她不敢相信，太子哥哥居然会为了那个蠢货出头？

贺冀目光一闪，忽然将贺歆拉至身后：“殿下恕罪，微臣回府后必定严加管教舍妹。”

大皇子等人不懂太子到底是什么意思，他不是最厌恶柳吟的吗？

没想到秦砚能一视同仁，柳吟心里舒服了许多，特别是当她看到贺歆那一脸的不甘时，眼珠子一转，忽然一把抱住秦砚的胳膊，认真地说：“还是太子哥哥深明大义，我以后一定不跟郡主吵了。就算她打我，我也忍着就是了，反正我也打不过她。”

看到柳吟的举动，贺歆秀眉一皱，死死地瞪着那双手。可等了半天也未等到太子有什么反应，气得她甚至忘了呼吸。

秦砚没有说话，一双黑眸就这么盯着柳吟。柳吟只得松开他的胳膊，然后退后几步扭过头，只当什么也没有发生。

贺冀扫了两个人一眼，慢慢地垂下眼帘，脸上不带任何情绪。

“皇兄，我……我和表姐就先回去了。”六公主突然站了出来。

闻言，柳吟立刻拉住六公主的手，忙不迭地往楼下跑，连头也不敢回。她每次一看到秦砚心里就慌，特别是被他拆穿后，更不知该如何面对了。

两个人一溜烟地跑到楼下，大皇子等人失笑不已，只有贺歆低着头，眼中藏着一丝厉色。

柳吟也没心思再逛街，将六公主送到宫门口后，便带着细云回府。

她决定让爹找个武林高手跟在自己身边，不然以后要是再遇上贺歆肯定会吃亏。

来到书房，柳吟刚准备敲门，却听见里面传来阵阵说话声。她立刻把脑袋贴在门上，可下一刻，旁边的侍卫突然轻咳一声。

"二小姐，您……这是……"侍卫欲言又止。

柳吟突然忘记院子里还有侍卫，为了掩饰自己的尴尬，她瞪了他一眼，推开房门走进去。

里面的说话声随之一顿，看到是柳吟后，柳国正才冲那个羊胡子门客摆摆手："就按照我说的去做，下去吧。"

"属下明白。"门客点点头，又不经意地看了柳吟一眼，随即慢慢退出去。

柳吟感觉此人的眼神怪怪的，不过也没多想："爹，我想找个武功不错的女侍卫带在身边。"

柳国正不由自主地抬起头："为何？"

柳吟一边给他捶着肩，一边愤恨不平地告状："我今日又碰到了那个贺歆，她又对我动手了，真是欺人太甚。您一定得给我找个高手过来，不然以后我这面子往哪儿放呀？"

柳国正无奈地摇摇头，合上桌上的公文，宠溺地摸了一下女儿的脑袋："待会儿爹爹就让周管家给你寻个医武双全的回来，若是那祁阳郡主再欺负你，一定要告诉爹爹。"

看着一脸慈爱的爹爹，柳吟心里忽然涌起阵阵暖意，用力点点头，她肯定不会让人欺负自己的。

"对了，过两个月是皇上的寿宴，你大哥应该会回朝祝寿。这不，这几日又传来书信，怕我跟你娘会亏待你一样。"想到儿子，柳国正面上带着骄傲和无奈。

一想到大哥要回来，柳吟自然是开心的。难道就只有那个贺歆有哥哥？到时候她一定要把场子给找回来。

"那个……爹，娘说如果我嫁不了太子哥哥，是不是就要嫁给那个镇南王世子呀？”突然想到这里，柳吟有些忧心，毕竟那世子是贺歆的哥哥。

柳国正拍拍柳吟的手背，起身负手走到窗前，国字脸上满是凝重：“爹爹何尝不想让你嫁给太子，只是皇上与太子的心思也不是爹爹能猜透的，如今只能做最坏的打算。如若皇上当真要打压柳家，我们只能与镇南王联手，才能够保全自身让皇上有所忌惮。”

朝中的事柳吟一向不太清楚，可哪怕了解得不多，她也隐约能猜到爹的意思。这样做的话，肯定会让皇帝越发忌惮，从而彻底铲除。

“爹……”

“好了，这些事不是你该管的，快回去吧。这次你哥哥又让人从边关给你带了奇珍异宝回来，并特意写明是给你这个小丫头的，连我和你娘都没有份。”柳国正摇摇头，似乎有些吃味。

闻言，柳吟淡淡一笑，想说什么，可还是笑着出了书房。虽然自己现在变化很大，但凡事都得循序渐进，有些话还是不适合现在说。

只要是为了柳家好，就算联姻也没什么，不过柳吟觉得嫁给太子可能对柳家会好一些。毕竟和镇南王联姻肯定会成为皇帝的眼中钉、肉中刺，这样一来二往，万一矛盾激化了，她爹和镇南王要造反可怎么办，这可不是她想看到的。而且那个贺歆那么讨厌，若非实在走投无路，她真的不想嫁过去。

是夜，整个皇宫都笼罩在伸手不见五指的黑暗中，肃穆压抑。与此同时，乾清宫内却一片烛火通明，照亮软榻前两道身形不一的斜影。

随着一个棋子落盘的清脆声响起，身着明黄寝衣的中年男子慢悠悠地端过一旁的茶盏，轻抚着茶盖，看到对面落下一颗黑色棋子，面上顿时扬起一抹笑意。

“朕不得不夸你一句，每次故意输给朕都能让人难以察觉。”

话落，对面的墨袍男子眼帘微垂，神色不变：“父皇说笑了，是儿臣技艺不精罢了。”

皇帝抿了一口清茶，将视线落在眼前这个心思莫测的儿子身上：“你明白，朕也明白，所以有些事也是时候做出决断了。”

皇帝放下茶盏，神情让人有些难懂：“朕听闻镇南王有意与柳家联姻，你可知道？”

偌大的内殿弥漫着一股肃穆的气息，秦砚慢慢收着棋盘，声音清冷：“略有耳闻。”

“西南一地资源富硕，必须得收回。朕一直都觉得贺家早有异心，虽然没有证据，但绝不可让其与柳家相交。至于柳家……你如何看？”皇帝幽幽地看着儿子。

秦砚并未迟疑：“收回兵权。”

皇帝没有说话，外人只道帝王心思难测，殊不知他有时也在猜测儿子的心思。

“柳家不会轻易将兵权交出，对柳国正这个人不能逼得太急，必须得给点甜头吃才行。你母后的心思，你应该明白。”

秦砚将黑白棋子放回去，并未抬头，脸上依旧平静无波：“儿臣自会如母后所愿。”

皇帝就这么凝视着秦砚：“是如你母后所愿，还是如你所愿？”

秦砚的动作一顿，黑色棋子落入棋瓮中。他忽然抬起头，神色如常地看向皇帝：“儿臣不懂父皇是何意？”

四目相对，皇帝并未言语，忽而轻笑一声，端过一旁的茶盏抿了一口。整个内殿顿时寂静无声，只余烛火摇曳。

“朕只想告诉你，无论何时，这江山社稷才是重中之重，其余一切都可舍弃。”皇帝的神色严谨。

秦砚收好棋盘，忽然起身，微微颔首：“这是自然。”

看着窗外那轮皎洁的明月，皇帝忽然放下茶盏，笑道：“吟儿这丫头虽然刁蛮了点，但终究好控制，对你亦不会有二心，朕自然也满意。行了，夜已经深了，你回去吧。”

秦砚退后几步，并未说话，不紧不慢地出了内殿。一缕清风拂面而来，带着夜间的微凉，寂寥萧瑟。

微阳洒满大地，整个皇宫都笼罩在一抹金黄中。宫人们带着晨间的凉意，脚步匆匆前往各宫的方向。与此同时，偌大的金銮殿内却是一片肃穆。

近日盐税一案众朝臣议论不断，这次又牵扯到柳家的人，也不知皇上会如何决断。上次那柳侍郎就被贬压了，他们觉得皇上很有可能要开始打压柳家了。

“此事疑点众多，便交由陆丞相去查办，定要早日查出那为官不正之人！”

皇帝的话落，陆丞相立刻躬身站出来：“微臣必定严加排查！”

见此，其他人的心思瞬间活跃起来。谁人不知这陆丞相与柳家关系那叫一个水深火热，看来皇上这是铁了心要办柳家了。

底下议论纷纷，龙椅上的人忽然轻笑了一声，正声道：“上次爱卿们的谏言，朕一直都放在心上，太子的确是时候成家了。不知诸位爱卿是否有合适的人选？”

这突然而来的话让一众朝臣都愣住了，要知道以往皇上对此事都避而不谈，今日居然会主动提及。震惊过后，谁还记得什么盐税之事，一个个纷纷站出来谏言。

“启禀皇上，微臣以为太子妃人选必须端庄贤淑，又不失才貌，才可让众人信服，陆丞相嫡女是独一无二之选。”

说话的是礼部侍郎。紧接着，旁边的一个老御史也站了出来：“皇上，陆丞相嫡女虽好，可众所周知，其性情温和娴静，缺少大气，怕是让人难以信服。而柳尚书之女不但与太子殿下青梅竹马，而且性情魄力皆不俗，想必定能与皇后娘娘一般成为各宫表率。”

说到这儿，立刻有人轻嗤了一声：“刘御史，亏你也是个读书人，怎可将刁蛮当成魄力，真是让人贻笑大方。并且柳尚书之女大字不识，怎可成为太子妃？”

一时间众人争执起来，柳国正站在那儿神色平静，好像事不关己，就看着众人在那里争执不休。

就在这时，翰林院的一个院士突然道："张大人此言差矣，下官听沈太傅所言，柳姑娘虽入学短，但为人聪慧过人又玲珑剔透。选太子妃又不是挑状元，文采再好又有何用？"

众人没想到柳家的手都伸到翰林院了，谁不知柳吟鲁莽又泼辣，一点女子的矜持都没有，沈太傅怎么可能这样说？

听着底下的人争执不休，皇帝意味深长地说："爱卿们的提议朕觉得都不错，陆爱卿与柳爱卿之女各有千秋。只是这太子妃只能有一个，皇儿，你如何看？"

众人顿时将视线投向一直默不作声的太子殿下，谁人不知太子极其厌恶柳家嫡女，又如何会娶一个粗鲁泼辣的女子。

面对所有人投来的视线，秦砚忽然上前一步，微微颔首："表妹只是性情率真，儿臣……也很是喜欢。"

话落，整个大殿一片寂静，连呼吸声都清晰可闻。众人看着心思莫测的太子殿下，许久都未曾回神。

太子殿下怎么可能想娶一个那样的女子？！

他一定是为了拉拢柳家！一定是这样！

莫说其他人了，就连一直事不关己的柳国正也是眼神微变。他这辈子受过最大的刺激便是此时此刻，本以为让女儿成为太子妃还得费一番功夫，毕竟太子一直不肯接受柳家的示好。可当一切来得那么容易时，他反倒觉得不真实了。

当然，柳国正知道太子的话只是面上功夫，只是因为柳家才肯娶自己的女儿，喜欢自己女儿这件事他是做梦也不敢想的。

殿内依旧安静，皇帝看了看秦砚，突然出声："既然如此，那便由礼部操持此事，择良辰吉日便完婚。至于陆爱卿之女……就赐给皇儿做侧妃，如何？"

皇帝波澜不惊的声音顿时让众人回过神来，陆丞相立刻恭声道：

“谢皇上，能做殿下侧妃，是微臣一家的福气，也是小女毕生修来的福分。”

其他人也跟着附和：“皇上圣明！”

殿内的声音震耳欲聋，秦砚站在那儿并未出声，神色如水，未起任何波澜。

直到下了朝，众人还是猜不透皇上的意思。既然要对柳家下手，为何还要让柳吟成为太子妃？真是圣心难测啊。

柳国正也只能等到下了朝后拨开一众同僚，连忙追上秦砚，其他人便识趣地退下了。

直到宫道周围没有其他人，柳国正才笑着对秦砚拱手示意：“此事皇后娘娘也未曾给过微臣一点风声，殿下如此突然，的确吓了微臣一跳。”

柳国正就是想知道秦砚到底是什么意思，难道是真的接受了柳家的示好？

两个人相视一眼，秦砚停下脚步，声音温和：“此事的确突然，不过舅舅大可放心，本宫不会亏待表妹的。”

看着眼前的年轻男子，柳国正满心疑惑，不由得吞吞吐吐起来：“可……皇上……”

“时辰不早了，本宫还得去议政厅，先行一步了。”说罢，秦砚便转身离去。

徒留柳国正眉头紧皱，立吟儿为太子妃，还要让陆丞相的女儿为侧妃，皇上分明是在约制他们柳家。可奇怪的是，以往秦砚从来不会说这些表面话，不然也不会一直不理吟儿，如今居然说不会亏待吟儿。真是奇怪，看来他得找妹妹好好商议一下才行。

长春宫。

刚散了各宫的晨省，皇后站在窗前，手持剪刀，不急不缓地修剪着盆栽：“皇上不过是去了丽贵妃那里几日，这贱蹄子就敢在本宫面前耀武扬威，真是不识好歹。等他日皇儿继位，本宫倒要看那贱蹄子还如何嚣张。”

内殿中只有红杏伺候着，烈阳透过窗台照入殿内，洒下一片金黄。她低着头附和道：“丽贵妃的确不识时务，也不想想五公主，也不怕日后您给五公主寻一门不好的亲事。”

说到这里，皇后忽然凤眸一挑，咔嚓一下剪断一根枝叶：“你说得对，皇上一直想拉拢寒门子弟，到时候便将五公主嫁给一个酸腐文人。这样既合了皇上的意，又拉拢了官员，也让那贱蹄子无势可依，看她还如何在本宫面前趾高气扬。”

“娘娘所言极是。”红杏笑了一声。

“娘娘！娘娘！”

殿外忽然急匆匆闯进一名宫女，火急火燎的样子让皇后眉头一皱，面上带着不悦：“何事如此惊慌？如今真是一点规矩也没有了。”

宫女喘了一口气，畏惧地跪倒在地：“娘娘恕罪！只是奴婢刚刚得到消息，今日在朝堂上，皇上给表小姐和太子殿下赐了婚，如今圣旨已经出宫了。”

又听咔嚓一声脆响，一根枝条瞬间掉落盆中。皇后连忙放下剪刀，端庄秀丽的面上满是惊诧：“你……你再说一遍！”

还是红杏最先回过神，连忙笑着说：“恭喜娘娘，贺喜娘娘，终得偿所愿了。”

这一切来得突然，皇后愣了好半天，过了许久脸上才爬满欣喜。她本以为此事还需要一番周折，没想到居然来得这么快。而且皇上一点风声也没有漏，太子居然也同意了，真是打了她一个措手不及。

与此同时，身在柳府的柳吟还在和她娘学绣花。虽然她很不喜欢这种枯燥无味的东西，但还是咬着牙耐着性子学。

房中寂静无声，好不容易绣完了一朵花，她就迫不及待地递过去：“娘，您看是不是进步很大？”

绣帕上的花虽然针脚格外粗糙，但好歹也有个模样，不像以往，连针都不愿意碰。知道柳吟已经懂事了，张氏满意地摸摸她的脑袋："很好，再练个几月，便能给你爹绣一个了。"

闻言，柳吟放下针线，揉了揉酸麻的手腕，有些不开心："我才不给爹绣，昨日问他要一幅画也不愿意给，忒小气了。"

"那是你爹的藏品，你又不会赏画，要它做甚？"张氏点了一下柳吟的脑袋。

柳吟立刻解释起来："爹那么多藏品，给我一幅怎么了？沈太傅对我那么好，一点也不嫌弃我不识字，还那么有耐心，而且还不收其他贵重东西，我就想送点书画表示一下。难道还不准人家搞好人际关系呀？"

见柳吟越发牙尖嘴利，张氏无奈地摇摇头："这种事自有你爹去打点，你一个姑娘家做好自己的事就行。"

"可我也得……"

"夫人！夫人！"

房门突然被人推开，一个绿衣丫头气喘吁吁地闯进来，好像有什么要紧事。柳吟撑着脑袋瞥了她一眼："平儿姐姐，什么事这么急呀？难道是我哥提前回京了？"

"不……不是……"平儿喘着粗气，许是跑得急，满头大汗，指着屋外道，"宫……宫里来人了……"

柳吟还未开口问，只听平儿又接着道："皇上给二小姐和太子殿下赐了婚，您快出去接旨吧！"

话落，就连张氏也是神色一变，瞬间放下手中的针线，神情严肃。

柳吟坐直身子看着对方："你……说什么？"

"千真万确！"

平儿跺跺脚，连忙指着屋外："不信您可以出去看看，如今人都在大厅里等着了！"

这个消息犹如惊雷一般，震得柳吟的脑子嗡嗡响。她连忙掐了自己的胳膊一把，“咝”了一声后立刻从软榻上下来，又赶紧扶着她娘往外走，两个人都有些不敢相信。

等两个人匆匆来到大厅，只见传旨的居然是皇帝身边的王公公。看到二人，王公公也是笑着微微颔首。柳吟还未回过神，就被她娘拉着跪下，府中其他人也跟着跪下接旨。

王公公缓缓打开圣旨，高声宣道：“奉天承运，皇帝诏曰，兹闻柳尚书之女柳吟品貌双全，温良大方，太后与朕躬闻之甚悦。特赐予太子为正妃，另礼部择日，于下月十五完婚，钦此！”

念完，王公公才将圣旨递过去，笑眯眯地说：“恭喜柳姑娘，快接旨吧。”

所有下人都震惊不已，没想到自家小姐居然真的成了太子妃。不是都说太子殿下不喜二小姐吗？

柳吟浑浑噩噩地起身，伸手接过圣旨。

张氏也很快回过神，赶紧冲平儿使了个眼色。后者立刻悄悄塞过去一个荷包，王公公笑了笑，收下了。

“王公公，这皇上……为何会突然赐婚？真是让臣妇始料不及啊。”张氏收敛好神色，面上带着疑惑。

王公公意味深长地说：“其他的奴才并不清楚，夫人想知道大可等柳大人回来。此事今日在朝上也是商议过的，柳大人最清楚不过了。”

知道宫里的人都是老狐狸，也没指望从他嘴里套出什么有用的东西，张氏立刻客气地让人将对方送出去。

只有柳吟握着那卷圣旨慢慢打开，虽然她认识的字不多，可拼凑一下还是能看懂。上面还盖了一个印，说明这一切都是真的。可想而知，他爹上朝时一定是好一番腥风血雨、舌战群雄，然后终于替她拿下了太子妃之位！

“等你爹回来，我一定要好好问问，怎么说赐婚就赐婚了？之前一点消息没有，这也太突然了。”话是这么说，可张氏面上全是掩盖不住的喜色，赶紧让人去打听自家老爷有没有回来。

整个府中弥漫着一抹驱散不开的喜色，张氏吩咐管家每个人都能领赏。

柳吟则拿着圣旨回到自己房里，越想越觉得不可思议。她什么都没做就要成为太子妃了，秦砚难道不反对吗？

想是一回事，可真到了这一天时，柳吟只觉得整个人都凌乱了。她还什么准备都没有做好，居然就要成亲了！

秦砚那么厌恶自己，以后嫁过去怕是要守一辈子活寡。不对，以对方讨厌她的程度，这活寡她是守定了。

到了午时她爹才回来，与此同时，礼部也送来了彩礼，都是按照太子妃的规格办的，陆陆续续摆满两间屋子。柳吟就蹲在那里看着满屋子的珍宝，眼睛都快被迷花了。

柳吟本以为今日朝上肯定会是一番腥风血雨，可是按照她爹的说法，事情非常顺利。不过皇帝还给秦砚选了个侧妃，就是陆丞相之女。柳吟就知道事情没有那么简单，这还没嫁过去就要给她添堵。

一切就像做梦一样，柳吟以前还抱着侥幸心理，可一切来得这么快，不给她任何喘息的机会。

不同于柳吟的忧郁，整个柳府上下都喜气洋洋的。柳国正走路都带笑，大手一挥赏赐全府上下。

第二日，张氏就带着她进宫去找皇后，似乎是想打听一下皇帝和太子的意思。

等到长春宫时，只见皇后的眉宇间也满是笑意，立刻就拉着张氏闲话家常。柳吟则坐在一旁和六公主吃糕点。

柳吟已经想开了，守活寡就守活寡，她还不愿伺候呢。到时候她再给秦砚纳几个侍妾，做个贤良淑德的太子妃，这下总没人说她了吧？

“嫂嫂切莫担忧，虽然皇上此举着实突然，只是太子妃一位不是吟儿便是那陆家嫡女的，如今落在吟儿头上自然是最好不过了。”皇后一本正经地说。

内殿中并无伺候的人，张氏坐在软榻对面，皱了皱眉，似乎有些忧心："可……娘娘也知晓吟儿的性子，皇上让陆阮做侧妃，吟儿又如何斗得过她？"

柳吟差点被茶水呛到，立刻插了一句嘴："娘，您就不用担心了，我怎么可能会让人欺负自己。她不惹我就算了，她要是敢对我耍什么阴谋诡计，我一定不会让她好过！"

听着柳吟信誓旦旦的话语，张氏面上满是无奈。倒是皇后轻笑一声："吟儿说得对，况且还有本宫在，如何能让人欺负了自家侄女。那陆阮若是乖乖的也罢，要是她敢对吟儿下手，本宫有的是法子让她不好过。"

说到这里，皇后眼中闪过一丝厉色。柳吟忙不迭地点头，以皇后的手段，她又能吃什么亏。

"但是……太子一向不喜吟儿，我怕他对陆阮上了心，到时娘娘也不好从中动手，不然岂不是坏了您与殿下的母子情分。"张氏仍有些担忧。

皇后抿了一口清茶，不急不缓地放下茶盏，悠悠地说道："这一点嫂嫂大可放心，太子对女色一向不上心，本宫以往也曾给他送过侍妾，不过都被他推拒了。皇上此番突然赐婚，想必也是为了此事，皇室血脉必须延续。那陆阮本宫也见过，论才学，还不及沈太傅之女；论样貌，吟儿也比她强，太子又怎会轻易对一个人上心。"

听了皇后的话，张氏才稍稍放心。她如今最担心的，就是自己这个女儿会被人欺负了。宫里可不比府里，处处都是规矩，一不小心便会被人抓住把柄。这太子妃能立，自然也能废。

"娘娘，太子殿下来给您请安了。"红杏突然走了进来。

皇后立刻道："快传。"

柳吟身躯一震，只见忽然从外面走进来一道身形高大的人影，身着一袭玄色鎏金四爪祥纹锦袍，剑眉星目，脸上清冷淡漠，哪有一点即将成亲的样子。她撇过头不再说话，觉得对方肯定也是被逼才娶自己的。

看到秦砚，皇后面上露出一丝和蔼的笑："你政事繁忙，也就不必日日来给母后请安，本宫这儿也没什么事。"

秦砚微微颔首："母后多虑了，这都是儿臣该做的。"

皇后忽然笑着说："你有心了，还是快去忙政事吧。吟儿，还不快送你表哥出去。"

突然被点名，柳吟吓了一跳。六公主也立刻推了推她的胳膊，一直在使眼色。她深吸一口气，硬着头皮跟上对方的脚步。

出了内殿，她又看到了小禄子，小禄子这次十分识趣地退到一旁，她看着前面这个高大的身影，忍不住左顾右盼，忽然对前面的人道："殿下……为何要娶我？"

秦砚头也没回，神色仍然淡漠。

早已习惯了秦砚这样，柳吟只能低着头自顾自地念叨："算了，反正也没差别。"

话落，柳吟只觉突然撞上一堵肉墙，踉跄着退后几步，呆呆地看着突然回头的人。

"喜欢什么衣料？"他的声音低沉。

柳吟："……"

他什么意思？！

对上那双呆愣的眸子，秦砚的声音低沉："你整日只想着如何胡作非为？"

四目相对，她深吸一口气，立刻眨着眼睛为自己辩解："我……我可老实了！你这是偏见！"

说到这里，柳吟又十分殷勤地拉住秦砚的衣袖，一脸羞涩地低下头："只要能嫁给太子哥哥，哪怕是粗衣麻布……我也不在意！"

昧着良心说话她都已经习惯了。

秦砚望着被柳吟拉住的衣袖，白皙的指尖在日光下似泛着莹光。秦砚目光微动，定定地看她一眼："油腔滑调。"

说罢他便径直离去。柳吟撇撇嘴，没有追上去。从没见过这么难伺候的男人，还是交给那个陆阮去伺候吧。

秦砚走在鹅卵石小道上，不知想到什么，忽然往后面看了一眼："本宫记得库房里还有一匹云锦。"

小禄子愣了一下，随即点头："盈国独产的思蚕灭绝后就只剩下两匹了。"

其中还有一匹当年给太后娘娘做了衣裳，如今剩下最后一匹，就在东宫库房里。

"给内务府裁量嫁衣。"

闻言，小禄子的脸上顿时闪过一丝诧异。以太子妃的规格大多用的是织锦，虽然也极其名贵，可还是不敌云锦珍稀。如此一来，殿下到底是为了给柳家颜面，还是当真对那柳二姑娘上了心？

第四章

她娘和皇后还有很多事要说，柳吟不想听这些，便拉着六公主想去书院找沈太傅。成亲这段时间她肯定不能出来上课，以后就更别想了。

还没到书院，却在经过御花园时遇到一群不速之客。不知道算不算冤家路窄，虽然这事来得很突然，但并不妨碍她气气某些人。

“表姐……”六公主立刻拉住柳吟的胳膊，看着前面一群人。

柳吟笑着上前几步，看着周边的花道：“这花可真好看，改日我也让太子哥哥移栽几株放到东宫里。表妹，你觉得怎么样？”

见对方一副小人得志的模样，不远处的庄明月冷哼一声，接着立刻看向旁边的贺歆：“歆儿，你不要和那个臭丫头计较，太子殿下虽然娶了她，但肯定还是讨厌她，说不定碰都不会碰她一下，届时只会更可怜、可悲。”

听到有人光明正大地诅咒自己，柳吟走过去，笑道：“这种闺房之事就不劳郡主操心了。不过我定会秉承皇上与皇后娘娘的旨意，替殿下绵延皇室正统血脉。啊，差点忘了，郡主的脸好得可真快，看来太医院的那群太医也不是一无是处啊。”

看着对面浅笑盈盈的女子，庄明月手心一紧，从牙缝里挤出几个字：“不知羞耻！”

“表姐，我们走吧。”六公主怕对面的人又弄什么药粉，赶紧拉着她走。

柳吟哼着小曲，不急不缓地从两个人身边过。贺歆偏过头，目光一冷：“那就祝柳姑娘与太子殿下琴瑟和鸣了。”

柳吟脚步一顿，轻笑一声：“多谢郡主吉言，我一定不会辜负您的祝福。”

看到她们拿自己没办法，柳吟的心情特别好，就这么一路往书院走去。

“歆儿……”

“不必说了。”贺歆回头看着那个背影，语气阴冷，“日子还长，不着急。”

她要的东西就只能是她的！

柳吟来到书院，不过可惜沈太傅已经下课了。没有办法，她只能回去找她娘一起出宫。经过一处凉亭时，她不经意间看到了在大树下坐着的那个清瘦的男子。

“表姐……”

柳吟摆摆手，让六公主在原地等自己，一个人轻手轻脚地往树下走去。烈日炎炎，大树下有片刻凉爽，并且这个位置的风向也不错。

他手里拿着一本破旧不堪的书，风微微吹动他额前的墨发。那块疤痕似乎淡了许多，柳吟就知道他会用自己给的药。

看着面前停下的粉色绣鞋，男子缓缓抬起头，一张俏丽出尘的小脸瞬间映入眼帘。她面上依旧带着明媚的笑意，亦如此刻的烈日一般，让人不敢直视。

“我就说这药很有用，你再用一月定能好全。”

柳吟忽然蹲下身，看了一眼他手里的书：“你喜欢看书呀？我下次可以给你带，反正也是顺便。”

清脆的声音在耳畔响起，男子眼帘微垂，半晌才启唇：“为何？”

他的声音缥缈中又带着点沙哑，柳吟就这么看着眼前的人，轻笑一声：“你就当我闲来无事做好了。”

男子忽然缓缓抬头，就这么凝视着柳吟。

“其实我和你一样，很多人虽然表面对我恭敬，但我知道他们心里看不起我，觉得我粗俗又大字不识，就知道靠着家世胡作非为。不过没关系，我就是要气死他们，我还要活得很好，反正他们也不能拿我怎么样。”

柳吟也凑过去坐在旁边，看着天上的烈日，悠悠地说道：“人生有太多身不由己，不是所有人都有选择的余地，毕竟人活着不能只为了自己。不过每个人的追求不同，于我来说，只要家人平平安安、康健顺遂便好。”

她还有柳家，有爹娘，所以她必须嫁给太子。

清风拂过，男子低着头，让人看不清他心中所想。

想到六公主还在等自己，柳吟立刻起身拍了拍衣裙上的灰尘，看着眼前的人说：“那我走了，下次一定给你带书。”

不知想到什么，柳吟又低下头，试探地问：“我……能问一下……你的名字吗？”

见对方似乎没有开口的打算，柳吟悻悻地转身走人。

纪麟嘴唇一抿，半晌，缓缓出声：“纪麟。”

柳吟的脚步一顿，有种好像自己出现幻觉的感觉，接着慢慢回过头，看着树下的人勾唇一笑：“我听见了！”

有时候，柳吟觉得那些看似不好接近的人，往往更容易让人靠近。

看着那道逐渐消失在视线中的身影，纪麟渐渐合上眼，遮住其中所有的贪恋。

回到长春宫，柳吟就和她娘一同出宫了。不过皇后还把刘嬷嬷赐给了她，说是教她一些宫中的规矩，以后入了东宫也都陪着她。

这简直就是噩耗，有刘嬷嬷在身边，那她以后岂不是都得守那些古板的规矩？！

可无论柳吟怎么说，皇后都不肯收回成命，还说刘嬷嬷只是提点一下她而已，并不会干涉太多。

话是这样说，可这和监视有何区别？但没有办法，她娘都没有意见，她也只能接受了。

本以为成亲还得下月，但柳吟想得太简单了，这对她娘来说时间太短了。于是接下来的时间，她娘日日都让刘嬷嬷给她讲宫里的规矩，说是一点错也不能出。身为太子妃，就不能再像以前那样儿戏，还得掌管东宫上下事宜，凡事都得稳重，绝不能让陆侧妃钻了空子。

于是柳吟便开启了她的幽禁生活，白天学规矩，晚上学女红。

与此同时，刘嬷嬷还把宫中一些妃嫔争斗的辛秘告诉了她，她听得津津有味。原来丽贵妃为了节食瘦身，天天都只喝白粥。还有皇后生六公主时被德妃动了手脚，所以至今不能再育，也就难怪那个德妃倒得那么快。

不过只要有皇后在，自己又会出什么岔子呢？

不知不觉便到了成亲那日，柳吟反倒平静了下来。就是她娘急得跟什么似的，天还未亮就让人将她唤醒，然后沐浴熏香，再穿上繁琐的衣物。

这日的京城各处街道上早早地围满看热闹的百姓，都听说柳家嫡女粗俗不堪，没想到最后居然嫁给了太子殿下。一大批禁军严格把守着各条街道，以确保迎亲队伍能畅通无阻。与此同时，柳府也是一片烛火通明，忙碌不堪。

“听闻这嫁衣是太子殿下特意吩咐用云锦制成的，全天下仅此一匹呢。”

刘嬷嬷让人替柳吟穿衣物，看着这火红华贵的嫁衣，面上也染上阵阵笑意。她看人一向很准，纵然无人相信，可她就是觉得太子殿下对表小姐非同一般。

屋里有不少族中前来送嫁的命妇，一个个喜笑颜开地吹捧起来。虽然他们都知道，太子肯定是看在柳家的面子上才这样做的。

听着这些亲戚你一言我一语的，柳吟困极了，坐在梳妆台前任由她们摆弄。直到外面太阳初现，她才揉着眼眶慢慢睁开眼。

镜中的女子眉眼精致，柳眉弯弯，鲜红的朱唇泛着点点光泽。青丝束在脑后，鬓上别着一支凤凰展翅镶玉嵌七宝明金步摇，栩栩如生。望着镜中的人，柳吟面上有些呆愣，不敢相信这是自己。

其他人也是难掩赞叹，虽说柳吟这丫头粗鲁了些，但的确是生得不错，整个京中也找不出几个比她出挑的。

“表嫂真是好福气，有一个如此标致的女儿，太子殿下见了必定喜欢。”一个命妇忍不住夸赞起来。

“就是就是，这男子哪有不喜欢漂亮的。只要吟儿温柔些，太子殿下又如何会不怜惜？”

她们一个个出谋划策，绞尽脑汁。柳吟则坐在镜子前看着自己，只觉得头上的东西格外重，待会儿要怎么走路呀？

外面的天已经亮了，屋内的烛火也已经燃尽。看着面前格外出挑的女儿，张氏莫名眼眶一热，上前拉住她的手，声音哽咽：“进了东宫可莫如以往那样胡闹。”

虽然只是一场联姻，可终归要嫁人了，柳吟心中多少难掩感伤。特别是看到她娘这样，她也不禁眼眶一热。

“你是太子妃，陆阮只是侧妃，按照规矩，太子今夜一定会来你这里，你可莫再胡闹了。”张氏神色严肃地叮嘱。

柳吟敷衍地点点头，心想：秦砚平日看到她就避如蛇蝎，怎么可能会留宿？

“来了，来了！”

外面充斥着细云的叫喊声，顷刻间，屋里又是一阵兵荒马乱。刚刚还悲伤的气氛被这么这一打岔瞬间消退不少，张氏立刻将红盖头给柳吟盖上，又赶紧催促着喜婆进来。

看到不用走路，柳吟当然是乖乖地趴在喜婆背后，任由对方背着自己出门。

柳吟盖着盖头，看不到外面的场景，只能听到周围全是说话声，还有许多祝贺声。许是出了府，外面也渐渐传来百姓热闹的声音，格外嘈杂。

就像做梦一般，柳吟从未想过这一日还是来了，柳家的前程仕途终究还是压在了她的身上。

柳府外停着一行长长的迎亲队伍，周围的百姓全被禁军拦在一旁，只留下一条空旷无阻的街道。就在队伍前，一名身着大红喜袍的男子正骑在马上，身形丰神。这俊逸的脸庞让不少未出阁的女子暗自羞红了脸，心中也满是可惜，那柳府的母夜叉如何能配得上文韬武略的太子殿下？

周围人声鼎沸，直到上了轿柳吟才松了一口气。不多时她感觉好像起轿了，但她不敢往外看，只能抬手扶了扶头上沉重的凤冠，感觉自己的脖子都要被压断了。

今日京城街头热闹非凡，个个都抻长了脑袋往外看。茶肆酒馆里也都是议论声，纷纷说柳家嫡女是如何如何不堪，怎么配得上太子殿下。可当迎亲队伍经过时，一群人又一窝蜂地跑出去看热闹。

声势浩荡的队伍延续了足足两条长街。在一间茶馆的二楼，贺冀透过窗口望着底下那浩浩荡荡的队伍，不由得勾着嘴角抿了一口清茶。

“其实太子殿下完全可以娶陆丞相之女为太子妃，也不知他到底是如何想的？”旁边的侍从百思不得其解。

贺冀收回视线，神色不明：“你以为皇上会让我们与柳家交好？”

闻言，侍从低下头不敢再说话。

贺冀手握白瓷杯，若有所思地看了楼下一眼，目光幽深：“你觉得京城与连城哪个更繁华？”

侍从皱着眉想了一下，最终还是大着胆子道：“西南虽然资源富硕，但各方面……终究还是不如京城。”

说罢，他不由自主地偷偷抬头去看男子，却见对方目光悠远地看着窗外某处。

“的确是可惜了。”

贺冀的声音犹如一阵清风淹没在川流不息的街道，随着迎亲队伍渐行渐远，百姓们还在津津乐道地议论着今日之事。

进宫后，周围的声音越来越低，直至剩下阵阵脚步声，随着喜轿停下，外面也传来喜婆高亢的声音：“落轿！”

柳吟突然被吓了一跳，由于角度原因，只能看到轿帘被人撩开，喜婆麻溜地替她提着繁琐的裙摆。她深吸一口气，顶着沉重的头饰走出了轿子。就在这时，一只骨节分明的大手忽然出现在她的视线里。

周围无比寂静，还是喜婆推了柳吟一下，她才慢慢地伸出手搭上去，被人拉着往前走。

秦砚的手有些温热，柳吟没想到他会有这个举动，吓得连呼吸都放轻了。

朝臣们站在两侧，大殿之上正坐着皇帝，旁边的皇后一脸笑意。特别是看到太子拉着自家侄女柳吟的手时，皇后眼中的欣喜都快压制不住了。

柳国正在殿中也是一副笑容满面的模样，接受着来自各位同僚的祝贺，春风得意说的就是他此刻的心情。

柳吟非常紧张，感觉心都要跳出来了，手心开始冒虚汗，吓得连眼珠子都不敢转了。

来到殿前，证婚人是皇室中一位德高望重的老亲王，念了一堆通赞后才高喊：“一拜天地！”

皇后高兴极了，笑吟吟地看着底下的一对新人，得偿所愿说的就是她此刻的心情。她相信一日夫妻百日恩，相处久了，太子一定不会再那么讨厌吟儿。身为太子妃，只要能得到夫君的尊重便够了。

礼成，柳吟被喜婆带回喜房，大殿里的一切都与她没有关系。直到进了房间，门一合上，刘嬷嬷就语重心长地嘱咐：“太子妃不必紧张，一切有老奴看着呢。”

柳吟更加紧张了。

等刘嬷嬷一出去，整个房间就只剩下她一个人。她并没有掀开盖头，而是疲惫地靠着床栏，从宽大的衣袖中拿出一包糕点。还好她早有准备，不然这饿一天还得了。

也不知道外面是什么时辰了，柳吟吃了几块糕点觉得有些口渴，但顶着这么重的头饰实在不好行动，就只能靠在那儿准备眯一会儿。

柳吟也不知眯了多久，等她迷迷糊糊醒来时，屋里依旧空荡无声。她又一个人靠在那里咬糕点，觉得成亲对女人可真不公平，为什么男子就可以在外面吃香的、喝辣的，她就从早到晚都不准吃东西。

月朗风清，大殿的宴席逐渐进入尾声。黑暗中，走廊尽头突然走来一道高大挺拔的身影。看到来人，屋外的刘嬷嬷顿时精神了，外面的宫女也都站直身子，没想到太子殿下居然真的会过来。

“老奴叩见殿下。”

屋外突然传来刘嬷嬷的声音，吓得柳吟赶紧把糕点塞到床底下，然后正襟危坐，双手老老实实地放在腿上，心跳开始加速。

“下去吧。”

秦砚的声音醇厚，许是喝了酒的缘故，带着一点磁性。房门被推开，他正迈步进来。柳吟也不知道自己在紧张什么，就是不自觉地屏住了呼吸。

看着屋里的人，刘嬷嬷有些欲言又止，最终还是选择关上房门退了出去。有些事，她们这些做奴才的插手也没有用。

烛火妖娆地摇曳着身姿，照亮整个喜庆的房间。大床前正坐着一个身着火红嫁衣的女子，不同于以往的聒噪，她此时倒是安静得很。

屋里寂静得让人心慌，柳吟闭上眼努力调整着自己的呼吸。不过逢场作戏而已，有什么好紧张的。

就在这时，眼前的光线越发明亮。她慢慢睁开眼，发现盖头已经被人掀开。入目是一间贴满“囍”字的房间，还有眼前站着的男子。

纵然秦砚身着一袭大红喜袍，可依旧透着矜贵淡漠。他那张清冷的脸让人望而却步，身上还散发着淡淡酒气，应该是喝了不少酒。

“如今倒是安静。”屋里突然响起他醇厚的声音。

柳吟低着头，双手揪着衣袖，呢喃：“我……我本来就很文静。”

烛火幽幽，女子肌肤胜雪，眉眼如画，小脸上带着酡红，纵然浓妆也没有丝毫艳俗，反倒平添一分娇艳。秦砚目光一暗，忽然转身来到摆着酒水的桌前。

盖头都已经掀了，柳吟自然是迫不及待地摘下头上的凤冠，再不拿下来她的脖子就要断了。

知道要喝交杯酒，柳吟懂规矩，走过去端起桌上的酒。不知她想到什么，顿了顿，最后举起酒杯一饮而尽。

“咯咯——”

从没喝过这么烈的酒，柳吟的喉咙像被火烧一样。直到一杯茶水摆在面前，她才迫不及待地灌了几口。

安静了没多久果然还是原形毕露，秦砚淡淡地瞥了柳吟一眼，自顾自地倒酒，脸上依旧透着平静，没有一点新婚的喜悦。

秦砚觉得自己并未喝醉，可不知为何，宴席未散便要来这儿。

见秦砚不说话，柳吟一点也不尴尬，反正她早已经习惯了，干脆坐在对面吃桌上的糕点。没人知道她有多饿，其实她还想吃饭，不过这半夜三更传出去不好听，还是忍一忍吧。

屋内透着一股诡异的和谐，等吃得差不多了，柳吟才喝了一口茶，手撑着脑袋看对面的男子。烛火下，那张脸越发完美，不知不觉间她竟然光明正大地打量起他来。

许是卸了头饰的缘故，柳吟如瀑的青丝披散在背后，衬得皓雪的肌肤越发动人。秦砚薄唇微启：“吃够了？”

柳吟回过神，赶紧点点头，然后一本正经道：“我知道太子哥哥不愿意娶我，可事到如今，你放心，我一定会尽心尽力做好太子妃。你想纳多少妾我都没有意见，定不会让你为难。”

柳吟觉得自己绝对是最识大体的太子妃，这下总无人挑她的错处了吧？

听着柳吟清脆的声音，她的脸上还带着一抹郑重。秦砚眉头微蹙，就这么凝视着她，直到把人看得不自在，他才忽然起身。

见秦砚终于要走了，柳吟赶紧跟过去想恭送一下。可谁知他走的方向居然是床榻，吓得她连忙支支吾吾起来："您……不去找陆侧妃？"

秦砚脚步一顿，忽然转过身，一把握住柳吟纤细的手腕，目光深沉："本宫有正妃，为何要去侧妃那里？"

四目相对，柳吟心里咯噔了一下，　整个人以肉眼可见的速度慌了起来。

烛火幽幽，看着眼前这个小脸通红的女子，秦砚嘴角一勾，握住她胳膊的手越来越紧，深不见底的黑眸中闪过一丝暗色。

感觉自己被越拉越近，柳吟连呼吸都顿住了，吞吞吐吐道："臣……臣妾来癸水了……"

说完，羞得她整个脑袋都快埋到地下。秦砚顿了顿，目光落在她的发顶上，很快便视线一转，松开她的胳膊负手走向屋外。

走到门口，他突然停下脚步，眼睛一瞥："自己休息。"

话落，秦砚便打开房门径直出了屋子。外面的人都大吃一惊，没想殿下居然不留宿，这可把刘嬷嬷给急坏了。但她又发现对方面上并无怒意，可见并未生气，那为何不愿留宿呢？

大婚夜不留宿，日后太子妃岂不会成为阖宫上下的笑柄？

小禄子了然地跟在秦砚身后，看着前头的主子，试探地问："殿下可是要去陆侧妃那里？"

虽然新婚夜不留宿太子妃房中不合规矩，但东宫的事还轮不到外人置喙。

"去书房。"秦砚的声音低沉。

闻言，小禄子赶紧闭嘴不言，对刚刚屋里发生的事更好奇了。

与此同时，刘嬷嬷也忧心不已地进屋询问柳吟发生了何事。直到听见她来了癸水，才松了一口气，她还真怕这位祖宗又惹恼了殿下。

柳吟才没空管这些，赶紧让人打水沐浴，心里还有点难以置信，刚刚秦砚是真要和她圆房吗？

不可能，不可能！这一定是她的错觉！

平时她稍微靠近一点对方就避之不及，如今怎么可能会想和她圆房？除非太阳打西边出来。

柳吟觉得秦砚刚刚肯定是做给别人看的，他怎么可能会和她圆房？听说那个陆侧妃可温柔了，他要圆房也应该是找陆侧妃才对！

柳吟自我安慰了一番，等沐浴后才重新躺在床上，看着窗外皎洁的月色，心里莫名有些伤感。宫里的夜晚好像格外冷，难道以后她就要在这里度过余生吗？

夜凉如水，黑暗中像是有无数双眼睛盯着东宫。直到太子未留宿的消息传出，有人欢喜有人愁，注定有人彻夜难眠。

柳吟也不知道自己是什么时候睡着的，平时在柳府无拘无束惯了，可这次才辰时就被刘嬷嬷唤醒。外面初升的太阳有些刺眼，她整个人都缩进被子里不想起来，最后还是被细云拽开了被褥。

柳吟睡眼惺忪地从床上爬起来，一边迷迷糊糊地摊开手任由宫女给自己穿衣，一边还在教训细云："你这丫头真是胆大包天，都是娘亲把你惯坏了。"

刘嬷嬷无奈地一笑："今日您得去给皇上与皇后娘娘请安，自然不能误了时辰。不然岂不是落人口实？"

其他宫女也都低头憋着笑，以前只听闻太子妃未出阁前便不拘一格。如今果然如此，难怪昨晚殿下未曾留宿，怕是厌极了她。

发现那些人异样的神色，刘嬷嬷立刻怒视一眼："没有一点规矩，都想去慎刑司不成？！"

"嬷嬷息怒，太子妃恕罪！"几个宫女吓得立刻跪倒在地。

刘嬷嬷曾是皇后身边的人，就连各司局掌事都得卖她的面子，这些宫女自然不敢造次。直到柳吟随意地摆了摆手，那些宫女才退了下去。

柳吟穿好那繁琐的衣物，坐在梳妆台前任由刘嬷嬷给自己梳发，懒洋洋地说：“何必与她们计较那么多，待会儿直接让人送去慎刑司，不杀鸡儆猴，还真把我当成软柿子了。”

能动手的时候，柳吟向来不喜欢说废话。

刘嬷嬷知道这位主子吃不得亏，在这宫里倒也是件好事，免得让人看轻了。这柳家的嫡女还没沦落到让人欺凌的地步。

“唉，你说这以后每天都要去给姑母请安，我岂不是日日都要起这么早？”柳吟心情沉重地叹了一口气，这宫里的规矩迟早得把她折磨死。

细云掩嘴低笑出声，刘嬷嬷不禁摇摇头：“您多虑了，皇后娘娘怎会让您受累？只是今日避免不了罢了，以后自是不必日日前去请安，平日做做样子也就够了。”

柳吟瞬间精神了，果然还是姑母好。

“还有，如今您已嫁给太子殿下，以后可就不能唤姑母了，得叫母后。”刘嬷嬷语重心长道。

说到这里，柳吟不自觉地小脸一热，倒没说什么，只是心里怪怪的。

成亲后太子可以休沐三日，所以今日不必上朝。等柳吟到用膳大厅时，就见那里已经坐了一个人。满桌的菜看让人眼花缭乱，周围的宫人都低着头，安静地守候在一旁。

秦砚身着一袭锦白蟒袍，腰间束着金线祥云锦带，整个人清冷又矜贵。柳吟偷瞄了几眼，以前她竟未发觉对方生得这么好看。

柳吟来到长桌一旁坐下，许是想到了昨晚的事，还有些不自在。她默默地拿过碗筷，自顾自地盛了一碗粥，又夹过一个小笼包咬了一口。

食不言，整个大厅十分寂静。不同于秦砚的慢条斯理，柳吟吃得要迅速许多，其他宫女都低头忍着笑，这太子妃真是如传闻中那般……粗鲁。

一般闺阁女子都只吃半碗饭，而且每次只能夹几粒米放进嘴里。柳吟可学不来此等做派，她觉得还是做个粗鲁的人舒服。

看着一笼糕点又少了几块，秦砚忽然将视线投向对面的女子。那嫣红的小嘴一张一合地吞下半块肉糕，腮帮子撑得鼓鼓的，视线还一直盯着另一笼糕点。

柳吟发现好像有人在看自己，不禁抬起头，骤然对上秦砚深不见底的眸子。她顿了顿，连忙喝了一口水，一本正经地解释："我只是比普通女子吃得多了那么一点点而已，不过我不会长胖的。"

为了证明自己，柳吟立刻卷起衣袖，一截纤细的手臂顿时暴露在空气中。秦砚目光一闪，忽然瞥向旁边的人。小禄子连忙低下头，不敢乱看。

"平日无事不要乱走。"他神色如常。

闻言，柳吟赶紧点点头："要走也是去姑母那里，不会在东宫乱转的。"

说到这里，柳吟不知想起什么，忽然麻溜地将凳子挪到秦砚身边，再十分殷勤地夹了一块糕点到他盘中，莹白的小脸上满是欲言又止。

"那个……今日有几个宫女对我不敬，我可以将她们送去慎刑司吗？"柳吟的声音轻细，一双清澈明亮的眸子牢牢地落在秦砚身上。

秦砚扫了一眼柳吟夹来的糕点，不紧不慢地尝了一口，声音清淡："这种小事不用告诉本宫。"

话落，整个厅里的奴才都身子一抖。本以为太子妃不受宠，没想到太子殿下居然任由她行事。只有小禄子神色复杂地低着头。

听了秦砚的话，柳吟更殷勤地给他夹菜，且笑得清甜："我就知道太子哥哥最深明大义了。"

秦砚没有说话，任由柳吟一个人在那里叽叽喳喳说个不停。

用完早膳，这时早朝还没下，两个人便先去长春宫请安。以前都只能偷偷摸摸地溜进东宫，如今却是光明正大地从这里进出，这让柳吟的心情格外复杂，感叹人生真是起起落落。

太子妃的衣服格外繁琐，而且又非常宽大，柳吟十分不习惯这种款式。走在人来人往的御花园里，不时有宫人经过，直到第五次提了提自己的挽纱后，她终于下定决心，等回去后就要司衣局给自己裁制几件衣服。姑母送的款式也太老气了，一点也不好看。

看着前面脚步沉稳的男子，不知想到什么，柳吟左右环视一圈，忽然上前两步，悄悄伸出胳膊，慢悠悠地拉住那只骨节分明的大手。

秦砚眼神微动，并未回头，脸色依旧清冷淡漠。

见对方没有反应，柳吟更大着胆子拉住他的手，一本正经地跟在他的身后，故作严肃地直视前方。

就算是顾及柳家与她姑母，秦砚在明面上也必定不会冷落自己。哪怕是逢场作戏，她也不能让爹娘担心。

小禄子和细云面面相觑，两个人心思各异地低下头。其他宫人心中也是掀起惊涛骇浪，太子殿下不是十分厌恶太子妃吗？

等到长春宫时，红杏早就在那里候着了。看到表小姐和太子殿下携手而来，立刻欣喜地进去通报。

柳吟赶紧松开他的手，跟着一同进入内殿。只见皇后正坐在软榻上沏茶，看到两个人后眉眼间立刻染上一抹笑意。

“儿臣见过母后。”秦砚拱手，再颔首示意。

柳吟站在一旁有些难以启齿，直到所有人的视线都落在自己身上，才红着脸行了一礼：“臣妾……给母后请安。”

柳吟的声音轻细，难得看到她也有脸皮薄的时候，皇后眼中的笑意更盛：“快起来，看你这么规矩，本宫倒还真有些不习惯了。”

红杏端上一盏热茶，柳吟红着脸接过来，再朝皇后递过去：“母后喝茶。”

柳吟那张莹白的小脸上早已爬满红晕，清澈明亮的眸子也闪烁不定。秦砚淡淡地看她一眼，再缓缓将视线移开。

“好孩子。”

皇后连忙接过热茶抿了一口，接着对旁边的宫女使了一个眼色，后者立刻递上一个盒子。柳吟愣在那里，不知该不该接。

“这是当初本宫封后时皇上送的，如今就给你了。你莫辜负了母后的一番期许，日后定要尽心伺候太子，为皇家延续子嗣。”皇后笑着打开盒子，里面赫然躺着一个碧绿剔透的镯子。

柳吟感觉皇后这句话意有所指，不自觉地看了一眼旁边的人。不过对方面上长年一副平静无波的模样，什么也看不出来。

“这么贵重的东西，臣妾肯定不能收。”柳吟赶紧低下头。

看着如今懂事的侄女，皇后的眼神有些意味深长。最后还是拉过她的手，亲自替她带上，碧绿剔透的玉镯衬得她的肌肤越发白皙。

“不给你给谁呀？”

皇后说着又将视线投到一旁的秦砚身上：“本宫如今没什么好求的，只要你们能相敬如宾便足矣。”

柳吟本想做个缩头乌龟，可一想到自己多少得表示一下，便立刻信誓旦旦地说：“母后放心，吟儿一定会尽职尽责做个贤良淑德的太子妃。”

见柳吟一副认真且严肃的模样，皇后也被她逗笑，便看向秦砚：“你父皇这时怕还未下朝，迟些再过去请安也不迟。你先回去吧，母后还得嘱咐一下这丫头宫中的规矩。”

闻言，秦砚只是微微颔首：“儿臣告退。”他扫了一眼旁边的女子，跟着转身离去。

直到人完全出了内殿，皇后才皱起眉，一把拉过柳吟，正色问道：“快说说，昨夜太子为何没有歇在你那儿？”

红杏也立刻出去守在门口，整个内殿只剩下她们俩。柳吟就知道皇后会问这件事，不过昨日秦砚肯定是做做样子的，只是……他为何不去那个温柔的陆侧妃那里呢？

“这个……我……我来了癸水……所以……”柳吟低着头，小脸一红。

闻言，皇后的神色才有所缓和，但依旧追问：“是你主动说的？”

柳吟：“……”

一定要问得这么详细吗？！

“姑母，您就别问了，这么羞人的事我怎么好说呀。您放心好了，我心里有数呢。”柳吟干脆坐在一旁的软榻上，自顾自地拿过桌上的糕点咬。

见柳吟还跟个小孩子似的，正经不了一会儿就原形毕露。皇后有些无奈，心绪复杂起来，看来她还得跟刘嬷嬷问问具体情况才行。

“你不要觉得本宫是在与你说笑，不管太子对你如何，只有你生下皇嗣，这位子才算坐稳。我们柳家所有的希望可都寄托在你这肚子上了。”皇后缓缓拉住柳吟的手，凤眸中闪过一丝深意。

柳吟继续低头吃糕点，只当什么也没听见。虽然外人都觉得她没心没肺，可她何尝不知道轻重利弊，但谁又明白她的压力有多大。她爹娘的期望与担忧，还有柳家如今的处境，这一切一切全压在她一个人身上。秦砚对她又不冷不热，自己热脸贴了他那么久的冷屁股，是块冰都应该给焐化了。

柳吟越想越糟心，人活着怎么就这么难呢？

“太子哥哥不让我乱走，那我就去找表妹玩好了，我都好久没有上课了。”想到这里，柳吟决定出去轻松轻松。

皇后立刻秀眉一皱：“如今都是太子妃了，怎么还跟个孩子似的？你现在刚进东宫，有大把的事等着你处理，而且以后姑母这个位子也会是你的。你不学着处理宫务，姑母难道还能帮你打理一辈子不成？”

闻言，柳吟只能歪着头叹气，无奈地从软榻上下来：“好好好，我回去就跟刘嬷嬷学习规矩，以后也跟姑母一样端庄贤淑。”

“你这丫头……”皇后想去敲柳吟的脑门。

柳吟赶紧从内殿溜出去。本以为成亲后和以前不会有太大差别，哪知行动还是这么不自由。算了，算了，她知道好表妹肯定会主动过来找她玩的。

柳吟回了东宫，刚到听雨阁外，就看到刘嬷嬷守在屋外。看到她回来，刘嬷嬷立刻迎上来。

“怎么，难道要去给父皇请安了吗？”柳吟随口问道。

刘嬷嬷摇摇头，凑过来，压低声音道："刚刚殿下派人来传话，已经去过皇上那里了，您就不用过去请安了。只是陆侧妃和刘管事这会儿正在里面等您呢。"

听到不用过去请安，柳吟立刻松了一口气，她对那个笑呵呵的皇帝还是有些害怕。但在听到刘嬷嬷的后面一句话时瞬间来了精神，目光不由自主地投向内殿。

果然，该来的就躲不了！

柳吟轻咳一声，直起身子，故作严肃地迈步进去。只见屋里正坐着一个模样温婉秀丽的女子，身着一袭月蓝色宫装，颇有江南女子的风韵，看起来的确是个温柔如水的美人。

看到柳吟，女子慢慢起身弯腰行礼："妾身给太子妃请安。"

陆阮的声音温婉悦耳，柳吟笑着上前虚扶了她一把："妹妹不必多礼，本宫之前去给母后请安，让你久等了。"

陆阮缓缓起身，面上一阵惶恐："也没有多久，这都是妾身应该做的。"

眼前的女子一袭青烟紫绣游鳞落地长裙，身形窈窕，精致的眉眼俏丽脱俗，的确让人一眼难忘。陆阮曾见过这个柳家嫡女，外人传其性情粗鲁不堪，她却不这样认为。

爹爹说殿下不喜柳家嫡女，哪怕自己只是个侧妃，只要讨得殿下喜欢，日后也不是没有机会扳倒对方，可昨日殿下虽然没有留宿太子妃这里，却也没有去自己那里，就连自己刚刚过去请安也未曾看到殿下的人影，看来一切还得从长计议。

"都是自家姐妹，你不必如此拘束，以后也不用日日过来请安，本宫不讲这些俗礼。"柳吟拉着对方的手，赫然一副姐妹情深的模样。

要是对方天天过来请安，她还怎么睡懒觉呀？

刘嬷嬷心中满是欣慰，看来太子妃还是聪慧的，至少把自己说的话都听进去了，也至少学会了一些面子功夫。

闻言，陆阮点点头："那妾身就不打扰娘娘了。若是娘娘觉得乏闷，随时可以让人寻妾身过来说话解闷。”

柳吟看着眼前这个进退有度的女子，继续保持微笑，然后目送对方一步一步离开内殿。

等了许久的刘管事突然上前几步：“奴才给太子妃请安。”

柳吟笑得脸都僵了，赶紧到上坐坐下，目光落在眼前的蓝袍老太监身上：“什么事？”

柳吟还是喜欢五公主那种性格，这种对自己客气的人反倒让她不习惯，就怕背后被人捅刀子。算了，她还有皇后当靠山，不用慌。

“这些是库房钥匙，还有殿下的私印，请您过目。”刘公公谄媚地递来一个盒子。

细云立刻上前接过，柳吟狐疑地打开看了一眼，再将好奇的视线投向刘嬷嬷。秦砚到底是什么意思，他这是要将东宫上下事宜全交给自己打理吗？

厅内其他宫女也脸色一变，觉得定是因为皇后娘娘，太子殿下才会对太子妃这么纵容，不然昨夜为何不留宿？新婚夜不留宿这还是皇室中第一件，可见太子定是厌恶太子妃的。

刘嬷嬷轻咳一声，笑着看向对方：“账簿册子那些东西呢？”

说到这个，那个刘掌事不禁讪笑一声，低下头：“这个……这个……殿下说……太子妃不识字，给了也没有用，所以……就先放在奴才这儿了。”

柳吟：“啊！”

她瞪大眼，一掌拍在桌上。简直欺人太甚，居然这样赤裸裸地歧视她！太过分了！！

柳吟扫了一眼其他宫女忍笑的模样，只觉得自己里子面子都丢光了，没想到有朝一日她居然会被人如此嘲笑加讥讽！

是可忍孰不可忍，柳吟骤然起身，沉着脸大步往外走。刘嬷嬷吓得赶紧叫住她：“太子妃——”

“我去看看殿下，你们不必跟来！”

柳吟沉着一张小脸迈步径直离去。她最讨厌被人冤枉，虽然自己学识是低了点，可现在已经认识很多字了好不好？拼凑一下还是能看懂的，哪有一字不识？！

柳吟气冲冲地来到清宁殿的书房，外面的禁军看到她，立刻长剑一挡："娘娘留步！"

柳吟深吸一口气，继续一脸铁青地瞪着面前的两个人："本宫寻殿下有要事商议，还不让开！"

门外的小禄子看到柳吟，连忙进去通报。外面的侍卫依旧死活不让，语气冰冷，没有一点退让的意思。

没一会儿，小禄子又从里面溜出来，赶紧迎上去："殿下让太子妃进去。"

禁军这才退后几步让开一条路，柳吟瞪了这两个人一眼，不由自主地放了一句狠话："本宫记住你们两个人了！"

说着，柳吟直接迈步进书房。后面的小禄子十分同情地看了那两个禁军一眼，这太子妃记仇是出了名的，这两个人铁定要倒霉了。

柳吟推开书房门，见里面居然还有一名官员。许是事情已经谈完了，那个人立刻躬身作揖："那微臣先行告退了。"

转身之际看了柳吟一眼，他微笑颔首："见过太子妃。"

"不必多礼。"柳吟赶紧露出一脸微笑。

官员不禁多打量了一眼太子妃，只觉得与传闻中似有些出入。而且殿下居然让其进书房重地，难道就不怕她是柳家的人吗？

等人离去后，柳吟才赶紧合上房门，一脸不甘地走过去，噼里啪啦地念叨起来："为什么不给我账册？我以前是不识字，可现在已经认识很多字了。殿下怎么能胡乱冤枉人呢？那些账册我肯定能看懂！"

其他的事她可以背锅，但"不识字"这个锅打死也不能背！

听着柳吟充满怨气的声音，秦砚头也没抬，随手拿起一本折子递过去，声音清冷："念完。"

柳吟："……"

感觉自己又被歧视了，她立刻接过那本折子打开，然后中气十足地念起来：“于五日，江洲知府楚潼之会见当地盐商，议……”

眼前的字那么熟悉，可她就是记不起在哪儿见过，前文上下也联系不起来，议……

“议论三刻之久！”她轻咳一声。

秦砚眼帘一掀，就这么凝视着她。她被他盯得心慌，难道……自己猜错了？

书房里陷入一片诡异的宁静，刚刚还满腔不甘的柳吟终于认命地把折子放下，低下头揪着衣袖：“我……我…就是有个别字……不太熟而已。”

从未如此尴尬过，柳吟恨不得立刻找条地缝钻进去！

看着脑袋都快埋到地上的女子，秦砚忽然起身，迈步来到书架前，随手拿下一本奇闻杂录，然后丢在桌上。

“认全它，本宫就将账册给你。”

这次柳吟再也不敢夸下海口，老老实实拿过那本书抱在怀里，然后转身准备走人。

“在这儿抄完！”秦砚的声音平静。

柳吟脚步一顿，难以置信地回头，就见秦砚已经坐在那里看起了折子。沈太傅都还只是让她抄写不会认的字，这个人居然让她全抄！

柳吟撇撇嘴，并未反驳，撸起袖子给自己拉过一条凳子，然后从桌上拿过宣纸和狼毫笔。她为什么不能刻苦一点？总好过被人一直瞧不起。

柳吟最近一直在忙，都没有时间练字，刚落笔就是一塌糊涂。她咬着牙继续想着太傅教导的诀窍，可这笔软绵绵的，好像跟她作对一样，废了一张又一张宣纸。

柳吟写了半天连第一页都没抄完，又不敢去看自己的字，一边揉着酸麻的手腕，一边抬头去看秦砚。同样的笔，为什么他的字那么大气，难道她也要练个十几年吗？

屋里寂静无声，只弥漫着一抹淡淡的墨香。秦砚放下一本折子，视线不经意地落在侧旁的女子身上。那只手握着笔还在微微发抖，莹白的小脸上满是严肃，地上一片废弃的宣纸。

发现秦砚在看自己，柳吟就更紧张了。事实证明，人还是不能太自信，凡事都得给自己留一条退路才行。

秦砚眼睁睁看着那笔尖落下一滴墨水，眉头微蹙，看着那只颤抖的小手。

柳吟也发现自己的手有些抖，但控制不住那无处施展的力度，手悬在空中就下意识地抖了起来。她能有什么办法？早知道她就不要那劳什子账册了。

笔尖忽然落在宣纸上，这一次并没有惨不忍睹，反而极有力道地在上面写下一个字。柳吟看着握住自己的那只大手，并未回头，只是眼神有些怪异。

“以后每日抄写一本书。”

秦砚低沉的声音在她耳边响起，她缩了缩脖子，慢慢低下头：“知道了。”

柳吟视线一扫，慢慢伸出一根手指，落在一个笔画复杂的字上，有些心虚地问：“这个字……念什么？”

一截白皙的脖颈忽然映入眼中，秦砚目光微闪，声音低沉：“不是都认识？”

柳吟小脸一红，可还是强撑着抬起头，满脸严肃：“文字博大精深，有个别不识实属正常。想必太子哥哥偶尔也会有不识的生僻字吧？”

对上那双一本正经的眼睛，秦砚眉梢微动，忽然来到书桌前坐下，神色如常：“本宫自然比不上表妹学识渊博。”

他平静的语调莫名让柳吟小脸一红，感觉自己好像被讽刺了。不过她脸皮向来厚，跟没事人一样继续抄她的书。

“启禀殿下，王中书有要事求见。”

屋外忽然传来小禄子通传的声音，柳吟顿了一下，身为一个识趣的人，她非常有眼力地收好桌上的书，然后瞥了一眼秦砚：“不打扰殿下了，我一个人回去也会抄完的。”

柳吟拿着书往外走。

门一打开，看到从里面走出一个年轻标致的女子，王中书还愣了半晌，接着赶紧躬身作揖：“下官见过太子妃。”

柳吟笑了笑，拿着书径直离去。她走的时候还瞪了一眼那两个拦自己的侍卫，等着吧，别让她找到机会，不然一定得让这些人知道她太子妃也是有脾气的！

看着女子离去的背影，王中书的神色极其复杂。待他迈步进书房时，只看到一地的废纸。纸上也不知道写了些什么乱七八糟的东西，仔细看好像是字，不过这字着实不堪入目。这种东西怎么会出现在殿下的书房？

“何事？”

秦砚突然出声打断了他的深思，他立刻躬身作揖：“叩见殿下。是这样的，前几日殿下让微臣查的事已经有眉目了。城外罗溪湖那里的画舫的确有不少私盐交易在暗中进行，而且已经暗度陈仓许久。只是这种治安管辖都是京兆尹在处理，也就是柳尚书的堂弟柳元华大人。”

说到这里，王中书不禁偷偷打量了一眼对面人的神色，发现并无异常后，才支支吾吾说：“这种画舫一到夜间便错综复杂，就算带人偷偷去查探怕也是有心无力，更何况……京兆尹那边……”

如今太子殿下对柳家是个什么态度众人都不知晓，虽然早就听闻太子厌恶太子妃，可刚刚太子妃还进出殿下书房，可见事情并没有那么简单。

书房里瞬间寂静一片，秦砚并未言语，目光淡淡地落在一本折子上，薄唇微启：“人何时出现？”

王中书恭声道：“回殿下，这几路人都是长期游走在东南和西北一带的私盐贩子，他们交易转手都十分熟练、隐蔽，其中不乏各地官员的包庇。您让微臣先不打草惊蛇，所以微臣一直不敢惊动，只查探到这个月末他们会在罗溪湖那一带的画舫进行交易。但若想一举捕获，怕是有点难。”

而且牵一发动全身，到时候必定会牵连出许多人。再说那陆丞相，查了半天也只是做做样子，无非就是不想得罪人。若是殿下彻查到底，怕是会有不少人遭殃。

“此事本宫自有打算，你做好自己的事即可。”秦砚忽然说。

王中书欲言又止，最后还是低头称“是”。

回到自己的院子，柳吟让人整理了一间书房出来。为了让她看上去更用功，她又让人搬了许多书过来摆上，包括宫中藏书楼的一些珍品。没办法，谁让她的姑母是皇后呢，就算中饱私囊也没人敢说什么。

说到书，柳吟突然想起自己答应过给那个质子送书。这几天成亲倒给忘了，做人不能言而无信，她决定明天就过去给人送书。

今日癸水刚好结束，不过柳吟并没有告诉刘嬷嬷，不然肯定会逼着她去勾引秦砚。不是她说，就那个古板的人，再怎么勾引也没有用。反正都是逢场作戏，做做表面功夫也就行了。

午后秦砚去了议政殿一直没有回来，柳吟一个人用的晚膳，看着对方给的书。说好了认全就给她账册的，她当然不能让人看轻了。

次日一觉睡到巳时，柳吟才心满意足地从床上起来。待会儿得去找六公主才行，不然那本书一时半会儿还真认不全。

柳吟一人用了早膳，挑了几本地理杂记就往纪麟住的小院走去。她并没有带细云等人，等到那个地方时，只见院子一如既往的荒芜，不过并无太多杂草，可见平时还是有人在打理。

屋子的门是微微敞开的，柳吟抱着书慢慢推开房门，脑袋往里伸了伸。只见屋里正坐着一名身形清瘦的男子，不同于以往，如今他的头发是束着的，昏暗中依稀露出一张俊秀青涩的面容，额前的疤又消退了许多。

这世间有许多消退疤痕的药，他一直未曾想过祛除。要么是没有条件，要么是根本不在意容貌。

许是察觉到什么，纪麟忽然抬头看向门口。只见门槛处站着一个容颜精致的女子，她纤细的身形遮住了大片微阳，导致屋里越发昏暗。可纪麟还是一眼就注意到她身上的藕色宫装，还有那只有妇人才梳的飞天髻。

她成亲了！

纪麟的呼吸一顿，连带着指尖也微微一动。他收回视线，垂下眼睑，遮住所有风暴。

“我来给你送书，前几日成亲所以耽搁了。你看看喜不喜欢？如果有什么想看的书都可以告诉我。”

柳吟笑着走过去将书放在桌上，左右扫视了一眼。屋子虽然很简陋，但好在干净整洁。只是他为什么大白天不把门全打开呢？

听到柳吟嘴里说出“成亲”两个字，纪麟缓缓低下头，半晌才出声：“恭喜。”

纪麟的声音一如既往的沙哑，又带着别样的意味。柳吟不以为意地摆摆手：“有什么好恭喜的，不过都是做给外人看的而已，规矩倒是烦琐。”

柳吟说到这儿，心一紧，突然想起东宫里好像并无其他侍妾，并且他居然连陆侧妃都不碰，难道……有隐疾？

闻言，纪麟忽然眼帘一掀，目光灼灼，看着面前陷入沉思的女子，嘴角勾起一个微弱的弧度：“嗯。”

柳吟立刻回过神，对上纪麟的视线时，不由自主地露出一抹和煦的微笑：“哪里像你，一个人在这里不问红尘事，反而更自在。”

四目相对，纪麟慢慢移开视线，并未再言语。

“我不能消失太久，不然她们该找我了，我看你外面院子挺空的，不然下次再给你带几颗种子好了，说不定也能种活呢。”

说罢，柳吟笑着退后几步，转身往屋外走去。

直到那抹倩影逐渐消失在门口，纪麟才慢慢将视线投向窗外，眼神柔和。

柳吟来到撷芳殿，六公主刚好在温书，她赶紧让六公主教自己识字。那本书柳吟的确还有很多字不认识，不过六公主似乎有什么事瞒着她，一副欲言又止的样子。

“表姐，你……是不是未和皇兄圆房？”

正靠在软榻上优哉游哉地吃着葡萄的柳吟立刻身子一僵，不乐意地看向对面的小丫头：“年纪轻轻的，你知道什么。”

内殿并没有其他伺候的人，六公主拿着柳吟带来的书，依旧一副吞吞吐吐的模样：“如今宫里都传遍了，说……表姐不受皇兄喜欢。而且今日我还遇到了庄明月，她……她说了很多表姐的坏话，我一时气不过就与她争执了几句，差点闹到母后那里。”

柳吟：“……”

柳吟差点忘了，这宫里怕是许多眼睛都在盯着东宫。更何况还有好多人都在等着自己被厌弃，如今心里怕是都乐开了花。

“这种闺房之事不是你一个小丫头能明白的，要是下次她们还敢在背后说什么污言秽语，你也不必理这些人。你看那庄明月也快到嫁娶的年纪了，我改日也让人散播一些她的好事，看看还有没有哪家公子肯要她这个母夜叉！”

吵架永远是最粗浅的解决方式，人云亦云，柳吟也知道玩这种把戏。反正对方一个未婚女子，对于名声可比她看重多了。

六公主点点头：“对对对，到时候我再让母后搅和一番，看哪家会要她。她居然还敢骂表姐，不知所谓。”

柳吟摸摸六公主的脑袋，眉毛微动：“就该这样。来来来，快教我这几个字怎么念，这本书对我很重要。”

没想到表姐突然这么好学，六公主自然是极其认真地教她。两个人就这么一直待到下午，柳吟才差不多认全一本书，眼睛都快看花了。

这时，刘嬷嬷也找了过来。看到柳吟后，她立刻皱眉教导：“恕老奴多嘴，太子妃如今担着东宫上下事宜，皇后娘娘也在让您学习处理宫务，您可不能再似以往那般终日玩闹了。”

柳吟撇撇嘴，苦大仇深地坐在那里吃番瓜，她什么也听不见！

“您看如今都什么时辰了，可莫忘了要紧事，这都是为了您好。”刘嬷嬷一脸严肃。

六公主一直在旁边偷笑。

柳吟咬着番瓜扭过头：“什么要紧事？”

见柳吟依旧毫无坐姿，刘嬷嬷无奈地叹气，一副早已看穿她的样子：“不要以为老奴不知道您的癸水已经没了。”

柳吟：“……”

见殿内并无其他人，刘嬷嬷凑过来，语重心长地说：“老奴已经让细云去请殿下过来用晚膳了，您自然得赶紧回去准备准备，今晚可绝不能再出岔子。”

不等柳吟反应，一旁的六公主就急忙推了推她的胳膊，认真地说道：“刘嬷嬷说得对，表姐，你还是快回去准备吧。不然这样下去，那些人肯定又会嚼舌根。”

柳吟慢慢放下手中的番瓜，叹了一口气，恹恹地洗了手，又无可奈何地看了刘嬷嬷一眼，后者立刻跟了上去。

准备是一回事，可秦砚肯定不会碰自己。既然如此，那她也没什么好怕的。

只是冤家路窄，柳吟经过正阳门的时候碰到了两个熟人，对方显然也注意到了她。这时她避无可避，只能迎上去行礼。

“臣妾给皇姑姑请安，见过贵妃娘娘。”柳吟老老实实地弯腰行礼。

柳吟已经梳起了发髻，一袭藕荷色掐花金彩绣绫裙，落落大方，娉婷动人，丝毫没有以往那般浮躁。丽贵妃还是第一次这么近打量这个柳家嫡女，一段时间不见，当真让人刮目相看。

丽贵妃抬手扶了一下珠钗琳琅的发髻，嘴角微微勾起：“本宫许久未见太子妃，如今一看，真是越发懂事标致了。”

如今宫中就属丽贵妃受宠，哪怕生了个女儿也依旧不影响其容貌。只是一想到对方和自己姑母是对头，柳吟也只是赔笑不说话。

倒是长公主一脸威仪地扫了柳吟一眼，语气中透着讥讽："别，这声姑姑本宫可担不起。如今明月身上还有许多疤痕未消，这些可都是托太子妃的福。"

身为先帝最宠爱的公主，长公主一向毫无顾忌，哪怕如今嫁了人也是如此。柳吟如今终于知道庄明月任意妄为的性格是遗传了谁。

"此事长公主也曾闹到父皇那里，可依旧没有证据。既然是没有证据的事，又怎可随意扣在臣妾头上？而且……明月郡主出了这事臣妾也很替她着急，不过凡事还是要讲证据……"柳吟皱着眉，一本正经地说。

丽贵妃不由得眉毛微动，饶有兴致地看着柳吟。到底是皇后娘娘教导得好，一个蠢笨无脑的丫头如今居然也变得牙尖嘴利了。

"太子妃可真会甩帽子，不愧是皇后娘娘的侄女。"长公主的眼睛一眯。

说到这里，一旁的刘嬷嬷突然站出来，不卑不亢道："还请长公主慎言，皇后娘娘日夜操劳宫务从未有过错处，太子妃亦是如此。"

丽贵妃老早就注意到刘嬷嬷了，没想到皇后也是疼这个侄女，居然连这个老货也舍得送出去。

丽贵妃目光一闪，一脸认真地看着长公主："刘嬷嬷可是皇后娘娘身边的老人了，说话比较直，长公主切莫放在心上。"

一听这个人还是皇后的人，长公主神色一冷："狗奴才，本宫说话何时轮到你插嘴？！"

从宫道上路过的宫人纷纷跪倒在一旁，垂着头，只当什么也没有瞧见。

"奴才再没规矩也轮不到外人来教，怎么，皇姑姑这是要越俎代庖替母后执掌六宫不成？"柳吟也渐渐沉下脸，不再与这些人虚情假意。

见柳吟居然敢对自己甩脸子，长公主一脸铁青，忽而冷笑一声：

“奴才本宫当然不会教训，也免得脏了本宫的手。只是本宫身为长辈，想必教导一些不敬的晚辈还是可以的。”

话落，长公主的余光锐利地射向身后。后面几个宫女似乎有些犹豫，毕竟这是太子妃，又是皇后娘娘的亲侄女。但一对上长公主的眼神，她们一个个吓得连忙向柳吟围过去，只有丽贵妃眼中闪过一丝无人察觉的精光。

眼看那几个人就要围上来，柳吟突然后悔出来没有多带些人。刘嬷嬷立马挡在她身前，掷地有声道：“太子妃乃载入皇室宗谱的，按照规矩，没有大过错，就连皇上也不能随意处罚，长公主这是要置祖宗规矩于不顾吗？”

看着这个老货，长公主目光一厉，拔高音量：“本宫是在管教晚辈，何时轮到你这个狗奴才指手画脚了？！”

还从未有人敢这样顶撞自己，长公主顿时瞪向那几个宫女。宫女们继续朝两个人围过去，周围路过的宫人也都提心吊胆的。

“姑姑管教本宫的人，可曾与本宫提及？”

一道清冷的声音突然传来，众人立刻回头去看，只见太子殿下与几个朝中要臣正一步步往这边走来。长公主顿时神情一变。

许是这种事做得多了，她轻哼一声：“本宫只是见太子妃不懂规矩，身为长辈想教导她几句，免得他日辱了皇家颜面。”

“本宫的人何时轮到姑姑来教了？”秦砚的目光微冷。

气氛瞬间有些不对。见此，丽贵妃笑着说：“长公主就是心直口快，只是与太子妃开个玩笑罢了，太子切莫放在心上。”

同行的都是刚从议政殿出来的官员，此时一个个面面相觑。他们在朝中摸爬滚打几十年，当然知道该讨好谁。长公主也是蠢，仗着是皇上的亲姐便不把任何人放在眼里，也不想想要是太子殿下真的动怒，驸马在朝中又能有什么好日子过。

“太子妃身为正一品命妇，长公主此举怕是不妥。”一个眼睛小且面容黝黑的官员顿时冒出一句话。

其他人也跟着附和，你一言我一语，气得长公主眉头紧皱。她自然认得这几个都是朝中要臣，即使是驸马平日也得打点与他们的关系。只是她没有想到太子会在这里出现，更何况他不是十分厌恶这个柳吟的吗？

看到来人，柳吟眼前一亮，立刻站到秦砚身后，一本正经地告状："皇姑姑刚刚还要打我呢。不仅如此，她还恶意揣测母后，说我们是一丘之貉。"

"本宫何时这样说过？！"长公主立刻反驳。

柳吟却挑着眉道："难道您不是这个意思吗？"

经过庄明月那件事，她与长公主注定要为敌了。与其和上次一样被倒打一耙，她还不如先下手为强。

"你……"

"今日本宫权当姑姑是玩笑之言。"

看着眼前一脸恼怒的人，秦砚眼帘微掀，神情淡漠："即使太子妃有过错也有本宫管教，还轮不到姑姑代劳。"

长公主手一缩，紧咬着牙，面色逐渐趋于平和。半晌，她才淡淡一笑："是本宫莽撞了。"

秦砚没有再言语，径直往前走，柳吟也赶紧跟上。那几个官员心情有些复杂，如今看来殿下对这个太子妃倒并非厌恶，也不知对柳家是个什么态度。

走远了，秦砚忽然回头看了几个人一眼："本宫记得驸马近日在处理京中米价上涨一事。"

其中一个官员赶紧出声："此事已有半月，百姓们叫苦不迭，可驸马依旧毫无作为。"

"而且……听闻驸马与京中那几个米商来往极其密切。"另一个人也悄声道。

来到一个分岔路口，秦砚选择了回东宫那条路，一双黑眸幽幽地扫过那几个人："该如何便如何，朝中不留无用之人。"

“明白，明白！”

几个官员满头大汗地躬身作揖：“殿下慢走。”

柳吟心中感慨万千，这朝中的人真是一个比一个精明，只一句话个个都知道顺着往上爬，她爹能坐到现在这个位子可真不容易。

天色已渐渐暗下来，徒留天边最后一抹余晖未消散。柳吟看着秦砚，忽然上前几步拉住他的衣袖，眨着眼笑道：“我就知道太子哥哥不会不管我的。”

后面的小禄子和刘嬷嬷都眼色极好地缓下脚步，渐渐离两个人有一段距离。

听着耳边清脆的声音，秦砚没有言语，脸上依旧平静无波，任由她拉着自己的衣袖扯来扯去。

柳吟似乎已经习惯了秦砚这样，也不觉得尴尬，反倒一个人自顾自地说起来：“那个长公主可过分了，她还对姑母不敬呢，简直欺人太甚！”

话说了半天都没得到回应，柳吟不知想到什么，突然认真地说：“听说月末有花灯会，我想带表妹出去转转。殿下觉得怎么样？”

“你……不说话我就当你答应了啊？”

秦砚依旧没有说话，柳吟撇撇嘴扭过头，两个人一前一后走在鹅卵石小道上。等到东宫后，她才准备回自己的院子，不理她就不理她，她还不想和他说话呢。

只是看到秦砚走的方向时，她忍不住迈着小碎步上前，莹白的小脸上满是好奇：“殿下不回书房？”

秦砚一瞥，直到对上那双清澈的明眸。他忽然俯身，目光幽深：“不是你让人叫本宫过来用晚膳的？”

柳吟忍不住缩了一下脖子，眼神闪烁地别过头去：“我……我还以为殿下要先忙宫务。”

秦砚是听不懂“用晚膳”的暗示吗？！

秦砚继续往她的听雨阁走，她也只能一边心情忐忑地跟上，一边安慰自己对方只是单纯来做做样子的，毕竟闹得太僵了也不好看。

等回到听雨阁，里面的人看到太子妃和殿下一起进来，惊讶之余又赶紧询问是否需要传膳。一切早就在刘嬷嬷的掌控之中，所以没过多久厨房就送来了膳食。

东宫有专属的厨房，所以不必从御膳房那里传膳。柳吟也觉得这小厨房的菜味道要好很多，这太子也真会享受，把好厨子都放在自己身边，不像御膳房那里的味道，千篇一律。

夜幕降临，晚风拂过院中的枝叶，发出沙沙的声响。一众宫女心思各异地守在屋外，时不时地偷偷瞄着烛火闪烁的内屋。

屋内十分寂静，烛火摇摆不定，给暗夜添上一抹旖旎。看着那满桌佳肴，柳吟十分不客气地吃起来，然后又偷偷打量秦砚。他的脸在烛光下显得越发清冷，同样都是吃饭，对方吃得那么斯文有礼，让她有些自惭形愧，注意起形象来。

"我月末可以带表妹出去逛花灯会吗？"

吃着吃着，柳吟还不忘说起这件事，满脸期待。

秦砚头也没抬："你想说什么？"

柳吟："……"

和这个人说话最大的不好就是太出乎意料，本来柳吟还准备了好多话题来绕出主题呢。这不是宫里人最擅长的事情吗？怎么他就这么直接？

"我……我怕姑母不同意，你……你也知道，刘嬷嬷一直在看着我，我肯定出不去。"

柳吟殷勤地夹了一个鸡腿放到对方盘中，两眼都是期盼："殿下，可不可以帮我和姑母说一句？她最听您的话了，只要您开口，她肯定会让我出宫的。"

秦砚端起一旁的白玉瓷杯，眼帘一掀，语气耐人寻味："本宫为何要帮你？"

"……"

柳吟皱着眉，一脸苦大仇深地吃着菜。不帮就不帮，她又不是非要出宫，大不了天天在这东宫里晃来晃去，烦死他！

刘嬷嬷满心都是里面的人，观察了许久。直到里面传来撤膳的声音，她才赶紧让人把膳食撤下去，她看到那小祖宗一脸不开心的模样时有些欲言又止。这都什么时候了，这小祖宗还在耍性子。今夜要是再出岔子，以后外人都会觉得太子殿下不喜太子妃，岂不是给人徒增笑柄？

柳吟假装没看到刘嬷嬷的眼神，而是拿着那本奇闻杂录念了起来。说她不识字，还不肯将账册给她，她非要证明给他看不可。

烛火幽幽，秦砚坐在软榻上慢悠悠地煮着茶，一套通体碧绿的夜光杯格外引人注目。柳吟有些心动，想着这太子的宝贝可真不少。不过待会儿他离开后，这套杯子肯定就是自己的了。

柳吟清了清嗓子，一本正经地盘坐在软榻的一头，字正腔圆地念了起来："西山有一村，地势险峻，落于荒芜之地，人烟稀少。一日，打铁匠诞下一子，此孩童落地即睁眼，目露红光，遂将稳婆吓得逃之夭夭。村民闻言皆高呼妖孽，随即将其扔进大山喂食豺狼野豹。深夜，狂风大作，雷声不断……"

屋外的人都在听里面的动静，特别是刘嬷嬷，听到里面的念书声时神色顿时复杂起来，只能无可奈何地望着天边的弦月。她觉得，今夜怕是又白忙活一场了。

一本书还挺厚的，柳吟念得口干舌燥，眼皮跟打架似的，声音也渐渐弱了下来，还不时地揉着眼眶，忍住那股浓厚的困意。

秦砚坐在一旁看书，也不知有没有听她念。

他的视线一转，看到那张疲倦迷糊的小脸时，忽然抬手沏上一杯茶，推了过去。

这似乎是他第一次亲手给人倒茶。

视线中出现一小杯清茶，柳吟瞬间眼前一亮，偷偷看了一眼对面的人，接着也端起来抿了一口。不知道是不是这茶醒神，她又精神奕奕地念了起来。

耳边充斥着柳吟清脆的声音，秦砚低着头看手中的书，嘴角勾起一个淡淡的弧度。

也不知道念了多久，中间细云还进来换了一下烛台。等柳吟念完一整本书时早就困得不行，还口干舌燥，但她还是立刻把书递了过去。

“怎么样，我没有念错吧？”柳吟揉着干涩的眼眶问。

秦砚只是不轻不重地“嗯”了一声。

自己跟傻子一样念了半天书，换来的就只有一个“嗯”？

柳吟心里顿时有些不开心，立刻从软榻这边爬过去，抱怨道：“我……我念了这么久，你怎么就这种反应？好歹也夸夸我嘛，人家半天才只喝了一口水。”

柳吟越说越委屈，只觉得自己真是越活越回去了，居然真的跟个孩子一样在这里念书。她居然已经沦落到了这种地步。

秦砚忽然低笑一声，又不紧不慢地给她倒了一杯茶，声音清润：“明日将账册给你。”

柳吟一口气憋在那里不上不下，最后只能闷闷地接过那杯茶抿了一口。不知道这是什么茶，好像和她平时喝的不一样。不过这也很正常，太子用的肯定都是好东西。

柳吟的手肘抵在桌面上，手掌托着小脸，慢慢地抿着茶。烛光下，她一头青丝如瀑般倾斜在颈侧，衬得肌肤越发白皙，粉淡的双唇轻轻抿着杯口，嘴角还泛着一点水渍。

秦砚的目光微动，指腹微微摩挲着书页，渐渐垂下眼帘，遮住其中的情绪。

“这茶的味道真不错，就连我这个粗人都觉得口感极佳。”

柳吟忍不住感叹，见对方还在看书，忍不住凑过去瞧了一眼那本书，入目却是一堆复杂的词汇。她皱着眉思索半天才得出一个答案，这好像是一本兵书。

柳吟撇撇嘴，眼珠子一转，忽然十分殷勤地爬到秦砚背后，小手不轻不重地给对方捏着肩，声音里透着谄媚：“殿下，您就帮我和姑母说一声吧。我只是出去逛一圈而已，绝对不会闯祸的！”

秦砚低着头，让人看不清神情。柳吟锲而不舍地凑过去，甜甜地唤他：“太子殿下？表哥？”

一缕淡淡的清香萦绕在鼻间，秦砚忽然回过头，骤然对上那双清澈见底的明眸。一时间整个屋里寂静一片，弥漫着一种诡异的气氛。

柳吟似乎没想到秦砚会突然回头，不禁小脸一红。她正准备坐远一些，腰间忽然一紧，整个人都被他搂入宽阔的怀中。她瞬间呆愣地睁大眼。

秦砚低头覆上那张嫣红的小嘴，柔软的触感中带着一抹茶香。呼吸间，那抹清香也越发动人心弦。

柳吟瞪着大眼，下意识地往后缩。可刚退后，腰间又是一紧，整个身子都被人圈了过去。

她的脑子里一片空白！

他……他……他在做什么？！

直到她的呼吸逐渐不畅，抵在对方肩上的双手才不禁开始用力。待到空气重新进入脑中，她还是呆滞地望着眼前的人，一张小脸早已通红。

“你……你……我……我……”柳吟眨着眼，整个人都蒙了。

那双水光潋滟的眸中出现了自己的倒影，秦砚薄唇一抿，声音暗哑：“告诉本宫，你是否只是在做戏？”

柳吟：“……”

这和他轻薄自己有什么关联？

见柳吟不说话，秦砚眉头微蹙，忽地将人松开，理着衣襟起身，二话不说直接离开了屋子。

外面的人看到太子殿下出来，都一副了然的模样。特别是刘嬷嬷，她就知道今夜事情成不了。

秦砚脚步稳健，神色清冷，小禄子赶紧跟上去。不知为何，他总感觉殿下好像生气了，难道太子妃又做了什么事？

屋里的柳吟一脸呆滞地眨眼，完全不知道发生了什么。

这个一直讨厌自己的太子，刚刚居然亲了自己！！然后问了一句话又莫名其妙地走了？！

要不是现在是晚上，柳吟真想看看太阳是不是从西边出来了？！

回想刚刚的状况，柳吟依旧一头雾水。被占便宜的是自己，怎么他还生气了？！

而且他不是早就知道自己一直在演戏吗？为什么还要这样问？

柳吟越想越不可思议，要不是记忆还在，都要觉得这只是一个梦，为何对方突然变得奇奇怪怪的？

更深露重，等柳吟躺到床上时，还是翻来覆去难以入眠，越想越难以置信。不过就算他不喜欢自己，可这并不耽误他圆房呀。哪有真正清心寡欲的男子？

这么一想，柳吟反倒平静了下来。但秦砚最后好像生气了，难道是自己说错了什么？他不是要听实话吗？

男人心海底针，柳吟觉得自己猜不透。只是不知道怎么回事，一想到那个吻，她就觉得脸上臊得慌。

第五章

柳吟不知道自己是什么时候睡着的，第二天起床时已经快午时了。她洗漱了一番，决定待会儿去哄哄太子，表表忠心，免得对方真的生气，就不利于她在东宫待下去了。

用了午膳，听说秦砚在书房，柳吟也不管要看的账册，十分殷勤地带上一些点心便往书房去。这一次那个侍卫倒是识趣地进去通报，不过最后出来只有两个字：“不见。”

没想到秦砚真的生气了，这可不是什么好事。可是柳吟进不去，只能站在院外喊：“殿下？表哥？太子哥哥？”

外面的侍卫都低下头，当什么也没听见。小禄子一脸欲言又止表情地走过来：“那个……”

“我不进去就是了。”

柳吟瞪他一眼，就坐在书房外，隔着一扇房门喊起来：“表哥，你真的误会我了，我对你一片真心向明月，天地可鉴呀。你不能不明白我的心呀？！”

小禄子和侍卫的神色极其怪异。

柳吟也不在乎别人怎么看，反正她不能让秦砚生气，不然后果将不堪设想。

“太子哥哥——”

房门突然被人打开，里面顿时出现一个国字脸的中年男子，就这么眉头紧蹙地看着坐在门口的女子：“你在干什么？”

听到熟悉的声音，柳吟心里咯噔一下。回过头，她果然看到她爹那张不怒自威的脸，吓得连呼吸都变缓了。细云也吓得连忙低头，只有小禄子的神色有些诡异。其实他刚才就想说的，只是太子妃并没有给他这个机会。

“爹……您……您怎么会在这里？”柳吟连忙站起来。

看着眼前依旧大大咧咧的女儿，柳国正不禁叹了一口气，粗眉紧皱：“爹自然是在跟殿下商议朝中要事，还未去找你，你倒在这里胡闹起来了。姑娘家家的，也不知羞！”

纵然老早就知道女儿是个什么性子，柳国正面上还是有些挂不住。以往胡闹也就算了，如今成了亲也不知道收敛一些，在这大庭广众之下，让他以后还有什么老脸面见殿下？

“我……我……”柳吟支支吾吾地退后几步，饶是她的脸皮再厚，此刻也词穷了，恨不得找条地缝钻进去。

她刚刚说的话是不是全被她爹听见了？！

柳国正低叹一声，皱着粗眉瞪了柳吟一眼：“你如今是越发没规没矩了，都是你娘把你惯坏了！”

柳吟低着头没有说话，一副虚心受教的模样。

“跟我来，今日非得好好教训你不可！”柳国正大步走在前面。

柳吟老老实实地跟上去。

小禄子不由得上前一步：“柳大人……”

“公公不必多说，太子妃日后若有什么莽撞的地方，还得靠公公在殿下面前美言几句。”柳国正的语气缓和了些许。

小禄子赔笑着点点头，只能眼睁睁看着两个人离去，暗叹这太子妃的性子也的确不拘一格。

回到听雨阁，柳吟让细云和刘嬷嬷守在门口把风。直到屋里没有其他人，柳国正的神色才渐渐柔和下来，然后抬手摸摸她的脑袋："在东宫过得怎么样？殿下待你如何？"

就知道她爹是做给外人看的，柳吟坐在那里摇头，又亲手给对方倒上一杯热茶，轻声道："那个陆侧妃倒是很安静，也没有找事。殿下虽然不苟言笑，却还是很维护女儿的。昨日遇见长公主，他还替我出头呢。"

虽然对方是看在皇后的面子上，但只有这么说她爹才会放心。

柳国正也想起今日朝上的事，几位朝臣不知为何突然参了驸马一本，控告其收受贿赂，与京中几个大米商同流合污抬高米价，倒也是证据确凿。皇上大怒之下当场呵斥了驸马一顿，再令其在府中静思己过。若不是因为长公主，驸马的乌纱帽铁定会保不住。

仔细想来，此次参奏的确突然。若说是太子的手笔，倒也有几分有迹可寻。毕竟少有人能让那几个老狐狸联合起来参驸马一本，这可是会得罪长公主的。

"殿下的心思爹一直都猜不透，今日前来东宫，一方面是有政事禀告，另一方面也是特意来找你的。"

柳国正左右环视一圈，压低声音："你平日无事多注意一下殿下，若是发现他有什么异动，就赶紧派人告诉你姑母。"

柳吟慢慢抿了一口茶，闻言，不禁瞪大眼，满脸呆愣，这……这是什么意思？

"唉，爹爹也不瞒你。是这样的，你堂伯父前些年掺和进了一起私盐案，爹已经劝过他很多次，直到最近他才打算收手，不过这趟浑水想脱身哪有那么简单。据我所知，殿下似乎已经盯上了此案。若是被太子抓到把柄，你堂伯父被革职查办那都是轻的。刚好你又在东宫，平日里就替爹爹看一下太子是否有异动，免得到时候会措手不及。"

听到柳国正的话，柳吟整个人都蒙了，这是让自己去做内奸吗？这要是被太子发现了，她能有什么好果子吃？

沉默片刻，柳吟皱着眉，语重心长地说："爹，有句话我想说很久了，您也知道柳家如今的处境，既是如此，更应该急流勇退、明哲保身才对。为何您不劝劝族中其他人收敛一些，这样下去，您觉得皇上能容忍柳家多久？"

柳吟是真的忍不住了，她知道自己总有一日会面临如今的处境，毕竟她是柳家的人。只是她没想到，这一天会来得这么快。

虽然惊讶于女儿的话，但柳国正也只想着她渐渐懂事了，无奈地说："爹何尝不想让柳家更好？可族中众人各有心思，都想借着柳家的势谋取更多的利益。爹爹如何控制得了他人的做法，又不能眼睁睁看着他们出事。毕竟他们都是柳家的根，每少一个，柳家就败落一分。爹自然不能让柳家就此衰败下去，不然如何对得起列祖列宗。"

看着柳国正脸上的悲凉，柳吟也没有说话。现在的世家早已腐败不堪，她爹一个人又如何力挽狂澜？的确，除了硬着头皮走下去也别无他法，可这样下去又能有什么好结果呢？

"爹知道你如今进了东宫，让你做这种事的确是难为你。你若不愿，爹爹也不会强求，这都是你堂伯父的命。"

柳国正突然起身，满眼慈爱地看着她："只要你开心，爹爹就心满意足了。"

柳吟没有说话，只能眼睁睁看着穿着朝服的人一步步离去。她独自坐在那儿深思，按理说她的确该帮着柳家。可如若被发现，她又能有什么好下场？这可是涉及党派朝政之事，她要是通风报信，就等于和太子作对，那太子对柳家肯定更加不会手下留情，而且还会牵连到皇后。

柳吟左思右想，无论怎么做好像都不对，她最担心的事终究还是发生了。

刘嬷嬷进来的时候换了一壶茶，意味不明地说："您和殿下闹脾气了？”

这个都不用猜，在宫中浸淫多年，刘嬷嬷一眼就看出殿下生气了。不然今日连柳大人都过来了，殿下也未曾出来做做样子。

柳吟就知道事情瞒不住，她只能伸出小手指比了一下：“一点点而已。”

刘嬷嬷低笑一声：“殿下不会轻易动怒，老奴在宫中几十年，也鲜少看到殿下有动怒的时候。您也不要觉得不好意思，过去说几句好话指不定就好了。”

刘嬷嬷没说，殿下能因太子妃生气，说明也是放她在心上的，总比毫无反应强。

刘嬷嬷的意思柳吟又何尝不知，问题是她也想过去表忠心，可对方不肯见自己。

到了晚上她也未看到秦砚，刘嬷嬷说要去告诉皇后，在中间说和一下，她赶紧拒绝了。万一对方问太子为什么生气可怎么办？

到了第二天，柳吟按捺不住了，再一次来到清宁殿的书房门口。她这次又被侍卫拦住了，不过并未惊慌，而是对着小禄子招招手。

小禄子一头雾水地跟上去，直至周围无人，柳吟才意味深长地说：“记得本宫说过，等本宫成为太子妃，定然不会放过你。”

小禄子：“……”

“娘娘恕罪！”小禄子赶紧跪下来，就知道这太子妃记仇。

柳吟眉毛一挑，左顾右盼道：“本宫可以不计较往日你的不敬，只要你今日让本宫进去即可。”

闻言，小禄子骤然抬头，满脸为难：“这……娘娘是在为难小的呀，到时殿下一定不会放过奴才的。”

柳吟似乎早就料到小禄子会这样说，不紧不慢道：“你可得想清楚了，本宫一向记仇，你觉得殿下能生多久的气？若是待他气消了，本宫说你对本宫出言不逊，你觉得殿下会拿你怎么样？”

小禄子脸色一变，有苦说不出，看着眼前的人，一副苦大仇深的样子："娘娘……何必为难奴才？"

"本宫可没为难你，身为殿下的侍从，你不想着让殿下如何消气，还阻挠本宫，你到底安的什么心？"柳吟一脸严肃地喝道。

小禄子张张嘴，一肚子苦水没地方倒。柳吟借机越过那几个侍卫，推开书房的门。后面的人想拦没拦住，又看到禄公公没阻拦，以为这是殿下的意思，便都退了下去，

听到急促的开门声，秦砚头也未抬，依旧执笔在折子上写着什么。整个书房寂静无声，更透着一抹别样的压抑。

柳吟缓缓地合上门，看了一眼书桌前的人，不禁深吸一口气，扬起笑脸，提着裙摆，迈着小碎步就走了过去。

"太子哥哥是生气了吗？"

柳吟整个上半身趴在桌上，莹白的小脸上带着一抹忐忑，就这么凑过去看对方的神色。可那张清冷淡漠的脸上依旧没有任何变化，像是没有听到她的话一样。

柳吟的眼珠子一转，突然来到秦砚身后，小手不轻不重地捶打着他的肩，声音正经又严肃："虽然嫁给殿下是爹娘的意思，可若是不喜欢太子哥哥，我又怎会这么老实地嫁过来？"

说着，她又伸出三根手指："我对太子哥哥的心日月可鉴，哪怕是上刀山下火海也在所不惜，你怎么能怀疑人家的一片真心呢？"

话落，柳吟忍不住偷偷看了一眼外面的天，生怕来一道雷劈死自己。

秦砚低着头执笔写东西，神色没有任何变化，笔下的字内敛又透着凌厉。柳吟就这么看了一会儿，不由得开始走神。明明都是笔，为什么拿在别人手上就格外不同呢？

柳吟突然想到自己是来道歉的，又回过神，委屈巴巴地表起忠心来："我说的每个字都发自肺腑，为什么殿下就是不肯相信呢？"

当柳吟的目光触及秦砚的侧颜时，不知想到什么，她咬咬牙，莫名小脸一红，眼神飘忽地伸过脑袋，轻轻在那侧脸上亲了一下。

柳吟就跟触电一样，赶紧缩回脑袋，耳郭早已通红一片，却依旧

支支吾吾地拉住对方的衣袖，声音轻细：“太子哥哥……”

她连脸都不要了！难道牺牲还不够大吗？！

温热的触感仿佛还残留在脸上，秦砚垂下眼帘，笔尖有片刻停顿，那个字隐约看得出有些粗重。

柳吟见秦砚还不愿意理自己，也是第一次看到这种铁石心肠的男子。她一个女子都这样了，这个人居然还在生气？！

不理就不理，反正她看秦砚就是想借机不理自己，然后好甩开她。

柳吟感觉自己好像发现了真相，也不再继续纠缠，轻哼一声，在他背后做了一个鬼脸，干脆大步往外走。只是她的脚步刚动，胳膊骤然一紧，整个人猛地被搂在他怀中。她瞪大眼，对上一双深不见底的黑眸。

秦砚低头覆上那张嫣红的小嘴，呼吸间萦绕着那缕熟悉的清香。

他只是对女色不太热衷，但不代表他没有欲望。

柳吟整个人都蒙了，瞪着眼浑身紧绷。不过这次她的心理承受能力要好过前天晚上，她也不知自己该有什么反应，只双手紧紧抵在秦砚的肩上，进退两难。

暧昧的气息弥漫开，屋内寂静一片，直到呼吸开始不畅，她才开始挣扎：“嗯……”

秦砚的大手渐渐握住她纤细的后脖颈，来回摩挲，声音喑哑：“谁放你进来的？”

虽然脑子里乱成一团，但柳吟还是感觉到些许危险气息，心里莫名一慌，低着头支支吾吾起来：“当然……是小禄子……”

总得有个人入地狱，有机会她一定给小禄子加月银！

柳吟的目光闪躲，那嫣红的小嘴上还泛着水光。他目光一暗，也不拆穿她。

纵然不适应这种接触，可柳吟还是败于现实，偷偷抬头轻声道：“殿下……是不生我气了吗？”

她都牺牲这么大了，这个人要是还生气，那她可吃大亏了！

秦砚淡淡地看了柳吟一眼，薄唇微启："你是否觉得本宫如你一般愚笨？"

柳吟："……"

不相信就不相信，干吗还骂人！

柳吟撇撇嘴，默默去掰腰间的手。可她脖颈间的手渐渐缩紧，吓得她赶紧老实地靠在对方怀里，小手紧紧揪着他的衣袖，整个人紧绷得不行。

看着怀里格外老实的人，秦砚眉毛微动，突然松开手，从桌上拿过一本书丢在她面前："今日将它抄完。"

柳吟瞪大眼，接过那本书翻开。虽然心里一肚子苦水，但还是故作老实地点头。不然她还能怎么办？识时务者为俊杰，人在屋檐下，不得不低头啊。

"那……我可以拿回去抄吗？"柳吟偷偷瞄了对方一眼。

后者一瞥："你觉得呢？"

四目相对，柳吟默默闭上嘴，然后乖乖地拿着书，拉过一条凳子坐在旁边，又从桌上拿起一沓宣纸，乖巧又老实地抄写起来。

书房内瞬间又沉寂一片，秦砚看着公文，忽然温声道："晚些带你出宫。"

柳吟瞬间眼前一亮，突然想起花灯节好像已经开始了。原来他还记得她之前说的话。

柳吟也不说话，顿时奋笔疾书地抄起来。许是有了目标，她整个人都要专心许多，精致的小脸上满是认真。

一本书说厚不厚，说薄也不薄，但抄起来还是有些累的。不知道是不是写多了的原因，柳吟感觉自己的字是越来越有模有样了。

屋内弥漫着一股静谧的气息，秦砚随手放下一本公文，看到桌上那些字时，嘴角勾起一抹弧度。

柳吟也不知抄了多久，夏日本来就容易让人打瞌睡，她只能不时地揉着自己的脸醒神，就差悬梁刺股了。等她好不容易抄完，天边最后一抹余晖也悄然落下。

柳吟呜呼哀哉地把抄的那一沓纸交差，就麻溜地回了自己屋子。不知为何，一看到小禄子，她就莫名有点心虚。

柳吟回到听雨阁吃了点东西，不过她并没有吃太饱，等着待会儿出宫去吃。花灯节肯定有很多好吃的，她一定得留点肚子才行。

为了出宫，柳吟早早地准备了一套男装，等换好衣服她才想起没有通知六公主。这可不行，她不能这么不讲义气。她刚准备让细云去叫，小禄子就在外面催，还让她不准带伺候的人。

没有办法，柳吟只能带上一沓银票一个人出去。宫中有规定，任何人都不能乘轿子或马车进出皇宫，柳吟这回却是坐马车出去的。夜里，看着离宫门口的禁军越来越远，她忽然意识到古往今来的规则都掌握在皇族手中，势大的权臣自古以来都没有什么好下场。

马车里，看着换上常服的秦砚，柳吟好奇地问道：“为何不让我叫上表妹？”

逛花灯会自然得是女人一起，她和这个男子一起有什么好逛的。

秦砚正在看书，目光扫过她一身男装，薄唇微启：“皇妹未出阁，不宜出现在闹市中。”

柳吟：“……”

这个理由她找不到借口来反驳。

马车缓缓行驶在街道上，今夜的京城放眼望去一片星辉点点。十里长街人来人往，华灯璀璨，各个小贩摊前都摆放着各色各样的花灯，美轮美奂让人目不暇接。行人三三两两结伴而行，女子们也蒙着面纱，不时地停驻在首饰摊前，银铃般的笑声此起彼伏。

马车在一家高朋满座的茶馆前停下，柳吟本以为太子是好心带她出来玩，可当她看到夏邑那几个人时，瞬间就觉得事情没那么简单。

“公子！”夏邑看到从马车上下来的人，立刻拱手。

待看到里面又钻出来一个人时，夏邑的眼神一变，目光在她身上的男装上扫了一圈，顿时低下头，掩住一脸异样的表情。他都要以为是自己看错了。

只见从马车上下来的少年唇红齿白，斯文干净，一袭玄金锦袍过于成熟，与那张带着稚气的脸有些不符，像小孩穿了大人的衣服。夏邑旁边还站着几个皇室宗亲家的公子，一个个只觉得这少年真是好生眼熟。

为了彰显自己男子的身份，柳吟连木梯都不踩，直接就这么跳下去，手中甩着折扇，然后拱手跟夏邑等人打招呼。

仔细一看，众人才发现这似乎是柳家嫡女，目光顿时有些不一样，也没想到太子殿下居然会带她出来。太子以前不是很厌恶她的吗？

“公子。”其他人都拱手示意。

秦砚神色不变，淡淡地说道：“在外不讲这些。”

虽然周围的花灯让人眼花缭乱，可柳吟更好奇的是太子带她出来的目的。他肯定不是带她来逛花灯会的，不然怎么还会带这些世家子弟，这分明是早有准备。她爹说如果太子有什么异动就让她立刻去通风报信，不知道现在这样算不算异动？

不同于其他人，夏邑旁边还站着一个身形魁梧的男子。他平日很少参加宫宴，也未曾见过柳吟，只觉得这少年眼生得很。身为武将的他不拘小节，上前一步，热络地打起了招呼。

“这位小兄弟生得真俊秀，还未及冠吧？”他嘿嘿一笑，大手就这么在柳吟的肩上拍了几下。

拍完他感觉大家看来的眼神有些不对劲，触及太子殿下那微沉的目光时，顿时吓得退后一步，满头雾水。难道是宫中哪位小皇子？

“我早就及冠了，只是生得年轻。”柳吟笑了笑，故意压低嗓子。

其他人也都是看破不说破。

柳吟不知想到什么，突然认真地看向旁边的人：“表哥……要不你们去忙你们的，我一个人去逛就可以了。”

听到柳吟的话，那名武将瞬间脸色一变，刚刚碰过对方的手也跟着不安起来，他这是什么眼力！

柳吟那白净的小脸上满是期待，秦砚没有理会，而是看着其他人："你们先行一步，我迟些到。"

几个世家子弟面面相觑，又立刻点了点头："是。"

传闻太子殿下对柳家嫡女避如蛇蝎、厌恶至极，如今看来，怕不是这么回事。

没想到秦砚居然不放她一个人走动，内心越发忐忑。这可怎么办？她真要通风报信吗？可就算要告密现在也来不及了呀？！

所有人都走了，唯独夏邑和那个武将未走。周围人来人往，小贩的吆喝声不绝于耳。柳吟觉得这可能是天注定，她这个样子肯定不能去通风报信，不然定会惹人怀疑。

"表哥分明不是带我出来玩的，还不让我带细云，我待会儿要是买了东西提不下可怎么办？"柳吟撇撇嘴，嘟囔了一句。

夏邑一直低头掩住眼中的惊讶，只是成了个亲而已，怎么感觉太子妃的胆子越来越大了？以前她不还整天太子哥哥来、太子哥哥去吗？

几个人漫步在人来人往的街道，前头的男子脚步稳健，一袭锦衣墨袍，面容俊逸不凡，矜贵淡漠的气质有些拒人于千里之外。人群中有不少女子都红着脸偷偷观望。

听着身边人的抱怨声，秦砚忽然瞥了她一眼，语调平静："你可是要将整条街搬回去？"

话落，后面跟着的几个便衣禁军默默上前一步，似乎是在提醒太子妃他们的存在。

柳吟撇撇嘴，不再和秦砚争辩，看到路边有一家卖糖人的小摊，连忙往那个方向走去。两个禁军立刻紧随其后。

看着人停在小摊前，那个武将才上前一步，看着秦砚，低声道："据消息来报，那几方的人已经到了，还有几个朝中官员。不过属下早已让人在那儿埋伏好了，绝对不会让任何一人逃脱！"

说到这里，他有些欲言又止："只是那些人定会负隅顽抗，若带太子妃去，难保不会有危险。"

而且画舫那种地方，也不适合太子妃这种女子前去。

秦砚的目光落在那边身形清瘦的少年身上，声音低沉："京兆尹可在那里？"

武将想了一下，正欲开口之际，却见柳吟往这边走来，他立刻闭上了嘴。

"夏邑，你看这个糖人像不像表哥？"

柳吟举着一个糖人走过来，笑道："我可是加钱让人家现做的，是不是很像？"

看着那个模样怪异的糖人，夏邑也只是赔笑，不敢出声。他现在发现了，殿下对这个柳吟似乎态度大变，也不知道发生了什么。

"一点也不像殿下。"武将心直口快。

柳吟给了他一个异样的眼神，这种人肯定不是文官，不然在朝中肯定待不过三天。

似乎是意识到自己说了什么，武将顿时低下头不再言语。只有夏邑忍着笑，假意观望周围的花灯，手中轻摇折扇。

秦砚走在前头，见旁边的人吃得开心，眼中闪过一丝深意："好吃吗？"

柳吟眨眨眼，似察觉到秦砚的不高兴，干脆咬下糖人的半个脑袋，然后眉眼弯弯地看向他，声音清脆："当然好吃。"

说着，柳吟又悄悄扯住对方的衣袖，甜腻腻地说道："因为只有这样，我才能把表哥含在心里呀。"

熙熙攘攘的街道上人声鼎沸，可对于习武之人，女子的声音还是清晰地飘入后面两个人耳中。包括一些离得远的禁军也赶紧低下头，嘴角抽搐，不断地憋笑。

所谓士别一日，当刮目相看，说的就是夏邑此刻的心情。他怎么也没想到太子妃胆子会这么大，而且和沈太傅学了几日，这口齿真是伶俐得让人瞠目结舌。

女子清脆的声音响在身侧，秦砚目光一暗，头也不回地走在前面，声音低沉：“油嘴滑舌。”

只听咔嚓一声，柳吟直接把糖人的整个脑袋咬下来，又赶紧跟过去，口齿不清地说：“人家说的都是真心话，哪像表哥，整日都未对我笑一下，这也太让人伤心了。”

柳吟的粉唇上还泛着一抹水光，一双潋滟的眸子紧盯着只剩半个身子的糖人。秦砚那双黑眸中渐渐映出一个唇红齿白的俊美少年，他就这么凝视着她。

长街上人流涌动，放眼望去星辉璀璨，四处都是美轮美奂的花灯。既然都出来了，柳吟就没打算空着手回去，总得给表妹带点小玩意才行。

直到那些禁军手里提不下了，柳吟才作罢。跟着他们来到城外时，她发现有些不对劲。虽然是晚上，但因为是花灯节，城外也有不少人行走。特别是罗溪湖上，全是各种轻纱飘飘的画舫。哪怕站在岸上，都能听到阵阵丝竹管弦声，纸醉金迷，繁华迷离。

平日里这里的画舫就多，更何况是花灯节，更是人满为患。等走到岸边，他们乘上一条小船往湖中心最大的那艘画舫而去。

柳吟咬着糖葫芦，看着周围的画舫，说好是带她出来逛花灯会，原来是自己约了人来风月之地找乐子！

想到这里，柳吟幽怨地看着旁边的男子。果然妻不如妾，妾不如偷，这外面的野花肯定要香些。他居然还把自己带在身边，这也太明目张胆了！

“殿下是有要事才会来此地。”夏邑忽然出声道。

柳吟咬着糖葫芦，轻哼一声后别过头：“我又没说什么。而且我一向大度，只要殿下喜欢，再纳几十个侍妾也没有问题。”

身为一个贤惠的太子妃，这是最基本的度量。

知道柳吟在说反话，夏邑轻咳一声后没有再说什么。要是殿下真纳几十个妾，这太子妃还不得闹上天？

看着柳吟那满不在乎的模样，秦砚眉头微蹙，眼中闪过一丝深意。直到小船到了画舫边，他才迈步上去。

柳吟有些怕水，看着底下黑黝黝的湖水，心里有些慌，赶紧跟着跳上去。只见画舫里突然走出一名身材丰满的中年女人，并谄媚地迎了上来。

“不知几位可是刘公子所说的贵客？”

张妈妈笑得极其谄媚，目光不经意在几个人身上扫了一圈。纵然见过众多达官贵人，可这个墨袍男子身上的气度她还是第一次见。那位刘公子可是周亲王的嫡子，他口中的贵客也不知是何等贵人。

“带路即可。”夏邑立刻出声道。

张妈妈点头，转身之际还不由自主地看了一眼那位唇红齿白的少年，真是个俊俏的姑娘。

进了画舫便是一片笙歌乐舞，纸醉金迷。舞姬们衣裳单薄，扭动身姿，两旁皆坐着之前在街上遇见的世家公子，一个个身旁都有貌美女子在陪侍。看到来人，他们纷纷起身作揖。

“公子。”

没想到这些达官贵人对那位男子这么尊敬，张妈妈深思起来，随即吩咐人把绿芜叫出来。

“无须多礼。”

秦砚扫了众人一眼，径直来到上首坐下。柳吟也赶紧跟过去，老老实实坐在一旁。

众人都知道柳吟的身份，也不吃惊，只是好奇殿下怎会带太子妃来这等地方。就在这时，又走出来一名身着绿裙的女子。她姿容清丽淡雅，气质脱俗，完全没有普通名妓身上的风尘味，反而让人觉得眼前一亮。

张妈妈信心满满地候在角落里，她知道这些达官贵人见多了美人，对那种艳丽妖娆反倒不喜。绿芜可是她这里的头牌，无数官员都想一亲芳泽，她就不信会有人不喜欢。

随着绿芜出来，不少世家子弟的视线都被吸引过去，连柳吟也是如此。难道这就是传说中的花魁？！

绿芜轻移莲步，含羞带怯地来到上首，然后对着秦砚微微福身：“绿芜见过公子。”

柳吟刚想让对方陪自己，奈何对方看不上她，居然直接越过她，在她和秦砚中间坐下去，那玲珑的身姿好不诱人。

不等女子坐下，秦砚的手指轻叩了一下桌面，薄唇微启：“下去。”

绿芜瞬间僵在那里，第一次遇到对她无动于衷的男子，红了眼眶，默默退了下去。

柳吟现在发现了，秦砚的不近人情是针对所有人，并不是只有她一个人。

既然他不是来寻欢作乐的，又为何要来这里呢？

张妈妈也有些讶异，看到那个唇红齿白的少年时又有些了然。其他人显然都已经习惯了这样的太子殿下，并且太子妃还在旁边，若是被她告诉给皇后娘娘，自然是不好的。

舫中的舞姬又跳起舞来，柳吟左顾右盼，觉得秦砚来这里肯定有问题。爹让她通风报信，但这个时候她要怎么去通风报信呢？

要是被发现了，她作为奸细肯定会要遭殃。

柳吟给自己倒了一杯酒，抿了一口，看着那些舞姿妖娆的女子若有所思。直到喉咙里传来阵阵辣感，她立刻咳嗽着找水喝。

看柳吟憋红了一张脸，秦砚嘴角微勾，推过去一杯温茶。她连忙端过来一饮而尽。

没想到这酒这么烈，直到喉咙舒服了些，柳吟才发现秦砚在笑话她，忍不住轻哼一声，阴阳怪气地说：“表哥居然带我来这种烟花之地，等我回去，定要告诉姑母。”

秦砚看着那张白净的小脸，眉毛微动，忽然俯身对上她的双眸：“你可知威胁本宫的人一般都有什么下场？”

柳吟：“啊！”

柳吟撇撇嘴，扬起一脸笑：“我就是跟表哥开个玩笑，怎么可能做这种事？这是绝对不可能的！”

说罢，柳吟突然发现其他人都在看她。她正欲坐过去一些，一想到这身男装，眼珠子一转，忽然把凳子挪到秦砚旁边，拿起一块糕点喂过去："表哥，你快尝尝。"

那些舞姬一脸异样，没想到这位达官贵人居然喜好男风。那个少年应该还未及冠吧，难怪不喜绿芜。

面对他人投来的视线，柳吟憋着笑继续热情地把糕点喂过去。秦砚瞥了她一眼，并未理会，像是不愿与小孩子计较。

见秦砚不理她，她忍不住嘟囔一句："表哥怎么不理人家……"

这娇嗔声连柳吟自己都受不了，底下的人更是憋着笑当什么也没瞧见。真是奇了怪了，太子殿下居然还不生气。

"公子，镇南王世子拜见。"

忽然从外面走进来一个侍卫，秦砚眼帘微掀，声音清冷："传。"

秦砚看着那块糕点，忽然张口含住，触及那白皙的指尖时，柳吟下意识地缩回手，看着手中消失的糕点，立刻红着脸转过头。

就在这时，柳吟的手腕忽地一紧，整个人被拉过去。她眨着眼扭过头，声音讶异："表……表哥……你做什么？"

秦砚将人拉到身边，神色如常，不紧不慢地给柳吟倒了一杯温茶，声音清润："这酒烈，你若不喜欢，本宫让人拿一壶清酒来。"

柳吟："……"

她看着对方纡尊降贵地给自己倒茶，顿时受宠若惊地接过来，随即又赶紧摇头："不……不用了，我也不是多喜欢喝酒。"

有这么多人在，柳吟自然得维持一下形象。要是太子妃是酒鬼的名声传出去，她爹的老脸往哪儿放呀？

秦砚并未再言语，画舫外突然走进来一个高大挺拔的男子。他身着一袭深蓝色锦袍，身长玉立，清朗的面容上噙着一抹淡笑。看到秦砚旁边的少年时他明显一愣，随即嘴角的笑意又扩大一分。

"见过殿下。"贺冀拱手。

殿下？！

那些舞姬和伺候的丫头心中一惊，不由自主地偷偷抬头去看上首那个气度不凡的男子。特别是角落里的张妈妈，心一紧，难怪能让这么多达官贵人恭敬有加，只是不知是哪位皇子，抑或是……

夏邑扫了一眼那群舞姬，挥挥手："都退下吧。"

众人纷纷快步退出去，就连张妈妈也不敢多加逗留，整个画舫瞬间安静下来。

"世子来京城已有数日，也是本宫忘性大，竟未让人领着你四处游玩一番。"秦砚温声道。

贺冀立刻低下头："殿下公务繁忙，微臣怎敢再耽误您的时间，一个人四处转转也不错。刚刚被李大人次子领来这里，就听闻夏学士也在，本想过来拜会，没承想殿下也在。"

柳吟低着头，无所事事地咬着糕点。这些人都是嘴上说得好听，其实就是来寻欢作乐的，偏偏一个个还要找借口，虚伪至极。

秦砚只是眼中含笑，云淡风轻地说道："今日花灯节，太子妃想出宫看看，本宫便带她出来了。"

柳吟瞬间睁大眼，愤怒地瞪着一旁的秦砚，明明是他自己出来寻欢作乐！

贺冀只是淡淡一笑，直到上首的人喊了一声"赐坐"后，他才迈步到另一边坐下。

这时，一个宗亲家的公子忍不住笑道："还以为世子不喜欢来这种地方，早知如此，前些日子我便该领你出来转转。"

"是呀，这罗溪湖一带的风景着实不错，美人也是拔尖的，定不比你西南的差。"另一个人也跟着笑起来。

贺冀抿了一口酒，眉宇间带着淡笑："在下还未娶妻，自然得出来走走，不然日后怕是得偷偷摸摸了。"

话落，众人大笑不止。不过这也是实在话，等娶了正妻，要是再来这种风月之地，必定会被那群古板的老御史盯上，再扣一顶作风不正的帽子，可就会有一堆麻烦事了。

思及此，众人不由自主地扫了一眼太子妃，眼神瞬间变得微妙起来。

不知为何，柳吟总感觉贺冀那句话好像别有深意。

柳吟坐在这里有些尴尬，总觉得自己不该出现在这里，这群男子来寻欢作乐，她出现在这里是怎么一回事？

“京城也有不少品行出众的女子，改日本宫可以让母后替世子寻上一番，定能让世子满意。”秦砚忽然出声。

夏邑也跟着说：“是呀，我瞧那明月郡主就不错，配世子正好。”

其他人都忍笑，谁不知明月郡主这几日光追着世子跑了，明晃晃的心思谁人不知？只是这明月郡主和太子妃也不遑多让，娶回家岂不是找罪受？

听到夏邑的话，柳吟顿时眉毛微动。这个毒呀，要是娶了那个母夜叉回家，以后还有什么安生日子过？

“夏学士慎言，女子清誉万万不能拿来说笑，这种话定不能再提了。”贺冀皱眉。

其他人都笑着举杯：“来来来，喝酒。”

画舫内又是一片说笑声，柳吟手托下巴继续咬着糕点，感觉就是个多余的存在。

“听闻东国最近发生了内乱，几名皇子被刺杀，竟是大皇子所为。那东国皇帝被气病了，连边关都戒严了，可见是真的快不行了。”

其他人也附和：“此次皇上寿宴，东国必定会派使节前来，我觉得有可能会把宫里那个给带回去。”

“我也觉得有这种可能。不过那个质子怕是早就被养废了，就算回去了又如何斗得过其他几个兄弟？”

众人你一言我一语，柳吟深思了一下，感觉他们说的是纪麟。她就说天无绝人之路嘛，肯定能回去的。

“这么说来，我记得突厥那边今年发生了不少动乱，还死了一个大汗。听闻这新任大汗年轻得很，也不知道镇不镇得住其他游牧部落？”

夏邑轻笑一声：“这样岂不是更好？往年突厥总是攻击边关抢夺

食物，如今他们一乱起来就不会有其他心思了。”

“照我说就该狠狠地给他们一个教训，才能记住我们天朝的神威。殿下觉得如何？”一个人神色恭敬地看向秦砚。

柳吟撇撇嘴，这群人就只会纸上谈兵，一个个怕是连战场都没上过，就知道说风凉话，还不是得靠她大哥镇守边关？

秦砚面不改色地抿了一口酒：“突厥地势广阔不宜管制，游牧民层出不穷，需要投入大量兵力压制。对于一个资源匮乏的地区来说，并不值得。”

话落，其他人也深思起来，纷纷附和：“殿下言之有理，那等贫乏之地的确不该浪费太多兵力。”

柳吟捏了一颗葡萄放进嘴里，非常想笑。这些人拍马屁的工夫她远远不及，难怪她都这么殷勤了，秦砚还是没个好脸色对她。

只有贺冀低着头饮酒，让人看不清他面上的神色。

这时，画舫外突然传来阵阵尖叫声，嘈杂声此起彼伏。柳吟瞬间紧张起来，不会真的有刺客吧？

其他人面露疑惑，赶紧让人出去看看。外面的禁军立刻守在周围，似乎怕出什么事。

秦砚依旧云淡风轻地喝着酒，柳吟可就没有这个定力了，赶紧坐过去，双手紧紧攥住秦砚的衣袖，心有余悸地压低声音：“要是待会儿有危险，太子哥哥，你一定不能见死不救呀，不然姑母肯定会舍不得我的。”

柳吟就怕秦砚坐视不理，顺势让她被刺客杀了，然后就没人再缠着他，简直是天衣无缝。

听着柳吟忐忑的声音，秦砚瞥了柳吟一眼，嘴角勾起一个淡淡的弧度：“本宫只能尽力而为。”

柳吟：“……”

一日夫妻百日恩，虽然他们没有圆房，可好歹也拜过堂了，一定要这么绝情吗？！

外面的嘈杂声还在继续，似乎是从东边传来的。不多时，之前那个武将突然走了进来，手中的剑上还带着血，可是把一群人给惊到了。

“启禀殿下，一个都没跑。”他恭声道。

柳吟茫然地眨着眼，这是什么意思？

秦砚忽地起身往外走，神色没有任何波动。柳吟赶紧跟上去，其他人也是如此。

来到外面，只见周围的画舫上都守着禁军，尤其以东边那条画舫上最甚。那些寻欢作乐的公子哥此刻也不知去了哪里，本来还纸醉金迷的罗溪湖上瞬间肃穆一片，气氛压抑得让人感觉不适。

柳吟跟在秦砚身后，直到画舫靠近东边那艘船，一股浓重的血腥味顿时扑面而来，甲板上甚至还有几具尸体。第一次看到这么血腥的场面，她只能深呼吸让自己淡定下来。

秦砚忽然脚步一顿，看着柳吟，顿时伸手将人拉过来，一双大手覆住她的双眼。

“把那些处理干净。”

柳吟耳边响起一道低沉的男声，人呆愣在那里，眼前一片漆黑，只隐隐听到阵阵落水声响起。

后面所有跟上来的人都神色微变，眼神复杂地看着这一幕，还带着些不可思议与震惊。看来传言终究只是传言。

贺冀移开视线，比起惊讶，他更好奇太子妃是怎样一个人。那些传言又是怎么一回事呢？

直到柳吟眼前重新出现光亮，甲板上的尸体已经不见了，就连血迹也淡了许多。柳吟眨着眼，偷偷看了一眼旁边的人，不由得红了脸：“谢谢太子哥哥。”

秦砚看了柳吟一眼，径直上了那艘画舫，她也赶紧牵着他的手过去。不过那股血腥味的确十分刺鼻，她只能捂着鼻子进去。

里外都守着许多禁军，连一只苍蝇都飞不出去。等他们进到里面，只见地上蹲着一大群男男女女，还有满地的血。

柳吟仔细一看，看到几个眼熟的人。那……那不是朝中的官员吗？

看到来人，蹲着的人心神俱碎，一个个面如死灰地跪倒在地，身子止不住地颤抖。

里面还摆着好几口大箱子，此时都被打开，皆是金条，看起来得有好几百万两。

秦砚看了一眼那几口箱子，迈步来到他们跟前，居高临下地问道："你们这是何意？"

清淡的男声犹如催命符，众人纷纷磕头求饶："殿下恕罪！微臣一时鬼迷心窍，还请殿下恕罪！"

"恕罪？"

秦砚目光一冷："那些辛苦劳作缴税的百姓可会宽恕你们？"

"殿下饶命！殿下饶命呀！都是王大发他们引诱微臣的，微臣也是一时鬼迷心窍才会犯下如此大罪啊！"一个浑身颤抖的官员跪着爬过来。

还未等他靠近，一旁的禁军便将他押了下去。那几个贩卖私盐的商人也面色惨白地跪在地上，朝中上下他们都有打点，不然也不会肆意妄为这么多年，却没想到会被太子给一锅端了！

之后跟来的人都了然于心，闭嘴不言，只是看秦砚的眼神越发敬畏。难怪太子殿下今日会破天荒来这种地方，原来是早有准备。明日朝中怕是又要大乱了。

就在这时，外面突然传来急促的脚步声。只见一个身着朝服的中年男子火急火燎地冲进来，看到秦砚时连忙跪地行礼："微臣叩见太子殿下！"

柳吟目光一顿，这……这不是她堂伯父吗？

秦砚扫了柳立行一眼，声音微沉："柳大人来得可真够及时的。"

出了这种事，京兆尹的人居然一个也未出现，难免让人怀疑。众人又不自觉地把目光投向太子妃，突然好奇殿下会如何处置柳家的人。

"殿下恕罪，微臣一接到消息就立刻赶了过来，没想到还是来迟了一步，让殿下受惊了。微臣罪该万死！”柳立行满头大汗地磕头。

柳吟的神色有些复杂，难怪爹会让她通风报信。

她看着旁边神色微冷的秦砚，怯怯地说道：“我……我堂伯父有哮喘，肯定早就睡了，所以……才会来迟了些。”

柳吟记得她娘好像提过堂伯父有哮喘。

听到柳吟的话，柳立行顿时眼前一亮：“对对对，微臣这老毛病也有好多年了，没承想会耽误了大事，真是罪该万死！”

其他人嗤笑，这种借口也就说给三岁小孩听。罗溪湖周围连个巡逻的人都没有，要说这京兆尹与此事无关，那绝对不可能。

两个人一唱一和，秦砚幽幽地盯着柳吟，并未言语。

四目相对，柳吟的眼神飘忽。她别过脸去，不知想到什么，突然拉住对方的衣袖，一本正经地说：“夜都这么深了，表哥，我们还是回宫吧。这些交给其他人去处理就好了，明日你还得上朝呢。这要是耽搁了休息，母后肯定又要责怪臣妾没有好好照顾您了。”

柳立行连头也不敢抬，心都快跳出来。他本来就不打算再掺和这些事，只是脱身太难，没想到果真出事了！

秦砚看了柳吟一眼，忽然把视线投向后面那个武将：“派人送太子妃回宫。”

武将愣了一下，立刻点头：“是！”

有几个禁军朝柳吟走来，她刚想说什么，可这么多人在……最后她跟着禁军出了画舫。

等回到岸上后，柳吟又坐上马车被人送回宫。她心中忐忑，觉得堂伯父怕是要出事。

其实这种事她不该掺和的，明哲保身才最重要。可是牵一发动全身，柳家任何一个人出事对整个家族来说都是打击，她爹娘定不会坐视不理。

柳吟越想越烦闷，回到东宫换了一身衣服就赶紧往长春宫去。要是她假装若无其事就太假了，毕竟发生了这么大的事。

皇后似乎睡了，不过红杏也知道柳吟半夜前来定有要事，便去里面传话。不多时，柳吟就被人传了进去。

内殿中烛火幽幽，此时皇宫各处都熄了光亮，皇后披着一件外衣坐在软榻上，看到她进来，睡眼惺忪地笑道："本宫已经知道你与太子出宫了，他能带你出去走走倒也不错。"

身为后宫之主，这种事自然瞒不过皇后，但柳吟还是把今日发生的事说了出来。皇后听完脸色一变，神情也跟着肃穆起来。

"此事当真？"皇后眼睛一眯。

柳吟凑过去坐下，正声道："难道我还会骗姑母不成？"

整个内殿顿时一片肃穆，皇后神色凝重地盯着面前的茶杯，半晌才将视线投向柳吟："你听本宫一句，莫要去管你爹爹的话。柳家的事你定不能插手，且不能让太子对你心存芥蒂。柳家的百年基业再重要，也没有你和太子的子嗣重要。一旦你生下孩子，我们柳家就算再落魄也有辉煌的那一日，不必为了眼前的利益而乱了大局。"

柳吟没有说话，心情十分复杂，问题是她与太子根本不可能会有子嗣。

算了，算了，她不管了，以后只要不是涉及她爹娘的事她都不会管。她可没有她爹那么大的胸襟，每个人的事都想插一手。她就是个弱女子，管那么多做什么？

"我也觉得姑母说得对，我会当什么也没有发生过。不过堂伯父也的确太过分了，明知道皇上已经开始忌惮柳家，还偏偏要做这种事，这不是给爹找麻烦吗？照我说，爹就该肃清一下族中风气，自己动手总比以后让皇上动手好。"柳吟手撑着脑袋，呆呆地望着窗外。

皇后也跟着叹气，端庄秀丽的面容上带着一抹无奈。她拉着柳吟的手，轻声道："有些事并非你想的那么简单，朝中哪会有没有污垢的官员，只是我们柳家树大招风，最惹眼罢了。"

话虽这样说，可柳吟还是很无奈。

不知想起什么，皇后忽然起身来到梳妆台前，不知从里面拿出一包什么东西，递给柳吟，意味深长地说道：“这个你拿回去。你们一直不圆房也不是个办法。”

柳吟：“啊！”

柳吟深吸一口气，并没有伸手去接，而是赶紧起身退后几步：“我……我才不用这东西，也太卑鄙了。”

说罢，柳吟就红着脸跑了出去。

皇后一脸无奈地看向刘嬷嬷，后者心领神会。

柳吟不在意，皇后却必须替她稳住这个太子妃之位。

柳吟回到东宫，发现秦砚果真没有回来。她替堂伯父感叹了一会儿就去睡觉了，反正她也做不了什么，还是有自知之明的。

直到次日晌午柳吟才醒来，她本以为堂伯父铁定要完，刘嬷嬷却告诉了她一个出乎意料的消息。

“今日早朝上传来的消息，柳大人只是因玩忽职守、执法不力被降了职而已，其他涉及此案的官员都移交给了大理寺调查，乌纱帽铁定保不住了。”刘嬷嬷一边替柳吟梳着发髻，一边认真地说道。

柳吟捏着一支簪子，有些吃惊。看来秦砚并没有赶尽杀绝嘛，肯定是因为皇后。

“不过……”刘嬷嬷忽然低头轻声道，“今日陆侧妃送了吃食到议政殿。您看看人家多会算计，如此一来，外面的人都会认为陆侧妃贤惠，哪还会记得您才是太子妃？”

柳吟撇撇嘴，继续挑发簪：“我能怎么办？像姑母说的那样下药？打死我也不会这样做。”

昨日她替堂伯父说话，秦砚肯定生气了，现在还指不定怎么怀疑她呢。

见柳吟依旧一副不以为意的模样，刘嬷嬷急了：“您是不是又跟殿下闹脾气了？”

柳吟没有说话，在梳妆台上挑了一支素簪：“今日戴这个。”

刘嬷嬷并没有接，而是语重心长地劝导她：“不是老奴多嘴，这宫里一向人言可畏，您是不怕被人说，可柳大人他们就不一样了。哪怕只是做做样子，您也得维护好表面的尊荣。为了让您成为太子妃，柳大人与皇后娘娘可是费了不少工夫。”

听了刘嬷嬷的话，柳吟闷闷地换了一支簪子，嘴里嘟囔着：“我又没说不去，这不是太子哥哥一整天都在议政殿嘛，我总不好去那里找他吧？”

不就是献殷勤吗？柳吟当然知道表忠心不能断，不然岂不是前功尽弃？

见柳吟看开了，刘嬷嬷才继续给她梳发，还非要给她找一条亮眼的宫裙。她就像一个木偶娃娃，当初就不该让刘嬷嬷跟着她。

柳吟在屋里看了一整日书，临近傍晚时分细云才急匆匆地传来消息，说是太子回来了。

柳吟深吸一口气，提着小厨房做的糕点往书房走去。不同于以往，这次小禄子倒是格外爽快地放她进去了。

柳吟有些心虚，看他一副完好无损的样子，看来上次她甩锅秦砚并没有罚他。

柳吟慢悠悠地推开门，只见屋内烛火悠悠，秦砚依旧在看公文，不时眉头紧蹙，似乎遇到了什么让他不悦的事。不知为何，柳吟莫名有些忐忑。她昨日替堂伯父说了话，也不知道他有没有起疑。

柳吟再深吸一口气，提着食盒走过去，声音轻柔：“表哥？”

话落，屋里依旧一片寂静。柳吟咽了一口口水，走到对方身后，殷勤地替他捶肩：“殿下？”

她还凑过去轻声唤道：“太子哥哥？”

秦砚垂着头，神色如常地看公文，忽然伸手抵住她凑过来的脑袋，薄唇微启：“无事便回去休息。”

柳吟眨眨眼，目光不经意扫过他手中的公文，好像看到了她爹的名字。正当她准备细看之时，折子忽地被人合上，秦砚正看着她。

四目相对，柳吟的小脸上带着一抹忐忑：“你……是生气了吗？”

柳吟认真地说道：“我知道昨日不该替堂伯父说话，只是下意识脱口而出而已。我发誓我绝对没有其他意思，既然已经嫁给了殿下，自然就是殿下的人，哪怕死了也是殿下的鬼，您可千万不能怀疑臣妾的一片忠心呀。”

柳吟那双清澈见底的眸中满是自己的倒影，秦砚眉毛微动，转而继续看公文。

见他不说话，柳吟越发不安。做太子妃怎么就这么难？她什么都没做，每天光哄秦砚了。

“可用了晚膳？”秦砚的声音低沉。

柳吟还想说什么山盟海誓，骤然听到声音，不禁愣了一下，连忙回道：“刚过来的时候吃了。表哥没吃？我现在让人去传？”

秦砚合上公文，忽然起身理了理袖袍：“那就陪本宫再吃一些。”

柳吟：“……”

男子心海底针，柳吟还是第一次看到这么喜怒无常的男子。他到底是在生气还是没生气？

出了书房，外面皎洁的月色洒了一地。晚风拂面，柳吟跟在秦砚身后，看着背影孤寂的他，神色格外复杂。

柳吟忍了又忍，终是忍不住上前一步，粉唇微启：“殿下……不怕我是奸细吗？”

她就不信太子完全信任自己，心里肯定老早就有防备了。

柳吟轻细的声音在耳边响起，秦砚不咸不淡地瞥了她一眼：“原来你还有自知之明。”

柳吟瞪大眼，脑子飞速运转，耳边忽然响起一道醇厚的声音：“有些奸细，本宫只能永远养在身边。”

偌大的东宫寂静无声，小禄子和细云都退后一大截。柳吟双手揪着衣袖，神色怪异地迈着小碎步。这下好了，连一个解释的机会都不给，就给她扣上了奸细的帽子。

柳吟撇撇嘴，看着前面的长廊，突然上前扯住对方的衣袖，好奇地问："殿下为什么要去我院里用膳？"

还非要走这么远，多麻烦呀。

听着清脆懵懂的女声，秦砚不由自主地凝视她一眼，见那张莹白的小脸上满是好奇，眉头微蹙："你觉得呢？"

如果刘嬷嬷在这里，铁定又是一番痛心疾首的教育。不过柳吟也不是傻子，很快便明白了对方的意思，小脸顿时红了一片，瞬间加快脚步走在前头。

晚风微凉，柳吟只觉得脸上阵阵发烫，没想到这一日终归还是来了。

冷静！她要冷静！

前两次对方也想要留宿，最后不也没做什么，说不定这次也一样。

退一万步讲，秦砚长得的确不错，而且没有女人，她不吃亏。她得学会接受现实，反正躲得了一时也躲不了一世。

微风吹动柳吟碧色的裙摆，看着那加快的小碎步，秦砚嘴角一勾，露出一抹淡淡的笑，不紧不慢地跟在她身后。

回到听雨阁，刘嬷嬷看到两个人一起过来，面上一喜，赶紧让人传膳。

柳吟站也不是坐也不是，只好在内厅里徘徊。

刘嬷嬷忽然上前一步，恭声道："夜已深，不如让老奴让人备水给太子妃沐浴？"

柳吟："……"

她瞪大眼站在一个花瓶旁，手抱着那个花瓶，僵硬地说："我要陪太子哥哥用膳，怎么能先走？这也太没规矩了！"

宫人陆陆续续把菜肴上齐，满桌都是山珍海味。秦砚坐在那里，瞥了一眼抱着花瓶不松手的人，声音清润："本宫并未说一定让你陪。"

刘嬷嬷给细云使了个眼色，细云上前拉住柳吟的胳膊，将人给"扶"了出去。

细云有武功底子，柳吟如何会有她的力气大，又不好强行挣扎，只能被她们带到隔壁寝殿。房门被关上，刘嬷嬷先发作了。

“不是老奴多嘴，殿下愿意留宿已经是莫大的机会。您若不牢牢抓住，日后那些人只会看轻了您，柳大人也会忧心不已。”刘嬷嬷神情肃穆。

柳吟的耳郭渐渐泛红，扭过头支支吾吾地说：“我……我这不是害怕吗……”

听到柳吟的话，刘嬷嬷失笑了一声。也难怪，她终究还是个未经人事的小姑娘，胆子小些也正常。

“您迟早都得经历此事，出嫁时柳夫人就应该与您说过才对。今日是个不可多得的好时机，您若是不愿意，那老奴只能斗胆听从皇后娘娘的吩咐了。”

柳吟愣了一下，瞬间拉住对方的胳膊：“我……我圆房就是了，你千万不能用那个东西，无论如何都不能用！”

看着柳吟着急的模样，刘嬷嬷笑道：“好好好，老奴听您的就是了。”

刘嬷嬷退出屋子，赶紧让人送水进来。细云则十分兴奋地给柳吟挑衣服，什么透挑什么。最终柳吟拨开细云，闷闷不乐地挑了一条非常素净的裙子。再仔细一想，秦砚肯定讨厌艳俗的女人，于是她又把裙子换成一条红色烟萝纱衣。

她穿成这样，秦砚铁定以为她是想勾引自己，指不定对她一厌烦，也就走了。

她在水里泡了半天，也不知道她洗这么久，秦砚是不是不耐烦地走了？

柳吟正准备再泡一会儿，刘嬷嬷又在外面催了，于是她只能磨磨蹭蹭地从浴桶里出来。这件衣裳她是第一次穿，没想到这么透。她想再去换一件衣服，避免秦砚反其道而行。

柳吟一边让宫人把水弄出去，一边专心致志地找衣服。刘嬷嬷忽然拿着一个小瓶子走过来：“老奴有样东西给太子妃。”

柳吟刚从衣橱里拿出一件青色外衫，瞧了一眼刘嬷嬷手中的小瓶子，眼见其他人都出去了，才一脸抗拒地摇头：“我才不要。”

“这可是用西域进贡的迷迭香所制，平时娘娘都舍不得用，特意让老奴给太子妃备着。”

柳吟赶紧往后退，就快哭了：“刘嬷嬷，我求你了，你还是拿回去吧，我真的不用。”

“那可不行。”

刘嬷嬷顿时板起脸，看了细云一眼。两个人一同上前拉住柳吟的胳膊，柳吟则拼命挣扎：“你们好大的胆子！快放开我！”

“你们在做什么？”

门口忽然响起一道低沉的男声，柳吟像看到救兵一样，赶紧甩开两个人跑过去，吞吞吐吐道：“她……她们……”

这种事要怎么开口呢？柳吟就说不该让刘嬷嬷跟着她。不行，她一定得把刘嬷嬷给还回去。

细云和刘嬷嬷相视一眼，她们这也是为了太子妃好呀，不然这样磨磨蹭蹭下去，何时才能圆房？外面的人都会以为太子殿下厌恶太子妃了。

柳吟身着一袭红色烟萝纱衣，许是刚沐浴过的缘故，莹白的小脸上还带着一抹微红，白皙的肌肤在纱衣下若隐若现，烛火下更是平添一分旖旎。

秦砚目光一暗，迈步走进去，将视线投向刘嬷嬷：“有些规矩无须太过强求。”

刘嬷嬷点头称是，麻利地与细云一起退了出去，顺带关上门。

直到屋内只剩下两个人，柳吟突然想起自己还没有把衣服换掉，耳朵红了一片，随即连忙道：“表哥，我陪你看书吧？”

看着看着她就可以装睡，他也就不会想着要圆房了。

秦砚对上那双古灵精怪的眸子，并未言语，只是迈步走到她的书架旁。

见对方挑书去了，柳吟赶紧把外衣穿上。等撩开帘子出去时，秦砚已经拿着一本书坐在那里看了起来。幽幽烛火下，那张俊逸的脸越发引人注目。

柳吟也走过去，在软榻上坐下，在他背后和他一起看书。她还拿了桌上的葡萄塞进嘴里，屋里瞬间寂静一片。

这是一本地理杂录，枯燥无味，柳吟也不知道他怎么能看得进去。偶尔遇到不认识的字她也不好意思问，本来是想装睡的，可不知不觉间竟真的睡了过去。

屋外月色皎洁，晚风从窗口吹进来，烛火摇曳，呼吸间忽然萦绕一抹淡淡的清香，肩头也突然一重。秦砚慢慢回头，只见一个小脑袋压在他的肩上。

烛火下，柳吟眉眼如画，嫣红的小嘴轻轻抿着，眼睫随着呼吸微微颤动，如瀑的青丝垂落在肩侧，似乎睡得极香。

秦砚目光一暗，忽然低下头，缓缓覆上那张朱唇。一开始只是浅尝即止，可那抹清香似干扰了他的神智，他逐渐辗转深入。

柳吟只觉得呼吸有些不畅，慢慢地睁开眼，骤然对上一张放大的脸。她的脑子里好像断了弦一样，嘴唇上的触感是那么清晰。

下一刻，她赶紧闭上眼，假装没醒过！

这一定是在做梦！

看着那不停颤动的眼睫，秦砚忽然搂住柳吟的腰，顺势将人拦腰抱起。这下柳吟再无法装睡了，瞬间睁大眼睛支支吾吾起来。

“殿……殿下……你……你做什么？”

说罢，柳吟又觉得自己问的是废话，脸红了一片。她被放在了床榻上，还没等缩到里面去，胳膊就被人拽住了。

秦砚埋头在她的脖颈边，声音暗哑：“你觉得本宫要做什么？”

秦砚炙热的气息吞吐在她脸上，酥麻一片。纵然刘嬷嬷早就教导过，她还是很慌乱，整个人僵在那里，连呼吸也顿住了，只余一双瞪大的眸子。

感受到柳吟的僵硬，秦砚抬手从她的发间拿下一支银簪，下一秒掷向烛台。顷刻间，屋内便陷入一片黑暗，屋外的明月显得越发皎洁。

整个院落洒满一地星辉，外面的刘嬷嬷和细云相视一眼，面上是掩饰不住的笑意。这下太子妃的位子才算真正坐稳了。

外面月朗风清，屋内一片旖旎。而今夜有不少人惴惴不安，生怕这次私盐案会牵扯到自己，忧心忡忡，夜不能寐。

当天边露出丝丝晨光，宫中向来没有什么隐秘，太子宿在太子妃房中的消息便如插了翅膀一般飞向宫里宫外，震惊了不少人。

柳吟醒来时已是晌午，外面的烈日有些刺眼。

怀着幽怨的心情，柳吟哑着嗓子让人送水沐浴。不多时，就见刘嬷嬷笑眯眯地走进来。

沐浴后，柳吟才换上衣裳任细云替她梳发。刘嬷嬷在一旁笑得眼睛都快看不见："皇后娘娘那边来了消息，说柳夫人进了宫，待会儿和殿下用了午膳后您可以过去看看。"

柳吟眯着眼，一副睡眼惺忪的模样。见柳吟一副没睡醒的样子，细云迫不及待说："殿下去上早朝时还特意嘱咐奴才们不要吵醒您呢。"

柳吟撇撇嘴，没有任何反应。这下好了，所有人都高兴了。

柳吟梳洗完才来到正厅用膳，桌上已经摆满了各色佳肴。秦砚似乎早就到了，身着一袭暗色腾云祥文锦袍，发束高冠，内敛又带着一抹拒人于千里之外的淡漠。看到他，柳吟立刻皱眉。

有些人表面一套背后一套，看，现在多么正人君子。

柳吟闷闷地走过去坐下，让细云盛了一碗粥，然后低着头自顾自地喝起来。

气氛似乎有些怪异，小禄子有些异样地看着太子妃。她如今不是该高兴吗？

秦砚看着坐在身旁一直低头喝粥的女子，衣领处还露出了一抹红痕。他眼帘微垂，忽然夹起一颗丸子放到她的盘中。

柳吟并没有吃秦砚夹的东西，曾经她给他夹，他理都不理，现在她也不要理他。

秦砚的目光触及那她纤细的手腕，忽然把视线投向刘嬷嬷，声音低沉："库房有千年老参，平日多给太子妃补补。"

刘嬷嬷眉开眼笑，赶紧点头。早知道圆房后太子殿下的态度会有这么大的转变，前些日子她就该听皇后娘娘的，早些促成这桩好事。

"我才不要喝。"柳吟突然闷声道。

宫人的面上都透着异样，惊讶于太子殿下如此关切太子妃，却又不解太子妃为何一副闷闷不乐的模样。这难道不是天大的喜事吗？他们还是第一次看到殿下这样主动关心人呢。

柳吟的脸上全是愤恨。

秦砚喝着汤，眼睛一瞥："如今脾气是越发大了。"

柳吟撇撇嘴，突然扭头，一脸愤恨地看着秦砚："我这都是跟太子哥哥学的呀。我以前给您送吃的，您瞧都不瞧一眼，人家这叫礼尚往来。"

柳吟至今都记得在皇后宫里，她那么热情地给他夹菜，他连一个眼神都没有，最后还害她被鱼刺卡了喉咙。

厅中其他人心里皆咯噔一下。特别是小禄子，他没想到太子妃胆子这么大，居然敢这样和殿下说话。

秦砚不紧不慢地端过一盏热茶，薄唇微启："怎么本宫不记得了？"

"怎么会没有？"

没想到秦砚居然不认账，柳吟赶紧看向细云："你快说，我说得对不对？"

细云额头上冒出丝丝冷汗，偷偷看了一眼太子殿下，又赶紧低下头，支支吾吾地说："奴婢……奴婢也记不太清了。"

柳吟呼吸一顿，难以置信地看着细云，紧咬着下唇，一脸幽怨地看着秦砚，声音中还带着一抹沙哑："殿下这是指鹿为马。"

其他人都憋着笑，只有细云一脸苦大仇深地低着头。小姐就知道为难她，这种事她怎么敢说呀？

"柳夫人既在母后宫中，待会儿让人挑一些补药送过去，顺便替本宫问候一声。"秦砚道。

柳吟眨眨眼，没有再说什么，直到盘中忽然多出一颗素菜丸子。她瞥了一眼旁边的秦砚，还是夹过来一口吞下。

不知想到什么，柳吟忽然凑过去：“上次我看殿下那套夜光杯不错，能不能……”

宫里的人说话都极其委婉，一句话往往要绕好几个弯，像太子妃这么直白的大家还是第一次见。

秦砚瞥了一眼那张不施粉黛的小脸，夹了一块肉糕到她的盘中，神色如常：“还有何喜欢的，都可以告诉本宫。”

没想到秦砚这么大方，柳吟顿时笑着夹了一块肉放到他的盘中，随即又继续喝粥。其实她最想要的还是那种名画，她爹忒小气，太子肯定藏了不少孤品，只是贸然开口挺不好意思的。

秦砚陪柳吟用完膳，外面就有官员求见，于是他很快就回了书房。小禄子准备了一大堆东西让她带去长春宫，她毫不客气地收下了。

成了太子妃，终于可以光明正大地坐轿子。如今近秋，倒不像炎夏那么热。柳吟来到长春宫，经宫人通传后她才进入内殿。

柳吟一进去就听到阵阵抽泣声，只见六公主趴在桌子上断断续续地啜泣着，连声音都哑了，也不知哭了多久。她娘和皇后正坐在软榻上规劝。

“表妹这是怎么了？”

柳吟还是第一次看到六公主哭得这么伤心，她对这个表妹还是有些感情的。

看到柳吟，正哭得厉害的六公主红着眼扑到她怀里，声音哽咽：“表姐，母后……母后要把我嫁给一个野蛮人！”

皇后立刻眉头一皱：“这是你父皇的意思，本宫又何尝没有求过？只是最近你表舅出了事，这个关头本宫要是再去求见，定会适得其反。”

“那……那就要把我嫁给一个莽汉吗？”六公主红肿着一双眼，脸上满是泪痕，看起来好可怜。

柳吟赶紧摸摸六公主的脑袋，再看向皇后：“皇上要把表妹许配给谁？”

这些日子她一直都没时间找六公主，倒是不知发生了这种事。

张氏叹了一口气：“是当今武状元。”

“听说胡子邋遢、奇丑无比，我才不要嫁给他！”六公主越说越委屈，话本看多了，她理想的驸马应该是那种风度翩翩的俊俏书生，怎么能是一个野蛮人？！

见六公主越来越胡闹，皇后沉下脸呵斥了一声：“你在这里胡闹有何用？这不是还没赐婚吗？平日里太傅教你的处变不惊都去哪里了？”

面对皇后的教训，六公主红着眼跑了。柳吟刚想去追，却被皇后叫住。

“莫要管这个丫头，皇上会有这个意思，定是丽贵妃在吹枕边风。那个贱蹄子就是看不得本宫好，本宫还未在五公主的婚事上动手，她倒是先发制人了，当真可恼！”皇后一掌拍在桌上，面上透着凌厉。

有宫人搬来圆凳，柳吟并没有坐，而是靠着她娘坐下。她倒是听说过那个武状元，好像挺厉害的，单手就打败了所有入选者。朝中武将都是有党派的，这种新鲜血液肯定会被皇帝重用。

其实那些所谓的世家子弟有时候还不如这种寒门出身之人，柳吟觉得身份倒不是关键，问题是对方的德行和人品如何？是不是真如六公主说的那样奇丑无比？

“此事定还有回旋的余地，娘娘不必太忧心。再不济，只要对方有本事，老爷再从中提携一下，也不比那些世家子弟差。”张氏宽慰道。

皇后的神色缓和不少，直到想起柳吟，面上渐渐染上一抹笑意：“怎么样，太子对你如何？”

柳吟还在深思，骤然对上两双好奇的眼睛，顿时红着脸扭过头去：“什么……什么如何？”

她就知道少不了一顿盘问，牺牲了她，所有人都高兴了。

瞧着她脖颈间不经意露出来的红痕，张氏和皇后意味深长地对视一眼。两个人嘴角都带着笑，只要圆了房，他们夫妻的关系定能有所好转。

“夫人，这些都是殿下让小姐给您带的，有不少珍稀药材呢。”细云笑着说。

柳吟瞥了一眼细云，只感觉她现在是越来越没有地位了。突然想起刘嬷嬷没跟来，她忍不住动起了其他念头。

“好好好，殿下真是有心了。”张氏笑得眼角都是细纹。

柳吟轻咳一声，看着皇后：“姑母，您能不能把刘嬷嬷调走呀？我……身边真的不用那么多人的。”

刘嬷嬷是皇后的人，她平时也不能对刘嬷嬷发脾气，每天都生活在拘束中，做什么都要被管束。

皇后端起一盏热茶，轻抚茶盖，狭长的凤眸一抬，语气耐人寻味：“本宫知道你不喜刘嬷嬷啰唆，可本宫也是为了你好。刘嬷嬷在宫中数十年，不知见惯了多少腌臜手段。虽说如今东宫里只有你和陆侧妃两个人，可防人之心不可无，一不小心就怕着了道。你还太年轻，本宫又如何放心让你一个人应对？”

“娘娘说得对，你莫再耍小性子，这一切还不都是为了你好。”张氏不悦地瞪了柳吟一眼。宫中有皇后的照拂自然是最好不过了，这丫头居然还这么任性。

“再说了，你如今最要紧的就是孩子。若真不小心中了招，到时你哭都没地方哭。”皇后叹了一口气，眼神中透着一抹无奈。

柳吟无言反驳，看来她以后要继续生活在刘嬷嬷的魔爪下了。

皇后忽然压低声音：“这是其一。还有一个原因，你如今管着东宫的上下事宜，也要学会安插自己的人手。太子对东宫看管得很严，本宫的人进不去，你在里面却可以光明正大地埋钉子，这些刘嬷嬷都会教你。等日后太子登基，你还要学会掌控整个六宫。只有这样，哪怕没了恩宠，也能将整个后宫握在手中，明白吗？”

柳吟虽然有些哭笑不得，但还是认真地点了点头。

她觉得皇后说得没错，她不能一直无所事事，总得留条后路，不能白白浪费了手里的权利。

皇后见柳吟明白了自己的意思，这才满意地问起其他事。

见皇后似乎对她和太子的事格外感兴趣，最后还越来越私密，柳吟赶紧找了一个借口离开。

这下好了，以后她娘和皇后肯定天天盯着她的肚子。

回到东宫，柳吟刚回屋看书，刘嬷嬷就阴魂不散地端了一碗补汤给她喝，说是对补身子有好处。其实就是想让她怀有身孕，她咬着牙一口气把那碗汤喝下了。

可想起六公主的事，她又有些不放心。她觉得毕竟是一起长大的兄妹，秦砚肯定不会把妹妹嫁给一个丑八怪，如果能让六公主看看那个武状元就好了。

思来想去，柳吟还是决定去探探消息。毕竟这是婚姻大事，她已经这样了，六公主身为嫡公主，肯定有不少选择，怎么能嫁给一个丑八怪呢？

柳吟刚到书房外时，却看到了一个始料未及的人。

“禄公公，你就替我家主子通传一声吧。”

书房外，一个小宫女推过去一个荷包，小禄子却连忙推拒，看着旁边温婉出尘的女子道：“不是奴才不愿通传，只是殿下如今在处理要事，不喜人打扰，还请娘娘恕罪。”

“可……”

宫女还欲说些什么，陆阮睨了她一眼，一脸淡笑地看向小禄子：“那就不打扰殿下了，这个还劳烦公公转交给殿下。”

小禄子接过那个食盒，点点头。殿下不喜吃这些小食，最后还得由他处理了。

见此，陆阮才转身离去。到院口时正好撞见柳吟，她顿了一下，随即立刻弯腰福身：“妾身给太子妃请安。”

“不必多礼。”柳吟扶了对方一把，十分客气。

陆阮笑了笑：“姐姐也是来找殿下的？”

柳吟受不了陆阮姐姐妹妹的这一套，只微微一笑，就进了院中。说实话，她总觉得陆阮不是个善茬。

见人离去，陆阮垂下眼帘继续往前走。直至来到无人的长廊中，身旁的宫女才压低声音道：“前几日丞相大人传来消息，说绝不能让太子妃先怀上殿下的骨肉，主子打算如何做？”

郁郁葱葱的树木遮住不少阳光，长廊周围皆是娇艳欲滴的花朵，纷纷争奇斗艳地绽放着。这个时辰只有寥寥几个宫人在那里打理花草，陆阮目光悠远地望着无边无际的天空。

“你说殿下为何要碰她？”

陆阮的声音有些缥缈，宫女连忙低下头：“这……定是她用下作手段勾引殿下。”

曾几何时，陆阮一直以为自己的对手会是沈瑶，那个所谓的京城第一才女。不想最后竟败在一个大字不识的女人身上，并且殿下居然真的肯娶柳吟。她一个丞相嫡女，居然只能为侧妃。

陆阮目光一沉：“你放心，父亲的教导我从未忘记。那顶凤冠，我终究会戴上。”

第六章

柳吟来到书房门口，刚想让小禄子去通传。对方倒不用她开口就进去了，哪像一开始对她各种嫌弃。她觉得自己就是个乌鸦嘴，当初就是随口一说别让她成了太子妃，没想到居然真的应验了。

“殿下让太子妃进去。”小禄子又麻溜地走出来。

看着小禄子手中的食盒，应该是那个陆阮送的。柳吟顺势接过来，可别浪费了。

柳吟迈过门槛，就见书桌前的人正在写着什么。柳吟转身关上房门，提着食盒走过去。等她放在桌上打开一看，发现里面都是些小点心。

“刚刚陆侧妃来了，殿下怎么不见她？糕点肯定很好吃。”

柳吟觉得秦砚肯定是不喜欢那种主动过头的女子，不然这么好看的一个美人，他居然碰都不碰。

听着那清脆的女声，秦砚眉头微蹙，忽然抬头看着她。柳吟像是察觉到什么，顿时皱起眉，一脸不高兴：“那个陆侧妃肯定是想勾引殿下，分明就是不安好心！”

秦砚没有说话，继续提笔写东西。柳吟拿起一块糕点咬了一口，然后认真地说道："我听姑母说父皇要把表妹嫁给武状元，你说父皇为什么会有这种想法？

"表妹说他是个丑八怪，也不知道是不是真的很难看，要是能看一看就好了。传言毕竟都是传言，外面还都传我一字不识呢，我哪有一字不识，我认识的字可多了。"

听着柳吟叽叽喳喳的声音，秦砚长臂一伸，顿时将她拉入怀中，目光扫过她手上咬了一半的糕点："好吃吗？"

四目相对，柳吟默默地将糕点丢在地上，然后摇了摇头。

那淡粉色的嘴唇边还沾有碎屑，秦砚目光一暗，用指腹轻轻拭去她嘴角的东西，声音低沉："可还有哪里不适？"

柳吟小脸一红，慢慢低下头，声音轻细："没有。"

"畏寒不是小事，明日本宫便让张院判给你调养身子。"秦砚神色严谨。

屋内弥漫着一种别样的气氛，柳吟根本不敢抬头，耳郭都红了，不明白她怕冷这件事秦砚怎么会知道。还有他说的调养身子又是什么意思？

"那个……我在与你说表妹的事，那个武状元是否真的很难看？"柳吟抬起头。

秦砚一只手搂着柳吟的纤腰，神色如常地看着公文，薄唇微启："在你眼中，何为丑？"

"当然是不能五大三粗、猥猥琐琐了，那表妹得多委屈。"

柳吟一脸严肃，目光触及秦砚棱角分明的侧颜，不由自主地抿着嘴唇凑到他的耳边，轻声道："好比太子哥哥，就是我见过最好看的男子。"

柳吟温热的气息萦绕在耳边，秦砚扭过头，恰好对上那双清澈见底的明眸。他薄唇微启："油嘴滑舌。"

要说这世上最不解风情的男子，肯定就是秦砚了。

柳吟早已习惯了对方的性子，认真又严肃地说："我说的可全是心里话，若不是表哥好看，我又怎么会喜欢呢？"

秦砚目光一顿，柳吟似乎也意识到了什么，顿时抱住他的胳膊，继续说："但我最喜欢的还是表哥的大公无私，还有运筹帷幄，一举就把那些该死的私盐贩子一网打尽。这要是换了其他人，哪有如此干脆利落？"

柳吟觉得她来了东宫，进步最快的不是识字，而是她拍马屁的功夫。俗话说得好，千穿万穿，马屁不穿，这拍马屁可是一门高深的学问。

"你若是宫中太监，怕是无人能及。"秦砚看了她一眼。

闻言，柳吟却是不满地睨他一眼，声音清脆："表哥是在说我像狗腿子，还是说我阴阳怪气？"

她发现了，秦砚就喜欢拐着弯骂人。她要是真成了太监，皇后和柳家一堆人会哭死，因为她不能生孩子了。

秦砚的嘴角勾起一个淡淡的弧度，随手从桌上拿过一本书："今日可有习字？"

柳吟："……"

"我……我胳膊酸，可疼了。"柳吟眨眨眼，掰着腰间的手就准备走人。

腰间突然一紧，桌上不知何时多出一张宣纸，秦砚的声音清淡："每日需抄写三页，交给本宫检查。"

柳吟呼吸一顿，瞪大眼，最后还是咬紧牙关，从桌上拿过那本书。三页并不算多，练就练，终有一天她要让他刮目相看。

"那我回去练，就不打扰表哥处理正事了。"柳吟打算从秦砚身上起来。

秦砚看着柳吟脖间的红痕，目光微动："今日若是不适，便多休息。"

没想到秦砚会又提起这事，柳吟红着脸别过头去，连带着耳郭也红了。但她还是点了点头，因为她还准备去找六公主，想着要开导一下对方，免得这丫头想不开。

她莹白的小脸上带着一抹酡红，秦砚的目光微动，大手忽然托住她的后脑勺，低头覆上那张嫣红的小嘴。

“嗯……”柳吟下意识地往后缩，可脖颈间那只大手根本就不给她后退的空间。

大手渐渐落在纤腰上，随着五指深陷，秦砚忽地将人松开，埋头在她的脖颈边，声音喑哑：“平日吃那么多，也不见长肉。”

柳吟：“啊！”

柳吟骤然从他身上跳下来，红着脸，一脸愤恨地瞪着他，音量拔高：“那陆侧妃多丰满呀，怎么不见殿下去找她？！”

柳吟说罢，迈着小碎步跑出去，心中郁闷不已。既然他如此嫌弃，那为何还要和她圆房？！

看着那飞速离去的身影，秦砚眼帘微垂，内心很快恢复平静。

出了书房，柳吟越想越气。不就是嫌弃她不如别人吗？等有了机会她也要讽刺一下他。他看着像个正人君子，其实就是个野蛮人，一点也不温柔！

回到听雨阁，说是抄书，柳吟也静不下心来，最后还是决定去找六公主。这种事有她劝导会好一些，六公主肯定听不进去皇后的话。

她本想去撷芳殿找人的，不过宫女却说六公主一直没回去。这皇宫这么大，六公主又去了哪里呢？

最后柳吟没有办法，只能让人先找着，她先回去再说。在经过御花园某处凉亭边时，她看到几个熟悉的身影，还有争执声不时地传来。

等柳吟走近一看，只见庄明月和五公主正在说着什么，六公主不时地辩驳几句，似乎有些恼了。

“身为嫡公主，却要嫁给一个野蛮汉子。唉，六公主真是不容易。不如改日我让母亲去舅舅那儿给你再说说，看能不能换一门亲事？”

庄明月幽幽地说，一旁的五公主也忍不住笑出声，面上带着讥讽。

“还未定亲呢，怎么，明月郡主这是要做父皇的主了？”

随着一道掷地有声的话语传来，众人闻声望去，就见一个姝丽的身影迈步走来。一袭淡青色绫裙迤逦落地，比以往更是平添几分肃穆。看到柳吟，庄明月顿时心一紧。如果眼神可以杀人，她早就把眼前人剥皮拆骨了。

“表姐！”

看到柳吟，六公主立刻走过去拉住她的胳膊，再看着对面的人，冷声道：“表姐说得对，还未定亲呢，你们便在这里嚼舌根，是要故意坏本公主的名声不成？”

“是还未定亲，但这也的确是舅舅的意思。不止我们几个人知道，如今宫里上下都传遍了。难道六公主要将人全部治罪？”庄明月笑道。

一旁的五公主也跟着附和：“对，此事早已是大家心知肚明的，六妹妹又何必自欺欺人呢？”

柳吟突然有些后悔，早知道今日就应该带刘嬷嬷出来才对。对付这种小丫头片子，刘嬷嬷最拿手了。

“事情还未到最后，凡事也总有变数，除非你们能未卜先知。再说了，就算最后是真的又如何？这可是父皇定下的亲事，你是觉得父皇故意给六公主定不好的亲事，要亏待她不成？”

说罢，柳吟不等对面的人辩解，继续输出：“且说对方也是父皇钦定的武状元，乃是朝廷命官，怎么落在你们眼中就成了野蛮汉子？侮辱朝廷命官，长公主可真会教女儿。”

庄明月脸色一变，一旁的五公主神色慌张起来：“你休要给我们扣帽子，我们才没有这个意思。”

看着两个人，柳吟突然上前一步，目光灼灼：“是吗？看到皇嫂也不见礼，还一口一个‘你’，贵妃娘娘就是这样教五公主的？”

五公主猛地退后一步，不由自主地揪着手帕慢慢低下头。她确实忘了，对方已经成了太子妃，是她的皇嫂，不再是以前那个大臣之女了。

庄明月从未想过那个蠢货有朝一日会凌驾在自己头上，还变得如此牙尖嘴利。她心里憋着一口气，特别是想到前些日子父亲还被革了职，这一切都是因为眼前这个贱人！

“你们是听不懂本宫说的话，还是不会行礼？若是不会，本宫可以让宫女教导；若是不愿，那便让皇后娘娘来教你们如何？”柳吟面上带着浅笑。

似乎怕柳吟会告诉皇后，五公主顿时不情不愿地弯了一下腰，声音跟蚊子叫一样：“见过皇嫂。”

周围的宫人都低着头不敢出声，从未想过这个太子妃这么强势，竟是一点面子也不给。

庄明月没有妥协，一向高傲惯了的她如何能接受在自己最讨厌的人面前低头。她冷冷地瞥了柳吟一眼，声音中充满嘲讽：“太子妃真是好大的架子，不过本郡主一向不喜欢给人低头。你大可去告诉皇后娘娘，或是舅舅，本郡主等着。”

说着，庄明月带着人迈步离去。转身之际，她面上全是怨毒。

见此，柳吟也只是睨了一眼五公主，随即便带着六公主离开了。虽然心中是有些不愉快，但她还真拿庄明月没办法，就这么一点小事肯定不能闹大了。不过这样可不行，凡事都得先下手为强，万一对方又放蛇来咬她怎么办？

“表姐，我真的要嫁给那个野蛮人吗？”

等走远了，六公主才闷闷不乐地拉住柳吟的胳膊，一脸的不情愿。

柳吟立刻拍了一下六公主的脑袋：“说话注意点，什么叫野蛮人？让你不要看那么多话本，你非不听。那些花前月下的翩翩公子都是假的，真正的好男子都在仕途上奔走。一个男子没有野心，注定碌碌无为，还怎么保护你？”

曾经柳吟也想象过未来的夫婿，不过也只是想想而已，她的身份注定了她的婚事不会那么简单。

被柳吟教训了一通，六公主似乎还有些不开心，嘴里嘀咕着：“反正我不要嫁给一个粗人，打死也不嫁。”

看着眼前的小丫头，柳吟叹了一口气。她非常能理解六公主的心情，女子肯定都喜欢那些俊美的书生。

“那这样，我去和你皇兄说说，看能不能让那个武状元进宫一趟，让你看看他长什么样子好不好？”柳吟认真地问道。

六公主撇撇嘴，最后只能不情不愿地点头，似乎已经认定对方是个丑八怪了。

柳吟哄了好一会儿，直到傍晚才回到东宫。她一回去就赶紧让人准备吃的，等用膳过后，才拿着书准备去练字，不过被刘嬷嬷给拦住了。

“太子妃，要不要先沐浴？”刘嬷嬷笑眯眯地说。

柳吟坐在软榻上皱眉，一脸异样地看着刘嬷嬷：“今日可是什么节日？”

她抄书难道坏了哪个规矩？

刘嬷嬷只是看了一眼外面的天色，意味深长地说：“要是今夜殿下过来怎么办？”

柳吟：“……”

许是为了配合刘嬷嬷的话，屋外突然响起宫女的见礼声：“奴婢见过太子殿下。”

听到外面的声音，刘嬷嬷笑得眼角全是细纹，立刻正声道：“奴婢这就去让人备水。”

刘嬷嬷也没给柳吟说话的机会，就这么退了下去。对她而言，太子妃只是个不懂男女之事的孩子，在宫里想要让人高看一头，当然得是殿下的宠爱。而且她不侍寝，又哪里来的子嗣？

下一秒，从屋外走进来一道高大颀长的身影。秦砚换了一身锦白常服，腰间挂着一块龙纹玉佩，脚步沉稳。看到他，柳吟还记着他今日说自己身材不好的事情，羞恼间干脆假装没有看到他，自顾自地靠在那里看书。

看着软榻上那个一动不动的人影，秦砚负手走近，视线落在她的身上：“给本宫脸色看？”

柳吟顿时低下头，想着人在屋檐下，不得不低头，只能撇着嘴，不情愿地别过头去："臣妾不敢。"

她怎么敢和对方置气？若是被刘嬷嬷知道了，又得说她这个人没大没小了。

"你还有何不敢的？"秦砚幽幽地瞥了柳吟一眼，随即迈步往里走去。

看着他的背影，柳吟做了一个鬼脸。他要不是太子，肯定不讨女子喜欢。

宫人们此时已经拉好了屏风，浴桶中也装满了水，还顺带关上了门。秦砚不知何时来到了里面的一排书架前，柳吟有些犹豫，一直想说什么，最后还是咬咬牙，豁出去似的跑去屏风那边脱了衣服。

屋内瞬间水雾蒙蒙，温热的液体包围了她的肌肤。她整个人都缩在桶里，只留出一个小脑袋在外面，透过屏风观察着外面的动静。不过好在软榻上的人一直在看书，并未抬头。

见此，柳吟才慢悠悠地伸出胳膊，从旁边拉下一条布巾。她沐浴没有太多讲究，只想着赶紧完事了出去，毕竟外面还有人。

屏风后弥漫着阵阵水雾，只有一个小脑袋不时地冒出来。软榻上的人只是余光一扫，渐渐垂下眼帘，目光落在手中的书页上。

柳吟出来穿衣服也是小心翼翼的，等穿好衣裳后，她一边用干毛巾绞着头发，一边让人进来把水倒出去。

宫人们陆陆续续提着桶走进来，又拿走柳吟的换洗衣物。视线扫过太子时，一个个又不自觉地红了脸。传闻太子殿下极其厌恶太子妃，但她们瞧着可不是这么回事。

柳吟一边擦着头发，一边顺势爬上软榻，让人给她拿些吃的进来。

"殿下，您尝尝这葡萄，可甜了。"

不知想到什么，柳吟十分殷勤地捏了一颗葡萄递过去，满脸真诚。

秦砚并未言语，似乎已经猜到她的下一句话要说什么。

"表哥……"

柳吟从背后抱住他的胳膊，一脸无辜地眨着大眼："太子哥哥……"

“说。”他薄唇微启。

柳吟：“……”

她表现得有这么明显吗？

柳吟深吸一口气，忽略掉被拆穿的尴尬，继续道：“这个……让表妹嫁给一个从未见过的人，我终究有些不放心，表妹自己也不放心。所以……能不能……让我们看看那个武状元呢？”

烛火幽幽，柳吟清脆的声音在耳边响起，一缕淡淡清香萦绕在呼吸间。他头也没抬，依旧看着书一言不发。

见此，柳吟不禁撇撇嘴，一时间也有些恼怒，坐在一旁吃葡萄。不见就不见，反正那也是他的皇妹。都说皇家薄情，没想到这么薄情。

“明日来议政殿找本宫。”秦砚的声音低沉。

柳吟刚塞了一颗葡萄到嘴里，瞬间眼前一亮，立刻靠过去轻笑一声：“我就知道太子哥哥最好了。”

说着，她的小手又殷勤地在他的肩上捶着。他忽然长臂一伸，顿时将人搂入怀中，大手不轻不重地捏着她的后脖颈：“不气了？”

柳吟红着脸低下头：“哪有，臣妾哪敢与殿下置气。”

柳吟身着一袭月蓝色烟纱散花裙，衣襟下莹白的肌肤若隐若现。秦砚目光一暗，突然低头覆上粉唇，搭在她腰间的大手也渐渐陷入软肉中。

既然不喜自己，他为何还要这样？

柳吟似乎有些呼吸不畅，抵在对方肩上的手也渐渐开始用力。直到整个人被拦腰抱起，她才得以喘息。待回过神时，就已经躺在了床上。

她吓得赶紧拉过被子紧紧裹着自己，可随着屋内灯火熄灭，被子突然被人扯开，她整个人被拥入一个温暖的怀抱中，炙热的男性气息喷洒在她耳边。

柳吟小脸一红，浑身紧绷，所有触觉都那么清晰。直到发现对方并没有其他举动，她才渐渐松了口气，刚想翻个身，腰间的手又紧紧按住她。

“不要乱动。”秦砚声音喑哑。

柳吟再也不敢动，整个人僵硬地侧躺在那里，眨着大眼，看着床栏，精神格外亢奋。

听着那加重的呼吸声，秦砚忽然伸手覆上她的双眼，低声道：“若是睡不着，本宫可以陪你做些其他事。”

柳吟赶紧闭上眼，吓得连呼吸都不敢放重了。

她的眼睫颤巍巍地划过秦砚的手心，带着一抹酥麻的痒意。秦砚搂紧了那抹纤腰，垂下眼睑，遮住其中那抹情欲。

月朗风清，本来不用守夜的，可刘嬷嬷怕出什么意外，硬是守到半夜看着紧闭的房门才心满意足地下去休息。

直到次日晌午，柳吟才迷迷糊糊醒来，身边早已没了人影。

想到今日要去看看那个武状元，柳吟连忙起床，用完午膳就去找六公主一起去议政殿。

听说可以去看那个武状元，六公主虽然嘴上说着不情愿，身体却很诚实，立刻乖乖地和柳吟往议政殿走去，隐约还可以看出她眼中带有一丝好奇。

“我跟你说，如果那个人长相还算端正，你便不要再闹脾气了，父皇肯定不会让你嫁给一个品行不端的男子的。”柳吟认真地说道。

走在宫道上，六公主低着头撇撇嘴，双手揪着手帕念叨着：“我哪有闹脾气？”

跟在后面的刘嬷嬷也教育起六公主来：“皇上自幼疼爱公主，定不会给您寻个不堪的驸马。您光听宫中一些闲言碎语便妄下定论，岂不是如了他人的意？”

毕竟也是被刘嬷嬷看着长大的，六公主似乎有些怕她，于是不再说什么，低着头加快脚步走在前面。

柳吟无奈地摇了摇头。

快到议政殿时，她们却被一群人拦了下来，为首的竟是皇帝身边的大太监王海。

“奴才给太子妃、六公主请安。”后者恭敬地行了一礼。

柳吟有些不解地看着对方：“王公公，这是……”

王海面上依旧带着客气的笑，恭声道：“皇上传召，还得请太子妃随奴才走一趟。”

柳吟心里突然咯噔一下，下意识地看向刘嬷嬷，后者只是对她使了个眼色。于是她对着王海笑了笑：“那走吧。”

柳吟立刻跟在对方身后，刘嬷嬷和六公主相视一眼，然后往不同的方向走去。

柳吟虽然面上淡定自若，内心却十分忐忑。她对这个皇帝一向都怕，而且还突然传召自己，怎么想都没那么简单。

等到了乾清宫，柳吟跟着王公公进入内殿，发现里面并没有伺候的宫人。华贵庄重的摆设给人一种喘不过气的感觉，空气中也似弥漫着一股别样的香味，让人不自觉地身心舒缓。

皇帝正坐在软榻上，一个人摆着棋子，看似儒雅的脸却给人一种不怒自威的感觉。柳吟低着头上前几步，恭敬地弯腰行礼：“儿臣叩见父皇。”

内殿中十分寂静，一旁的香炉飘着几缕白烟，似乎能凝神静气。王公公默默地退了下去。

“可会下棋？”

一道温和的声音突然响起，柳吟顿了一下，缓缓回道：“回父皇，儿臣只是略懂一二，上不得台面。”

皇帝突然呵呵一笑，面上带着慈爱的笑：“不碍事，不过是打发时间罢了。”

见此，柳吟只能挪动脚步走到对面坐下，看着棋瓮里的黑子，然后慢慢拿起一颗放在棋盘上，手心开始冒出丝丝冷汗。

“成亲后性子果真沉稳了许多。”皇帝笑着随手放下一颗棋子。

柳吟心一紧，低头，认真地回道：“都是母后教导有方，儿臣其实还有许多不足的地方，都是殿下肯包容儿臣罢了。”

皇帝头一抬，随手端过一旁的茶盏，轻抚着茶盖，随口道："你不必过谦，这是好事，成了亲性子多少都会有所变化。"

柳吟默默地放着棋子，虽然面上镇定自若，但心里不安极了。她知道皇帝找自己肯定不只是闲聊这么简单，又怕自己一不小心说错什么话。皇帝与太子是一路人，心思深得可怕。

"皇儿性子一向内敛，朕还担心你这个丫头会受委屈，如今看到你们琴瑟和鸣，朕也就放心了。"皇帝笑着抿了一口热茶。

殿内一时间好像只剩下棋子落下的声音，柳吟低着头不知道该回什么，最后只能态度端正地答道："是儿臣以往不懂事，才会惹得殿下不开心。如今殿下能不计较，已经是对儿臣最大的包容了。"

柳吟的声音恭敬中透着谨小慎微，皇帝意味深长地看了她一眼，随即执起一子放在棋盘上，漫不经心地说："这么久，朕也未见他包容过谁。"

柳吟呼吸一顿，努力控制自己的表情。她正欲说些什么，对面又响起一道声音："不过这也是好事，看到你们恩爱有加，朕甚是欣慰。"

柳吟手心里全是冷汗，低下头没有再说话。说多错多，她只能专心致志地下棋，殿内瞬间寂静一片。

对于下棋，柳吟真的只是略懂皮毛。她本以为自己会输得一败涂地，因为不到半盏茶的时间她这边就明显呈现败势。不过皇帝似乎不想让她输得那么快，故意让了她好几次，一直不让她彻底输掉。

不明白对方是什么意思，柳吟只好硬着头皮继续下，并未深思对方让自己过来的目的。

"你这棋艺的确不行，可得让太子好好教教你。你母后的棋艺也是朕一手调教的，如今啊，都快赶上朕这个师父了。"皇帝不由自主地笑出了声。

柳吟配合地笑了一下："那也是父皇教得好。不像儿臣愚笨，哪及得上母后聪慧。"

闻言，皇帝只是幽幽地扫了柳吟一眼。这时，王公公突然迈着快步走进来，对着皇帝道：“太子殿下来了。”

棋子落在棋盘中，皇帝头一抬，跟着摆了摆手：“传。”

不知为何，一听到秦砚过来了，柳吟莫名松了一口气。比起心思莫测的太子，她觉得这个皇帝要危险得多。

从殿外进来一道暗金色身影，待走近时，秦砚的目光不经意地扫过那边的女子，继而对着皇帝拱手示意：“儿臣见过父皇。”

秦砚的声音毫无波澜，应该说他一向如此。皇帝落下一子，意味不明地扫他一眼：“朕记得你该在议政殿才对，看来是有要事禀告？”

不知为何，柳吟觉得气氛好像有些不对劲，赶紧起身站到一旁。

“关于私盐一案大理寺已经上交了后续排查结果，一众处置名单还得请父皇决断。”秦砚神色如常。

皇帝看着秦砚：“既已证据确凿，便按照律法盖印就好，朕自然信你。”

说着，皇帝又把目光投向柳吟，和蔼地一笑：“和你这丫头下棋也真是难为朕了，回去定要让太子好好教你。行了，回去吧。”

听到可以回去，柳吟如释重负，恭敬地弯腰行礼：“那儿臣便先行告退了。”

柳吟瞄了一眼秦砚，低着头赶紧走出了这个是非之地。再待下去，她真怕自己会说错什么。果然伴君如伴虎，也不知道皇后是怎么坚持下来的。

直到整个内殿只剩下两个人，皇帝的神色才渐渐沉下来：“坐吧，替你的太子妃下完这盘棋。”

秦砚不紧不慢地坐在对面，看着一边倒的局势也没有迟疑，执起一子放了下去。

“你可记得答应过朕什么？”

皇帝面上全是掩饰不住的微怒。

秦砚并未抬头，神色依旧平静：“儿臣不知父皇所指何事。”

“你宠幸了她？”皇帝的眼睛一眯。

殿内弥漫着一种肃穆的气氛，秦砚并未言语，面上不带任何情绪，依旧淡淡地看着棋盘。

“你宠幸她朕不管，可你连避子汤也不给！你莫忘了她是柳家的人，朕看你就是鬼迷心窍！”

皇帝一掌拍在桌上。早知如此，他就不该让那个丫头成为太子妃。

秦砚慢慢落下一子，忽然抬头，目光幽深：“柳家如今只是一盘散沙，只需控制柳家的兵权，与普通世家并无差别。一直以来父皇不愿做的都是儿臣在做，您也该明白朝中兵权为何会如此分散。”

话落，皇帝眉头一皱，凝视着眼前的儿子：“你是觉得朕做错了？”

“儿臣不敢。”秦砚低下头。

殿内瞬间沉寂一片，皇帝手中握着茶盏，神色难辨，良久才出声：“无论如何，你的太子妃绝不能诞下皇嗣。”

秦砚忽然抬头对上那道不悦的视线：“儿臣的事，还望父皇不要插手。”

四目相对，皇帝眉头紧蹙，两个人就这么一言不发地对峙着。

出了乾清宫，柳吟想了想，还是决定先回东宫。走在路上，她越想越觉得奇怪。这皇帝神秘兮兮地找她过去下棋，又说了一些无关紧要的话，到底是什么意思呢？

不过不管对方是什么意思，肯定不怀好意，不然怎么总给她一种意有所指的感觉？

柳吟回到东宫，没想到六公主会在屋里等她。看到柳吟回来，她又是好一阵询问。

“表姐，你怎么去了这么久？父皇找你做什么呀？”六公主担忧地拉住她的胳膊。

两个人来到殿前坐下，立刻就有宫人端上热茶。柳吟一脸凝重地摇头：“我也不知道。”

她不是皇后，看不透这宫中的人心。

“吓死我了，我还以为父皇要找你麻烦呢，就赶紧去找了母后，刘嬷嬷则去寻了皇兄。不过母后说让我不要着急，说父皇不会把表姐怎么样的。”

其实六公主还是有些担心，就怕是那日与庄明月起了争执，对方又去告状了。

没想到秦砚居然是刘嬷嬷叫去的，柳吟有些讶异，他是怕她在皇帝面前丢他的脸吗？

“就是可惜看不到那个人了。”六公主忽然念叨了一句。

耳尖的柳吟听到，笑道：“放心好了，只要你皇兄一句话，那个武状元还不得立刻进宫？到时候你想怎么看就怎么看。”

面对柳吟打趣的眼神，六公主立刻扭过头去，愤恨地嘀咕：“我才不想看呢，肯定是个丑八怪。历届武状元哪个不是五大三粗的，这个人肯定也是个野蛮人！”

话落，屋外忽然一前一后走进来两道身影。看到来人，柳吟正欲说些什么，目光扫到后面那个眼生的男子，神情顿时微妙起来。

“皇兄！”六公主立刻笑着迎过去。

男子一袭深蓝色朝服，面容端正硬朗，身形也高大挺拔，就是看起来有些黑。他就这么站在秦砚身后，目光不时地扫过那穿着粉色宫装的小公主。

张漠从不知自己在外人眼中竟然是个丑八怪。

秦砚看着皇妹，眉毛微动，扭头看向后面的人：“张大人退下吧。”

“微臣告退。”张漠低下头，退后几步，转身离去。

武状元叫张漠，这个六公主是打听过的。骤然听到皇兄的话，她顿时僵在那里，难以置信地看着那道离去的身影，宽厚又伟岸。

“皇兄……他……他……”六公主瞪大眼，急得一张脸都通红，想起自己刚刚还说了对方的坏话。

没想到这个人就是当今武状元，的确像个习武之人，倒是和丑沾不上边。柳吟慢悠悠地品着茶，想看看表妹是什么反应。

出乎意料，六公主跺了跺脚，居然跑了出去。

张漠走得很快，六公主追了好一会儿才追上。许是听到后面有脚步声，张漠脚步一顿，转过身，就见一个满脸通红的小姑娘气喘吁吁地追上来。

六公主喘着气，偷偷看了张漠一眼，低下头："对……对不起，我……我不该说你丑的。"

这是六公主第一次说人坏话被撞见，觉得格外羞恼，也未想到这个人居然不是个丑八怪。

六公主一双小手紧紧地揪着手帕，声音轻细。张漠淡淡一笑："公主言重了，微臣什么也没有听见。"

嗯，他真的什么也没有听见。

六公主顿时眼前一亮，瞬间又不高兴地看了他一眼："你骗人，你要是没听见就不会这样说了。"

六公主转过身去，又忍不住偏过头去看后面的人，正声道："如果……你听见了，那本公主向你道歉，我不该在背后说你坏话。"

话落，她红着脸跑了。张漠哭笑不得，原来这也算坏话？

大厅中，不知何时来了一位太医，柳吟乖乖地让对方把脉。纵然她非常想和秦砚说说刚才的事，皇帝也着实让人瘆得慌。

"启禀太子殿下，太子妃只是有些体寒，其余并无大碍，只需微臣开上几副药调养身子即可。"老太医跪在地上，头都快低到地上了。

秦砚看他一眼，随即瞥了一眼一旁的小禄子。后者立刻上前对太医做了个"请"的手势："有劳杨院判了。"

"微臣告退。"太医躬着身，低下头快速离开大厅。

等人一走，柳吟就憋不住了，立刻走过去拉住秦砚的胳膊，脸上满是担忧："刚刚父皇不知为何让我过去，我也不知自己有没有说错什么。这要是我说错了什么可如何是好？"

虽然只是些普通对话，可柳吟不知道自己是不是说漏了什么，皇帝的确是心思莫测。

听着柳吟的念叨，秦砚皱着眉摸了摸她的脑袋，声音低沉：“欺软怕硬的小东西。”

柳吟：“……”

柳吟憋着一口气，气冲冲地走了。

书房里。

刚刚离开的太医满头大汗地跪在那里，头也不敢抬。秦砚坐在书桌前，目光幽幽地看着他，气氛格外迫人。

“太子妃到底如何？”

微冷的男声吓得跪在地上的太医一哆嗦，整个人都在颤抖：“微臣……微臣……”

“你是否觉得本宫很好欺瞒？”秦砚一脸冷漠。

太医吓得顿时吞吞吐吐起来：“这个……这个……皇上不让微臣说啊！”

这可是要掉脑袋的！

秦砚只是瞥了太医一眼，忽然道：“本宫记得你有个侄子在礼部任职。”

太医瞬间脸色大变，咬咬牙出声道：“太子妃……太子妃宫中点的应该是一种调制过的熏香，里面含了数种令女子不孕的香料。幸好太子妃吸入的不多，不然……后果不堪设想。”

屋内瞬间寂静一片，秦砚缓缓闭上眼，手指轻叩桌面，发出声响。

太医汗如雨下，偷偷抬起头：“微臣……会给太子妃开药调养身子，只是……只是皇上那儿……”

“你只需做好自己的事，其余不用管。”

秦砚目光如炬：“你说那香有异，那太子妃吸入一点会否有影响？”

闻言，太医愣了一下，顿时言之凿凿：“这个殿下请放心，虽然有些许影响，但问题并不大，太子妃只需服几日药便能彻底无碍了。”

不是柳吟多心，她总觉得那个皇帝没安好心。最后她还是不耻下问地问了刘嬷嬷的意见，后者只说让她小心谨慎些。

虽然说了跟没说一样，不过柳吟还是觉得这件事得告诉皇后。毕竟身为皇帝的枕边人，皇后肯定比其他人更了解皇帝。

没过多久厨房就送来一碗黑漆漆的药，刘嬷嬷听说是给她调养身子的才没有追问。谨慎是好事，看到没有问题，柳吟就一股脑地灌了下去。

自从下午以后柳吟就没有看到秦砚了，晚上也是她一个人用膳。他不过来，她一个人睡觉都要自在许多。和秦砚一起睡一点也不舒服，连翻个身都怕把人给吵醒。

第二天，柳吟用完膳就立刻去了长春宫。反正闲着也是闲着，不如问问皇后昨日的事。只是她没想到过去的时候倒看到六公主在笑吟吟地吃着糕点，哪有前几天那种闷闷不乐、苦大仇深的模样。

"表姐！"

看到柳吟过来，六公主立刻笑着迎过来，还兴致勃勃地指着头顶问道："这是我让司珍局刚做的发钗，好看吗？"

六公主发髻间那支金海棠珠花步摇摆动间的确栩栩如生，柳吟并未言语，只是来到皇后对面坐下，给了表妹一个别样的眼神："这昨日还不知道是谁，气得茶饭不思、夜不能寐的，今日这脸就变得如此快了？"

皇后无奈地摇摇头，慢条斯理地煮着茶，倒是旁边的红杏忍不住掩嘴低笑一声。

六公主立刻红着脸轻哼一声："我……我哪有茶饭不思，表姐惯会冤枉人。"

六公主顿时扭头到一旁坐下，自顾自地吃着御膳房新做的糕点，一张小脸通红。

"这样啊？其实我瞧那武状元的确五大三粗，而且又黑，的确算不上多好看。"柳吟端过桌上的茶盏，悠悠地说道。

等柳吟话落，六公主立刻急切地解释：“男子汉自然得有男子气概，这叫阳刚之气。你看表哥在边关待那么久，指不定更黑呢。”

屋里不少人差点忍不住笑出声。许是觉得没面子，六公主红着脸瞪了柳吟一眼，迈着小碎步跑了。

等人走后，柳吟才忍不住笑出声：“真是翻脸比翻书还快，也不知是谁说打死都不嫁的。”

屋内茶香四溢，等茶差不多煮开后，皇后才慢慢地套上华丽的护甲，抬头看着她：“你昨日见过那个武状元了？”

殿内的宫人都识趣地退下，只余一些心腹伺候着。于是柳吟也正经起来：“看过了，看起来倒是挺实在的，至于品行如何就不知了。”

柳吟始终觉得秦砚不会把自己妹妹推入火坑。

“你父亲已经在宫外开始调查，品行如何迟些日子便能得知。不过彤儿说得对，本宫倒想起你哥哥这些日子也差不多要回京了。你哥哥长年在边关也没有时间娶妻，这次本宫定要给他寻个好姑娘才行。人家同龄的，孩子都好几个了。”说到这里，皇后不由自主地叹了一口气，感觉自己需要操心的事还有一大堆。

柳吟也觉得是这么回事。她娘嘴上虽然不说，但心里肯定着急。只是不知想到什么，她突然回归正题，把昨日去乾清宫的事情一五一十地说了出来，一个细节也没有放过。

听到柳吟的话，皇后的神色变得复杂。半晌，她才问：“那回去后太子有何反应？”

柳吟微微摇头：“他没有说什么，只是传了个太医。不过那太医说我体寒，如今每日都在喝药呢。”

皇后皱着眉，若有所思地望着煮沸的茶。半晌，她才漫不经心地说：“今日你喝药时留一些，让刘嬷嬷悄悄送到本宫这儿来。”

柳吟眨眨眼，表情有些怪异：“那不是……”

“有些事不能只看表面，你无须知晓那么多，只需记住，无论发生何事，姑母都不会让你有事。”皇后握住柳吟的手，端庄秀丽的面容上透着一抹别样的意味。

见此，柳吟也没有再说话，低着头不知在想什么。

出了长春宫，柳吟提着皇后给的糕点往议政殿走去。她就知道会是这样，因为刘嬷嬷每天也是这样催她的，似乎恨不得她一天十二个时辰黏在秦砚身上，这样她们就高兴了。

以前柳吟去过议政殿，不过每次都进不去。外面的禁军就跟东宫的御林军一样，死活不让进。

待她跟太子成了亲后，这些人倒是识趣了。她虽然进去了，只是万万没想到里面居然还有一个讨厌的人！

偌大的议政殿内，一群官员三三两两围成一堆，或者查资料，或者议论着什么，看上去十分忙碌。而在殿前，一个黄裙女子正围着秦砚转，面上洋溢着羞怯的笑。

"这祁阳郡主可真是不知羞耻，大庭广众下居然一点也不懂收敛，难怪殿下不喜欢。"细云忍不住嘀咕一声。

柳吟："……"

好像自己以前也是这样。

秦砚正坐在案桌前写着什么，周围不时地经过其他官员。贺歆依旧锲而不舍地在那里说话，含羞带怯间哪还有平日里半点飒爽。

没想到这两个人居然在议政殿眉来眼去，简直没把她放在眼里！

柳吟沉下一张脸，加快步伐走过去。其他官员看到她的瞬间眼神一变，连脚步都停了下来。

"郡主，这里是议政殿，您还是先出去吧？"小禄子一脸为难地看着贺歆。

贺歆瞧了一眼连个眼神也不给自己的秦砚，眼中有些不甘，最后也只能轻声道："那太子哥哥你一定要试试我做的糕点，这可是人家亲手做的。"

"宫里有御膳房，就不劳祁阳郡主费心了，您的糕点还是留给自己吃吧。"

一道清脆的声音突然传来，贺歆顿时往后看去。只见柳吟一袭青烟紫绣游鳞落地长裙娉婷动人，比起往日更多了一分明媚的娇艳。贺歆瞬间心一紧，其他官员则赶紧低头做自己的事，殿内的气氛诡异起来。

一直坐在那里未言语的男子也没抬头，仍执笔在写着什么。

走近后，柳吟对贺歆笑了笑，把食盒打开，也从里面端出一盘盘糕点，一脸认真地看着秦砚："这可是臣妾亲手做的，殿下处理公务繁忙，必定是累了。"

细云顿时眼神一变，这……这不是皇后娘娘给的吗？

秦砚头一抬，看了看一脸认真表情的柳吟，目光又落在桌上的糕点上，声音低沉："太子妃亲手做的，本宫自然得尝尝了。"

听到对方的话，柳吟莫名心虚，眼神也不自觉地闪烁起来。

贺歆抿着嘴唇，骤然转身离去。刚走了两步，她忽然余光一扫，手腕微动。

秦砚还未放下手中的公文，宽大的袖袍不经意拂过她的身侧，顺手拿起桌上的一块糕点，地上不知何时多出一根银针。

秦砚浅尝一口："尚佳，堪比御膳房。"

柳吟："……"

她默默地扭过头去，耳郭红了一片，突然怀疑秦砚是不是长了千里眼，怎么什么都知道。

眼看贺歆走了，柳吟才阴阳怪气地轻哼一声："就怕我打扰了殿下的好事。"

这次居然追到了议政殿，下次还不知道会怎样。这贺歆还真够执着的，莫不是想要给秦砚做侧妃？不过以对方高傲的性格来看，除掉自己再上位的可能性反而更大。

"太子妃多心了，祁阳郡主才刚来，奴才也一直在规劝她离开呢。"小禄子连忙解释。

闻言，柳吟不由自主地睨了对方一眼。还说她像狗腿子，明明这小禄子比她更狗腿子。

秦砚没有说话，只是瞥了一眼那些窥探的官员，声音微沉：“刑部的名单都整理好了？”

众人身子一哆嗦，连忙低头翻寻起来，再也不敢四处张望。

议政殿氛围肃穆，柳吟也不敢再耍嘴皮子，连忙弯腰行了一礼：“时辰不早了，臣妾先行告退。”

以往皇后娘娘派人送来的吃食殿下从未动过，而且殿下对太子妃说话的语气都不一样。其他人暗自叹息，终究还是传言有误啊。

看着柳吟离去的身影，秦砚忽然低头，目光落在地上那根银针上，黑眸中闪过一丝暗色。这是第一次有人在他面前动手。

出了议政殿，柳吟坐上轿子往东宫走，心里一直在想贺歆。她如此执着，怕是盯上了东宫。如今正妃已经被自己占了，难保皇帝不会为了压制镇南王，故意把贺歆赐给太子做侧妃。贺歆在京中也算半个人质，镇南王在西南才会有所忌惮，不会轻举妄动。

可为什么皇帝忌惮柳家，还偏偏让自己成为太子妃呢？她仔细想想昨日的谈话，觉得可能忽略了一件事。下棋的时候对方为什么一直吊着她，不让她输呢？看起来是不想让她输得太惨，可不知为何，她总觉得对方像是在拖延时间。

皇帝为何要拖延时间？他要做什么呢？

柳吟越想越复杂，不过凡事往坏处想总没错，谁知道有一天会不会被人算计，皇帝可没有表面看上去那么和蔼可亲。

回到听雨阁，柳吟才想起自己今日还没有抄书，也不知道秦砚会不会检查。她刚走进去，就看到刘嬷嬷在呵斥两个粗使宫女，吓得整个院子的人都在发抖。

“你们脑子都长哪儿去了？不知道这种天蚊虫多，还摆香味这么重的花在院子里，这要是引来蚊虫咬到太子妃，你们担当得起吗？”

刘嬷嬷站在院中，那两个粗使宫女瑟瑟发抖地跪在地上：“嬷嬷恕罪，只是前些天太子妃说院中的花草颜色太寡淡，奴婢们才想着摆些鲜艳的。”

“你是在说我错怪你了？”刘嬷嬷眉头一皱。

“奴婢不敢！”那两个人吓得都快哭出来了。

院中其他做事的宫女也不敢多看，都知道刘嬷嬷是皇后娘娘身边的人，而且还是看着太子殿下长大的。比起太子妃，她们更怕刘嬷嬷。

“还愣着做什么？还不快把这两盆花搬走！”

那两个宫女赶紧起身，将那两盆娇艳欲滴的花搬起来。柳吟进来后，眉头微蹙，看刘嬷嬷的眼神中透着怪异。虽然对方平时的确很严肃，但很少看到她发这么大的脾气，而且还是因为这种小事。

许是看到柳吟回来了，刘嬷嬷立刻跟了过去：“太子妃。”

柳吟进了屋，先到内屋去换外衫，忍不住说道：“一点小事而已，我看那花还挺好看的。”

刘嬷嬷立刻给细云使了个眼色，后者识趣地退出去关上门。直到屋里只剩两个人，刘嬷嬷才面色凝重地说：“太子妃有所不知，这也多亏老奴及时发现，不然后果不堪设想。”

柳吟刚脱下外衫，闻言不禁给了她一个异样的眼神。

“那花名叫紫藤，常人闻之自然无碍，可若是与我们院中的白芷草摆放在一起，长久下去，散发的味道足以让女子不孕。在宫里使这种手段的人多了去了，也幸亏老奴发现得早。这下手的人对我们院中的花草都了如指掌，不得不防啊！”刘嬷嬷压低声音，面上全是凝重的表情。

若是让太子妃在她的眼皮子底下出了事，她还有何颜面去见皇后娘娘。

柳吟换好外衣，深吸一口气，慢慢地到软榻上坐下，给自己倒了杯茶压压惊。

“不想我怀有身孕，还能对我院中的情况如此了解，怕是连花房那边都打点好了，这人一定心思缜密。只有两种可能，陆侧妃和父皇，但也不排除长公主为了报复我这样做。你觉得是谁？”柳吟抬手按了一下眉心。

听到柳吟的话，刘嬷嬷欣慰地笑了一下，轻声道："也多亏老奴早有准备，在您刚进东宫时就在陆侧妃那儿埋了一颗钉子。那个人说陆侧妃和身边的贴身宫女平常都形影不离，不过昨日却出去了两次，而且行踪隐蔽，似乎不太想让人发现。"

柳吟一掌拍在桌上，疼得她立刻收回手。该死的，她就说那陆阮不是什么简单的人，不然怎么一直不声不响地缩在院子里，原来是想跟她玩阴的！

"此事老奴定会找机会告诉皇后娘娘。不过那陆侧妃背后是陆家，的确有些难以下手。"刘嬷嬷忧心道。

柳吟抿了一口茶，有些不以为意："那就告诉太子哥哥，你去说，我说这话有些不便。"

陷害来陷害去多累啊，还不如直说。秦砚信不信是他的事，不过这个陆阮，柳吟肯定要找机会弄她。她居然这么阴毒，真是会咬人的狗不叫。

"这……告诉殿下……"刘嬷嬷似乎有些犹豫。在宫里发生这种事，大多都是由宫妃们自己解决，谁还会去告诉男人呀。

"为什么不能说？这本来就是事实。你想想，东宫里都是太子的人，如果真是陆侧妃动的手，太子哥哥会查不到？不过你不能告诉他，我已经知道了这件事。"

免得被对方认为她是在告状，虽然她的确是在借刘嬷嬷的嘴告状。

刘嬷嬷有些犹豫，最终还是点了点头。

又到了吃药时间，这次柳吟留了一些让刘嬷嬷带给皇后。她也很好奇，这药到底是做什么用的。

柳吟一个人用了晚膳，又抄了一会儿书，觉得自己的字真是越来越顺眼了。许是觉得无聊，她又拉着细云下棋。虽然下不过皇帝，但她完全可以碾压细云，说明她的棋艺也没有那么差。

直到屋外突然传来宫女见礼的声音，细云吓得立刻走到一旁。房门被人推开，一道颀长的身影走了进来。看到来人，特别还是半夜三更，柳吟就有些慌。

“奴婢见过殿下。”细云行了一礼，随即沏茶。

烛火幽幽，软榻上的女子半倚在那里，青丝如瀑，一袭银纹蝉纱丝衣下露出一双粉雕玉琢的双足。月色皎洁，晚风习习，穿过窗户带来不少凉意。

秦砚走过去，抬手覆上她的发顶，语气微沉：“药还没喝够？”

柳吟：“……”

柳吟赶紧摇着小脑袋，又让细云给她拿一条薄毯来。她微凉的小手忽然被人握住，骤然对上一双不悦的黑眸。

“我……我刚准备穿衣服的，只是头发未干，所以耽搁了些时间，我以后肯定会注意的！”柳吟说道。

细云放下薄毯，默默地退出去，并关上了门。

对上那双明亮的眸子，秦砚来到对面坐下，视线刚一转就看到一副奇异的棋局。他只看了一眼，随手端过一旁的热茶。

柳吟怕对方又让她就寝，赶紧收拾棋盘，试探性地看着对面的人：“不如我陪太子哥哥玩几局？”

秦砚慢慢放下茶盏，拿过一旁的书，轻轻嗯了一声。

柳吟立刻收拾好棋盘，然后率先放下一子。不过让人气愤的是，秦砚简直欺人太甚，居然一边看书一边和她下棋！

“太子哥哥觉得是我好看，还是那祁阳郡主好看呀？”

屋内寂静一片，柳吟手撑着小脑袋，目光直直地看着秦砚，拿着黑子慢悠悠地放在棋盘上，脸上满是认真。

闻言，秦砚眉毛微动，神色如常：“对于无关紧要的人，本宫向来不会注意。”

“那这么说，就是我好看了？”柳吟忽然凑过来，声音清甜，“那我和陆侧妃谁更好看呢？”

秦砚的视线一转，目光对上柳吟那双明眸，落下一颗黑子：“外貌只是一副皮囊。”

看着对面依旧波澜不惊的人，柳吟从软榻这头爬到那头，面上透着一股浓浓的不开心：“可我就是喜欢好看的皮囊，太子哥哥的意思难道是说陆侧妃比我好看？”

她只是随便问问，这个人就暴露了心思，肯定是觉得她没有陆侧妃好看，所以才会说那样的话。

秦砚随手搂过柳吟的腰，将她圈在怀中，又放下手里的书：“不是要下棋吗？”

柳吟撇撇嘴，扭过头去掰腰间的手：“我有自知之明，怎么可能下得过太子哥哥？”

烛火摇曳，在墙上投下两道阴影。秦砚的目光扫过柳吟那截白皙的脖颈，眼帘一垂，握住那只小手：“凡事不去争取，又怎会知道结局？”

“可无谓的争取等于浪费时间。”柳吟立刻转过头去，愤恨不平地想从他怀里出来，“我知道了，殿下就是觉得陆侧妃更好看，毕竟人家更丰满。”

一边说着外貌只是皮囊，一边又嫌弃她，果然男子都是这样！

下一刻，只觉一阵天旋地转，她整个人被压倒在软榻上。骤然对上一双深不见底的黑眸，里面燃烧着一抹蠢蠢欲动的欲望，她吓得浑身紧绷。

秦砚埋头在她的脖颈间，声音暗哑：“本宫只记得你的模样。”

他灼热的气息喷洒在柳吟脸上，她顿时红了脸，声音轻细：“我……我不信。”

这个人只会花言巧语哄骗她，明明就是嫌弃她。

秦砚没有说话，忽然将人拦腰抱起。柳吟被吓了一跳，本以为和上次一样，对方只是单纯地和她一起睡觉，可事情好像并不是这样。

烛火灭，屋内陷入一片黑暗，一切感官都那么清晰。柳吟红着小脸，小手紧紧抓着被褥，试图做最后的挣扎：“太……太子哥哥……我…我们说说话好不好？”

秦砚随手解开她繁琐的腰带，在她脖颈间深吸一口气，低声道：“你说，本宫听着。”

天边露出一抹微霞，快到早朝时间了。

屋里传来一道吩咐声，众人这才陆陆续续端着洗漱用具走了进去。

床幔被一只大手撩开，一道高大颀长的身影突然走了出来。男子神色如常，等穿好深青色朝服后，看到里面那个缩成一团的女子时，忽然俯身握住那露在外面的胳膊，小心地放入被褥之中。

众人都羡慕地看着床幔里的人，殿下可从未对一个女子这般体贴过，并且连陆侧妃都未碰过，那传言有几分可信度可想而知。

洗漱完后，秦砚才出了内屋。刘嬷嬷立刻给其他人使了个眼色，众人连忙退了出去。

来到外殿，秦砚一瞥：“嬷嬷有话不妨直说。”

刘嬷嬷欲言又止：“有些话……老奴也不知该不该说。”

她吞吞吐吐道：“殿下也知太子妃是个直肠子，凡事吃了亏也不知道，都只能老奴帮忙看着。昨日……老奴发现了一件事。花房突然送来两盆紫藤，而且我们院中还有白芷草，这两者放在一起能使女子不孕。”

刘嬷嬷偷偷看了一眼秦砚的脸色，又继续道：“在这宫里，一切巧合都是蓄意为之，也多亏老奴发现得早，要不然……”

屋外升起一抹微霞，秦砚目光幽深地看着她，眼中带着一抹暗色：“此事本宫会让人查，母后若是想做什么，不必顾及本宫。”

闻言，刘嬷嬷赶紧点头。还未深思这句话，对方已经离开了。她看了看里面的太子妃，又出了听雨阁，往长春宫走去。

刚散了晨省，皇后被那群莺莺燕燕吵得头疼，终日只会争风吃醋，也不知道消停一会儿。整个长春宫都笼罩在一片暖阳中，驱散了不少秋日的微凉。

看到刘嬷嬷又过来了，皇后立刻屏退所有宫人。待寝殿中只剩下两个人，刘嬷嬷才事无巨细地全盘托出。

半晌，一支金簪被骤然拍在梳妆台上。镜中的女人凤眸一冷，语气冰凉：“好一个陆侧妃，居然对吟儿使这种阴毒手段，这是不把本宫放在眼里了！”

刘嬷嬷凑过去，低声道：“有一就有二，老奴就怕以后……”

“陆家又不止一个女儿，没了这个还有下一个，宫中郁郁寡欢逝去的妃嫔多得是，有何稀奇？”皇后冷笑。

刘嬷嬷面上带着一抹犹豫：“可太子殿下那里……”

皇后慢慢戴上护甲，低垂着眸子，带着耐人寻味的神色：“你以为太子的话是何意思？”

刘嬷嬷一顿，她还真没想清楚殿下那句话是何意思。

“你虽未说是陆侧妃做的，可太子又如何猜不到？他让本宫无须顾及，不就是不想留那陆侧妃？只是本宫在想，太子为何会轻易舍弃陆侧妃？若说无情倒也情有可原，他向来就是这个性子，可本宫总觉得他对吟儿似乎与以往不同。”

又或许从头到尾都是不同的。

皇后皱着眉，若有所思。刘嬷嬷似乎想说什么，最后还是闭嘴不言。有些事还得皇后娘娘自己去发现，她的片面之言终究无用，太子殿下对太子妃分明就是关爱有加。

“既然那陆侧妃如此阴毒，那也就怪不得本宫了。就用梅嫔那个法子，让那陆侧妃悄无声息地消失。”皇后目光一厉，“不过此事莫让那丫头知道了。”

刘嬷嬷赶紧点头。那药用上半个月，人就能郁郁而终，倒是没有丝毫痕迹。

不知想到什么，皇后突然起身，来到一株盆栽前，华丽的鸾袍拂过冰冷的地面。她拧着眉执起剪刀：“你送来的药本宫查过，的确是调理身子的药，可本宫依旧觉得皇上突然唤吟儿过去没那么简单。”

“老奴也这样认为，不过……想必太子殿下是知晓的。”刘嬷嬷认真地说道。

皇后慢悠悠地剪下一截多余的枝叶，沉默了一会儿，神色复杂：“你可还记得德妃？本宫这些年都很不解，当初本宫难产导致一直不孕，虽然证据全指向德妃，可本宫总觉得太简单了。她的确是恨本宫入骨，那手段也的确像她的，但本宫依旧觉得没那么简单。”

殿内寂静一片，刘嬷嬷也想起了当年之事：“可……最后德妃不是亲口认了吗？”

皇后叹了一口气，目光悠悠地看向窗外：“认是认了，不过她还对本宫说了一句话。”

良久，她忽然回过头，对着刘嬷嬷笑了笑：“你快回去吧，吟儿还得由你照看着，不然这丫头也不知会不会被宫里的女人活吞了。”

刘嬷嬷点点头。其实她也没想到太子妃想的那个法子还真不错，虽然直接，却取得了殿下的信任。或许，太子妃并没有她们想象中那么不谙世事。

第七章

等柳吟起来时外面已艳阳高照，看着脖间的红痕，她根本不敢去看其他人的反应，连忙让人拿了一件领子高的宫裙来。

柳吟用了午膳，这天她没有出去，老老实实待在院子里看书。她腰疼，不想出门。

倒是六公主突然风风火火地闯了进来，一副兴高采烈的模样，跑过来时一口气都未喘匀。

“怎么，难道父皇给你和张大人赐婚了？”柳吟靠在贵妃椅上，慵懒地吃着葡萄。

六公主红着脸瞪了柳吟一眼，上气不接下气道：“是表哥回京了！”

柳吟顿时向六公主投去一个讶异的眼神：“你说什么？”

自柳吟及笄后大哥便去了边关，她已经有两年未曾见过对方了。虽然她早就知道对方这些天会回京，只是没想到会这么快！

“千真万确，听说表哥正在乾清宫面见父皇，不如表姐和我一起去看看？”

柳吟顿了顿，似乎有些犹豫。可最终她还是抑制不住内心的欢喜，立刻进屋换了一身衣裳，然后与六公主一起出了院子。

“表姐不知道，沈太傅身体不适，而且好像还很严重，所以这些日子我们都没有上课。”六公主有些忧心。

柳吟深思了一会儿，觉得沈太傅为人十分不错，自己若有机会还是要让人送些东西过去探望一下。

思索间，长廊尽头突然传来阵阵爽朗的笑声。两个人都脚步一顿，站在一旁伸过脑袋瞧了瞧，只见一行人正径直往这头走来。柳吟一眼就看到了其中一个身着银甲、皮肤略黑的年轻男子，纵然五官算不得俊美，但笑起来给人一种如沐春风的感觉，不笑的时候则非常严肃。

两年未见，柳吟未曾想大哥居然黑了这么多。

许是注意到前头的两个人，柳国正率先投去视线，低头作揖：“微臣见过太子妃。”

女子一袭粉霞罗裙，身形纤细，那张小脸精致又俏丽，已经出落得娉婷动人。柳霖就这么呆呆地看着那个迈步走来的女子，没想到真是女大十八变。

柳霖抬起大手，落在女子肩头：“你这丫头……”突然，他的手停在半空中，再有些不适应地收回来。他差点忘了，妹妹如今已经成了太子妃。

“殿下大婚微臣也没有回京，着实过意不去。”柳霖面上透着一股懊恼。

“这也无可奈何，不关你的事。”柳国正认真地说道。

柳吟不由得撇撇嘴：“那可不行，若是没有好的宝贝，我可不会原谅大哥。”

柳国正摇摇头，柳霖却笑出了声，目光越发柔和，这丫头果然还是一如既往。想起太子殿下以前不喜自家妹妹，也不知这丫头嫁过去有没有受委屈。

得知柳吟成亲时他也曾想修书回京城，只是父亲一直不同意。武将没有诏书不得擅自回京，就算他觉得此事还有待商议也无可奈何。

六公主立刻走过来，对着柳国正颔首示意：“舅舅、皇兄、表哥。”

“回京时带了一些小玩意，待会儿我让人给你们送过去。”看到两个小丫头，柳霖身上褪去不少肃杀之气。

柳国正瞪了儿子一眼：“你怎么也和两个小丫头一般胡闹了？在殿下面前一点礼数也没有，活该是个粗人。”

柳吟撇撇嘴，爹爹永远都是人前一套背后一套，私底下指不定多想大哥回京呢。

面对父亲的呵斥，柳霖轻咳一声，顾及秦砚在这里，干脆站在那里不出声。

“无碍，久别重逢，岳父与柳将军不如就留在东宫用膳，也可与表妹多叙叙旧。”秦砚淡淡一笑。

听到那一声“岳父”，柳国正整个人愣住了，有些怀疑自己是不是听错了。等回过神，他瞬间眉开眼笑，一个劲地摆手：“这可不行，还是改日殿下带太子妃来微臣府中，微臣那儿有几壶上好的佳酿，到时再与殿下酌酒几杯。”

柳吟就差给她爹一面镜子了，不就是留下吃顿饭嘛，至于这么开心吗？秦砚向来会说场面话，之前还说她好看呢，也不过都是逢场作戏罢了。

“那就听岳父的。”秦砚继续往前走。

“殿下，请！”柳国正连忙做了个手势，看到两个小丫头还站在那里，顿时对柳吟使了一个眼色。

柳吟做了一个鬼脸，立刻到柳霖身边嘀咕了几句，然后便与六公主快步离去。

看着妹妹离去的身影，柳霖若有所思。他不知道太子对妹妹到底如何，不过看妹妹这模样，的确不像是受了委屈的样子。

柳霖的目光触及前面的男子，慢慢低下头，让人看不清面上的神色。

柳吟回到自己院中，和六公主下起了棋，然后输了一整日。本来她就心情抑郁，不过看到大哥送来的小玩意，心情有所好转。

都是些异域物件，很多都是闻所未闻、见所未见的，头饰也格外漂亮。

晚间秦砚没有过来，刘嬷嬷又端来一碗补汤，说是补气血的，往后生育的时候不会太遭罪。

柳吟算是明白了，对方只是千方百计地哄着她喝这些汤而已。如果喝了汤，刘嬷嬷能少找她一些麻烦，她倒是也乐意。

等到第二天，柳吟的书还未抄完，小禄子突然过来了，说是让她换衣服出宫。

说出宫就出宫，一点准备也不给。不过柳吟还是不敢露出不满，万一秦砚不肯带她出去那就不好了，她可是好久都没有出宫了。

柳吟麻利地换了一身简便的衣裳，就带着细云一同出去。东宫外停着一辆偌大的黑木马车，等她上去后，只见里面正坐着一个身着暗色常服的男子。他在看书，一旁还摆着些点心，柳吟立刻坐了过去。

“殿下不是不喜甜食吗？”柳吟拿起一块糕点咬了一口。

秦砚淡淡地看她一眼，又继续看书，脸上平静无波。

等甜腻腻的糕点融化在口中，马车也渐渐四平八稳地行驶起来。柳吟靠坐在秦砚身边，看着他手里的书。虽然有些字她不认识，却并不影响她阅读。

不过这地理杂记实在没什么好看的，她只能吃着糕点，想着这是要去往哪里。等出了宫，外面渐渐传来嘈杂声。她偷偷撩开帘子看着外面繁华热闹的街道，一时间感慨万千，现在要出趟宫可真不容易。

“日后若是乏了、闷了，可以带些人出宫。”

身后突然响起一道清淡的男声，柳吟感觉眼前一亮，立刻凑过去，伸手抱住秦砚的胳膊：“真的吗？”

秦砚并未言语，柳吟笑着把下巴抵在他的肩上，眉眼弯弯：“我就知道太子哥哥最好了，不过我肯定不会经常出宫的，最多……一个月出来一次！”

听着那清脆的声音，秦砚将人搂在怀里坐下，顺势圈着那娇小的身子，声音低沉：“何时才能安分？”

温热的气息喷洒在柳吟耳边，她不由得红了脸，默默嘀咕了一句：“明明是你让我出来的，就知道冤枉人。”

马车行驶在街道上，百姓们一看那赶车的侍从都穿戴得如此好，必定是达官显贵，纷纷退让。不多时，马车就停在了一家酒楼门口。

柳吟拉着秦砚的胳膊下了马车，这才注意到这里是京城第一酒楼。她歪着头看向一旁的人，心想对方今日可真够闲的，平时政务繁忙，就连上次出宫也是为了私盐案，难道今日又是要做什么？

酒楼里人来人往、座无虚席，看到进来的几个人时，还在忙着算账的掌柜脸色微变，忙不迭地迎过来，躬身做了个“请”的手势：“几位客官楼上请。”

这家酒楼的雅间向来难订，不是达官显贵根本订不到。看这掌柜的样子，应该是对他们很熟了，不然也不会直接请他们上去。

柳吟持怀疑的态度，一路上了二楼，继而来到里面的一个雅间。而且这雅间位置极好，透过窗口可以看到京城大片街景。

掌柜看着柳吟，似乎没想到殿下会带她来这里，但还是毕恭毕敬地过去问道：“厨房最近新出了些菜式，殿下可要试试？”

听到声音，柳吟眉毛一挑，眼神异样地看着掌柜。她就说对方怎么这么客气呢，原来早就知道他们的身份了。

小禄子好似察觉到柳吟的疑惑，立刻笑道：“这里是殿下的产业。”

柳吟：“……”

难怪她每次都能在这儿碰到太子，敢情这是自家的地方啊！

“我以前还在这儿花了好多银子呢，真是浪费了。”柳吟走过去坐下，拿小手撑着脑袋。

掌柜讪笑一声，倒是小禄子笑着插了一句嘴：“如今宫中账册不也在娘娘手中嘛。”

柳吟瞪他一眼：“这能一样吗？”

宫里是明账，这里是暗地里的收入，也不知道秦砚还有多少这样的产业。难怪这家酒楼的生意这么红火，而且还是京中最繁华的地段，背后东家是储君，那还不是想批哪块地就批哪块地？

“字都识不全还想算账？”秦砚不咸不淡地看了她一眼。

柳吟努力维持着微笑，她是真的不想和秦砚说话了。她走到窗前深吸一口气，识字识字，等她回去肯定博览群书，认全所有的字！

屋里的气氛似乎有些怪异，掌柜试探着问：“那……小的先下去准备了？”

闻言，柳吟立刻扭过头，强调道：“我要你们这里所有新出的菜式。”

掌柜愣怔地站在那里，又偷偷看了殿下一眼。见对方没有反应，他立刻退下去准备东西，心里满是震惊。他分明听闻殿下极其厌恶太子妃，怎么感觉好像不是那么回事？

窗外的街道上人来人往，比起以往要热闹不少，还来了许多奇装异服的人，倒像是书里看到的某些小国服饰。

许是注意到了柳吟的视线，小禄子立刻殷勤地解释起来：“太子妃有所不知，因为快到皇上的寿辰，所以近日京中来了不少他国使节，如今都住在驿馆里呢。”

闻言，柳吟点点头，来到桌子前坐下，慢悠悠地给自己倒了一杯茶。难怪最近皇后这么忙，要是以后太子登基，她成了皇后，岂不是也要忙这些事情？看来留刘嬷嬷在身边还是有用处的，现在东宫里的事其实全是刘嬷嬷在打理，天天和她说今日调了个自己人去了厨房，明天又调了个自己人去花园……琐事一大堆。

“我出去买点东西，很快就回来。”不知想到什么，柳吟忽然起身。

看着面前咋咋呼呼的人，秦砚微微蹙眉。对上他的视线，柳吟又讨好似的拉住他的衣袖，一脸认真地说道：“我是有正经事，很快就回来，待会儿肯定给殿下一个惊喜。”

见秦砚没有说话，柳吟立刻带着细云走出去，跟来的两个禁军紧随其后。她倒没有说什么，反正只是出去买点东西。

柳吟轻车熟路地到书店前，让那两个禁军在外守着，她蒙上面纱，和细云两个人左顾右盼后走进去，然后在熟悉的书架上拿了几本书页简陋的书。

看到两个人对自己的店如此熟悉，一看就是熟客，掌柜还给她们少了银两，柳吟赶紧把书塞进细云的衣服里。

以前她识字不多，所以只买过一本。现在她认识的字多了，当然得多准备几本了。东宫这么无聊，虽然这些书都只讲些风花雪月，但打发时间还是不错的，看完了还可以给六公主看。

柳吟回酒楼前扫视一圈，突然在一个卖荷包的小摊前停下，随手挑了一对绣了荷花样式的荷包，付过钱后才往酒楼走。

柳吟千叮咛万嘱咐细云把书收好了，等她回到酒楼时，却发现雅间里多了两个人，气氛十分严肃。夏邑旁边坐着的正是她那刚回京的大哥，换了一身常服，看上去倒是没那么严肃了。

看到来人，柳霖也愣了一下，没想到妹妹也在这里。他正想说什么，却见对方径直去往另一个方向。

“我可不是出去玩的。”

柳吟拿出两个荷包，笑意盈盈地递给秦砚：“太子哥哥一个，我一个，这叫百年好合。”

看着那个简陋的荷包，夏邑忍着笑默默低下头。这哪家的女子不是亲手绣荷包给夫君，唯独这个太子妃不一样。

柳霖突然有些吃味，妹妹都没有送过他东西。当然，他知道这丫头连针都不会拿，更别说女红了。

秦砚看着那个荷包，并未言语。倒是柳吟瞪了一眼夏邑，严肃地看着对方道：“礼轻情意重，我对太子哥哥的心意岂是一个荷包就能代替的？”

好在大家也都习惯了柳吟的大胆，其他两个人轻咳一声，别过头去默默地喝茶。

“三日内，本宫要看到你亲手绣的。”

听到低沉的男声，柳吟骤然瞪大眼，就这么看着秦砚，半晌才把那两个荷包塞给细云。

行！不就是绣个荷包嘛，只要他敢戴，自己就敢绣！

柳吟坐在一旁，给自己倒了一杯茶，又拿了桌上的糕点慢慢咬。柳霖欲言又止地看着她。

柳吟左右环视一圈，默默拿着一块糕点走到窗前。既然有事要谈，干吗还带自己来？又不让她出去逛街，待会儿要是说了什么机密，指不定还会给她扣上奸细的帽子呢。

小禄子和细云都识趣地退了出去，屋内顿时安静下来，弥漫着阵阵茶香。柳霖粗眉一皱，看着对面的秦砚，认真地说道："有件事……微臣一直在想是否要告诉殿下。"

秦砚头都未抬："但说无妨。"

柳霖顿了顿，又看了看一旁的夏邑，似乎要说的这件事非常严重。他几番犹豫，才低声道："殿下也知，微臣长年在边关，而且我们这种粗人对朝中之事向来一窍不通，也只会杀杀敌、练练兵。只是这件事微臣觉得事关重大，还是想告诉殿下。"

"就在数月前，微臣在边塞截到了一个戎狄探子。这种探子本就层出不穷，故微臣也未曾放在心上。不过这个人与一般的探子不同，不仅武功高强，而且还是个死士。但微臣还是在他销毁情报时截获了那封书信。"

说到这里，柳霖的神情越来越凝重："微臣一开始只觉得这是一个别有目的的探子，可当我看到书信上的内容时，却惊呆了。"

话落，柳霖突然从怀里掏出一封书信递过去。秦砚看他一眼，接过书信慢慢拆开。

站在窗前看风景的柳吟也慢慢回过头，可看到书信上的字时她又无奈地别过头去。那明显就是边塞民族的文字，她连中原的字还认不全，更别说那些地方的字了。

看完后，秦砚眉头微蹙，神色复杂。

“镇南王分明就是与突厥的大汗有勾结，虽然信中没有明确的证据，但言语间能看出他们进行了什么交易。”柳霖向来性子急，忍到现在已经很不容易了，当下拳头就握紧了。

夏邑还不知信里写了什么，看完后脸色有些不好。半晌，他才道：“一封信并不能说明什么，镇南王有大把的借口可以辩解，而且一旦泄露，反而会打草惊蛇。”

听到他们的话，柳吟眉毛一跳，靠在窗前看着下面的街景，心里十分震惊，敢情这个镇南王真的要造反？！

不过，皇帝敏感多疑，连她们柳家都怀疑，更别提坐拥一方的镇南王了。对方肯定怕皇帝动手，所以还不如铤而走险先下手为强。只是他这联合外族就有些说不过去了，这些年为了抵御外族不知死了多少中原将士，连她哥都长年不能回京。

“不知殿下有何见解？”柳霖一脸严肃。

秦砚抿了一口茶，语气波澜不惊：“此事本宫心中有数，你不必着急。”

柳霖顿时一噎，不知为何，他总觉得殿下好像早就知晓此事，不然为何没有半分愤怒与讶异呢？

“突厥今年冻死了多少牲畜？”秦砚忽然问。

柳霖立刻答：“比往年严重不少，所以此次回京微臣还是有些担心，怕对方会趁机攻城抢夺百姓的食物。”

柳吟拍了拍手上的糕点碎屑，两根手指卷着丝帕无聊地看着外面。她觉得她哥真的不会揣测人心，很明显秦砚话里有话，连她都听出来了。

就在这时，门口突然传来小禄子的声音：“殿下，李大人求见。”

屋里安静下来，秦砚薄唇微启：“传。”

房门突然被人推开，只见从外面走进来一个穿着深蓝色朝服的中年男子。看到里面的人后，他赶紧跪倒在地：“微臣见过殿下，若不是没有办法，微臣也不会找来这里，还请殿下恕罪。”

“何事？”秦砚看他一眼。

中年男子一脸的苦大仇深："启禀殿下，是驿馆那边出了事。之前舟国使节和东国使节闹了起来，差点动手，微臣几番劝解无果。那舟国小王爷性子极傲，再这样下去双方必定会打起来。微臣是实在没有办法了，这才斗胆来见殿下。"

闻言，柳霖轻喝一声："早就听闻舟国人狂妄自大，在别人的地盘居然也这么嚣张，简直没把我朝放在眼里！"

屋里静了静，许是意识到太子还在这里，柳霖立刻低下头："微臣多嘴了。"

秦砚忽然起身看了一眼窗边的人，后者像是察觉到什么，慢慢回过头，见对方在看自己，立刻凑了过去。

秦砚拉住柳吟的手，径直走在前头。后头的官员顿时松了一口气，忙不迭地跟上。

只有夏邑神色怪异地看着这一幕，若不是亲眼所见，他简直要怀疑自己是在做梦了。以前太子殿下可是看都不看这太子妃一眼，怎么如今……

等他们到驿馆时，看到里里外外全是禁军。里面可不止住两家他国使节，就目前来说至少有七八家，有不少使节正在那里看热闹。

他们沿着大道走至深处，就见一处偏殿前围着不少人，气氛剑拔弩张。一方是一个穿着蓝袍的年轻男子，看上去二十出头，眉眼间带着一抹桀骜，身边围了不少侍从，就这么嘲讽地看着对面的人。

另一边领头的则是一个略胖的中年男子，他一脸严肃，并未说什么，只是身边的那些国人似乎一直都在隐忍。

柳吟发现了一个熟人。男子身着一袭青袍，脸上的疤消失不见，整个人看起来干净出尘。看到他，柳吟愣了一下，忽然想起之前他们说的话。没想到纪麟这么快就被接出了宫，看来他是真的要回去了。不过这也是好事，总比一直留在这里强。

"这个地方是用来给本王安置姬妾的，你们东国人可真厉害，居然跟一群女人抢地方，说出去也不怕笑掉大牙！”那个蓝袍男子转着手中的玉球，突然冷笑出声。

一旁那个舟国使节忽然阴恻恻地加了一句：“王爷莫忘了，那个东国三皇子可不是一直就住在女人堆里，也就昨日才出来呢。”

舟国人都大笑不止。一直以来两国因为地界原因发生了不少战争，关系自然好不到哪里去，如今逮到机会自然要发泄一番了。

东国人似乎有些忍不住，还是那个领头的中年男子摆摆手，继续客气地看向对面的人：“王爷若想要，拿去便是。只是昨日您已经抢了一个房间，今日又是这样，未免也太说不过去了。”

那个蓝袍男子顿时眼睛一眯：“老东西，本王想如何便如何，你们霸占齐州那一处地时可不是这么客气。”

剑拔弩张的气氛瞬间凝结，双方都警惕地瞪着对方。

“驿馆不是一家之地，这里是晋国，还望各位知晓。”

微沉的男声打断了双方的对峙，众人逐渐闻声望去，只见不远处走来一行人。有刚刚离去的那个李大人，还有不少禁军。为首的则是一个身着暗色祥纹锦袍，身长玉立的男子。他面容俊逸不凡，带着一抹拒人于千里之外的淡漠。一时间，众人都有所收敛地讪笑。虽未曾谋面，却也都能猜出对方的身份。

“太子殿下言之有理，不是在下无理取闹。当然，如果那东国人实在要和本王的姬妾抢地方，本王也无话可说，定会让出来。”那个小王爷瞬间换上另一副嘴脸。

这时，刘大人也出声道：“启禀殿下，驿馆里还有不少地方，这边都是让东国使节休息的地方。”

闻言，那个小王爷的脸色有些不好看，轻咳一声，口若悬河地解释起来：“是这样的，本王那姬妾性子向来娇纵，看上了这间屋子后面的花花草草，非要这间屋子不可。本王也被她闹得头疼，这可是本王最宠爱的姬妾。”

没见过这种睁眼说瞎话的人，一个东国使节瞬间出声：“昨日小王爷不是还说您的姬妾喜欢南边那间屋子吗？她这性子可真够变化多端的。”

众人你一言我一语，纪麟的视线则落在了秦砚身旁的女子身上。她身着一袭碧色水裙，身形窈窕动人，精致的眉眼比以往要娇艳不少，此时正紧紧挨在秦砚身边，毫无违和感。

有一日，纪麟听宫女窃窃私语，太子一连几日都宿在太子妃房中，可谓是宠爱有加。

她说有机会给他送其他书，可惜再也没有这个机会了。

“这女人的性子不就是比翻书还快吗？难不成你们没有姬妾？”那小王爷突然笑了一声。

说到这里，他突然意味深长地看向某处：“也对，有些人可不就是没有姬妾。”

舟国人都偷笑起来，纪麟垂下头，像是没有听到他们的讥讽。

柳吟睨了一眼那个信口开河的小王爷，从没看到过这么嚣张的人。在他们的地盘上居然还这么张扬，也不想想他们舟国如今国力可是远远不敌晋国，不知这个人是从哪儿来的底气？

“驿馆有驿馆的规矩，不守规矩的人都得按律处置。不听话的姬妾，处死便是。”秦砚神色如常，眼中没有任何波动。

闻言，舟国人神色微变。那个小王爷讪笑着上前：“都是误会，本王定会狠狠教训那个女人，太子殿下切莫当真。”

秦砚薄唇微启：“本宫从不说笑。”

舟国人都一个劲地给他们小王爷使眼色，面子虽然重要，但如今在别人的地盘，并且这太子听闻可不是个好说话的，没必要为了一点颜面而失了大局。

气氛瞬间严肃起来，那小王爷将手中握着的两个玉球随手抛给手下，脸色并不好：“带人！”

说着，他又给了东国人一个阴冷的眼神。他在意的自然不是一个姬妾，而是面子。这还是他第一次吃瘪，并让那群东国人看了笑话！

不多时，底下人就拉上来一个身形丰满的女人。她似乎还不明白发生了何事，只是看着眼前的阵仗吓得脸都白了，顿时将求救的眼神投向小王爷。

“王……王爷……”女人白着脸，似乎猜到将要发生什么。

那小王爷一步一步上前，似乎没注意到女人的哀求与恐惧，手一伸，拔出侍从腰间佩的长剑，在女人惊恐的眼神中，剑唰的一下没入女人腹部，涓涓鲜血不断落下。

“既然坏了规矩，在下自然不会让殿下为难。”他用手帕擦着手，脸色依旧不怎么好。

那个刘大人也松了一口气，没想到事情就这么解决了，还是太子殿下厉害。

秦砚看他一眼，声音清润：“今日来得匆忙，只能过几日再与小王爷酌酒一杯了。”

小王爷的眼珠子动了动，知道对方是在给他台阶下，于是拱手示意：“一定。”

东国人心中畅快无比，没想到秦砚如此公正，那个舟国人也不过是欺软怕硬罢了。

秦砚忽然上前几步，慢慢走到东国人这边。那个微胖的中年男子赶紧拱手行礼：“多谢太子殿下。”

秦砚的目光落在那个青衣男子上。纪麟一直低着头，不知为何，头一抬，慢慢对上那双深不见底的黑眸，并未闪躲。

一旁的中年男子额前不自觉地冒出些许冷汗，立刻出声道：“我们三皇子这些年还多谢贵国陛下的照顾，真是感激不尽。”

半晌，秦砚忽然淡淡一笑：“无碍。”

秦砚看向刘大人：“定要照看好各国使节，再出乱子，本宫唯你是问。”

“微臣不敢！”刘大人赶紧诚惶诚恐地跪倒在地。

柳吟还在看热闹，突然就被人拉住手，一步一步带向远处，后头响起阵阵“恭送殿下”的声音。

等人走了以后，那个小王爷才看着东国人这边冷哼一声，继而拂袖离去。

望着那逐渐消失的俏影，纪麟久久没能收回视线，似在汲取最后一点温度，眼中全是遮挡不住的贪恋。

见此，一旁的中年男子心里咯噔一下，待再去看时，三皇子已经进屋了。他屏退众人，立刻跟了进去。

不知为何，虽然外面暖阳遍布，但屋内依旧透着昏暗，甚至还有些阴凉。中年男子一进去就看到纪麟正站在窗前，浑身沐浴在暖阳下，身影却透着一股孤冷。

“殿下放心，微臣晚上就让人在那个小王爷身上下药，等他到时回国便会毒发。这又是在晋国境内，外人只会以为是他们动的手，绝不会怀疑到我们身上。”

中年男子眼中闪过一丝阴毒，哪里还有之前在外面的隐忍和客气。

“等出了晋国再动手。”

纪麟略带沙哑的声音让中年男子眉头一皱，不解地问：“为何？”

纪麟并未回头，漫不经心地说：“驿馆有晋国的人，你会被发现的。”

闻言，中年男子低头深思了一下。不知为何，他突然想起那个心思莫测的太子。经过今日的事，对方肯定会在驿馆内加派人手，一不小心的确会暴露，等以后再动手也不迟。

“微臣听殿下的。”说到这里，他忽然一脸凝重地上前几步，“不过殿下今日必须偷偷离开。如今朝中已经被大皇子那个孽种把控，他又暗杀了其他皇子，此时定知道微臣来把您接回去，也一定会在路上设伏。我们随行的人里就有他的眼线，所以您只能偷偷离开。如今皇上只剩下您一个正统血脉，绝不可被皇后和潼王生的那个野种把控了朝野。”

纪麟没有说话，目光悠远地看着窗外，神色莫测：“你说晋国的天是否要暖些？”

中年男子不禁抬头往外看了看，今日的太阳也没多大呀，而且太阳不都是如此吗？

上了回宫的马车，柳吟发现秦砚握自己的手有些紧。她去看他的脸色，依旧什么也没有发现。

马车不紧不慢地行驶在街道上，她看着正在假寐的人，不由自主地凑过去，一本正经地说："表哥何必为了舟国人生气。"

秦砚依旧闭着眼没有动静，柳吟感觉有些挫败。秦砚真是阴晴不定，整天就一副表情，谁知道他是开心还是生气。

在诡异的气氛下，马车终于进了宫。到了东宫后，柳吟眼睁睁看着秦砚带人去了书房，而她只能往听雨阁走。天知道她有多冤枉，如果秦砚是生她的气，那她还可以哄哄，可问题是她也不知道这个人是怎么了。

一定是没事找她麻烦。

柳吟回到院子里便让人打水沐浴，今日出去走了一圈，都出汗了。刘嬷嬷和细云两个人则在屋外不知说着什么。

虽然不太懂，可细云能感觉到太子殿下有些不对劲。刘嬷嬷就不同了，一听就知道殿下定是因为什么事生气了，不然怎么可能不理太子妃。

夜幕降临，柳吟刚沐浴完，刘嬷嬷突然走进来亲自给她梳发。果不其然，她的下一句就是让柳吟送些糕点去书房。

如果换了以前，柳吟肯定会拒绝。反正秦砚又不喜欢吃甜食，送过去也是浪费。可是她想了想，还是答应了下来。不管秦砚是因为什么才变成一副阴阳怪气的样子，她过去说说好话肯定没错。人在屋檐下，不得不低头啊。

晚风习习，书房内摇曳着盏盏烛火，一名黑衣男子正跪倒在地，恭声道："殿下，东国三皇子已经出城了，此事纪寻的耳目必定还不知道，我们是否卖他一个好？"

看着手中的书信，秦砚慢慢垂下眼帘，并未言语，整间屋子瞬间又陷入一片沉寂之中。

“让他走。”秦砚的声音低沉。

黑衣男子似有些讶异。很明显，如今东国大皇子的胜算更大一些，殿下为何不就此卖对方一个好呢？

“殿下，太子妃求见。”

屋外忽然传来小禄子的声音，黑衣男子瞬间起身告退：“属下明白。”说着便退后几步，拉开门低着头大步离去。

柳吟只感觉身边突然走过一道人影，不禁回头看了一眼那个黑影。这半夜三更的，差点把人吓死。

柳吟提着食盒，勾起嘴角，进去书房后又慢慢将门关上，一步步朝着书桌前的人走去，然后一层一层把食盒打开。

“知道太子哥哥不喜欢吃甜食，我特意让厨房做了些咸的点心，才刚出炉就立刻拿了过来，表哥快尝尝。”

柳吟一个人叽叽喳喳地说着，不过秦砚并没有理她。她在心里叹息一声，这个人真是一次比一次难哄。不知道他到底怎么了，整天连个笑容也没有，是不是又生气了？可他就算是生气，好歹也给她一个缘由呀。

柳吟深吸一口气，走近：“这个……”

秦砚突然将她拉到怀里，猛地低头吻她。

屋里瞬间弥漫一股暧昧的气息，她红着脸闭上眼，眼睫微微颤动。

秦砚用额头抵在她的肩头，垂着眼帘，声音暗哑：“可用膳了？”

柳吟涨红了脸，一双小手无处安放地抵在他肩上，只能轻轻“嗯”了一声。

秦砚的呼吸间满是清香，他慢慢抬头，对上那双水光潋滟的眸子，眉毛微动：“近日倒是胖了些。”

柳吟听着耳边认真的男声，瞬间瞪大眼，恼羞成怒地按住腰间的手，气愤地说道：“我没有胖！”

她的胳膊明明那么细！！

看着那张愤怒的小脸，秦砚低笑一声，目光如炬："这是好事。"

柳吟："……"

不知想到什么，柳吟骤然涨红了脸，赶紧别过头去，不看这个斯文败类。什么清高，全是唬人的！

秦砚依旧波澜不惊，随手拿起桌上的公文继续批阅起来。柳吟坐在他怀里，只能不时地回过头。她的视线扫过那张淡漠清冷的面容，顿了顿，继而拿过自己带来的糕点吃起来。

屋里十分安静，柳吟咬了几口，目光不自觉地扫过秦砚手中的那本公文，一眼便看到了她爹的名字。她定睛一看，好像讲的是她爹包庇底下的官员，徇私枉法，收受贿赂。

不等柳吟多看几行，耳边忽然响起一道低沉的男声："好看吗？"

柳吟觉得后脑勺多了一道灼人的视线，只能无辜地眨眨眼，继续咬着糕点，然后捏起一块给后面的人："太子哥哥要不要试试？"

秦砚就这么看着她，忽然抬起手，吓得她赶紧解释起来："我……我什么也没看见。表哥忘了吗？我不识字呀！"

秦砚用指腹抹去柳吟嘴角的碎屑，继续看手里的公文，一句话也不说。

柳吟盯着秦砚的下巴，忐忑不安地咽了一口口水，再也不敢看他手里的公文。她不知道每天有多少这样的折子，也不知道秦砚到底是怎么想的。可按理说，没有哪个做皇帝的愿意有一个如此强大的外戚存在，就算她生下了儿子，对方肯定也不会留着柳家这样的外戚。

柳吟那双圆溜溜的眼珠子不断乱转，秦砚一瞥："小奸细。"

柳吟："……"

柳吟憋着一口气，终是忍不住替自己辩解："凡事都要讲证据，人家每天勤勤恳恳、任劳任怨地打理着东宫上下，要一边念书，还要一边被姑母催着绵延子嗣，殿下又怎知臣妾的苦楚？"

柳吟越说越委屈，每天还得担心皇帝会铲除柳家，如今她就像块夹板，夹在中间左右为难。

秦砚看着那张小脸，面上带着一抹轻笑，低声道：“原来表妹这么辛苦，是本宫冤枉你了。”

“我当然辛苦了，殿下还冤枉人，这也太伤人家的心了。”柳吟手捂着胸口，悲恸欲绝地眨着眼。

秦砚忽然搂紧那纤腰，在她的耳边轻声道：“生孩子一事，本宫倒是可以帮你。”

秦砚炙热的气息喷洒在她的耳郭边，她瞬间红了脸，四处乱看，真是知人知面不知心！

秦砚瞥了一眼那张通红的小脸，继续看着手里的公文，声音温和：“回去歇着吧，今日本宫就不过去了。”

这几日堆积的事情太多，他必须得处理完。

闻言，柳吟瞬间精神了，一双眼亮亮地从他怀里出来，一边把桌上的糕点推过去些，一边忧心道：“那殿下一定得早些休息，身子最要紧。”

说罢，她立刻转过身，迈着小碎步，轻手轻脚地推开门走出去，又小心翼翼地把门关上。

秦砚看着她离去的身影，目光一暗，不自觉地想起今日那个人看她的眼神，东国三皇子……

柳吟回到房间，刘嬷嬷看她没有把人带回来，显得十分失落。还是她解释了半天，说太子公务繁忙，刘嬷嬷才不再多想。

不过柳吟也没闲着，秦砚让她绣荷包，她当然得完成任务了。至于成品怎么样，那她就不管了。

看到柳吟肯做女红，刘嬷嬷高兴极了，以为她终于开了窍。可看到那粗浅的针脚时，刘嬷嬷的眉头又皱得老高。

都不用三天，柳吟一天就能绣完。到第二天中午的时候，她就差不多完工了。

六公主急匆匆地跑来：“表姐，你这是在绣荷包吗？”

六公主刚进屋就看到了柳吟手中那个蓝色荷包，走过去看了一下，不过很快神色就有了变化。

“母后让表姐过去一趟。”六公主一本正经地说。

柳吟瞥了六公主一眼，顺便把荷包塞到怀里：“我知道你觉得难看，可这是你皇兄让绣的，我可是日夜不眠才赶工出来。礼轻情意重，只要我有这份心就好了是不是？”

细云忍着笑低下头，刘嬷嬷也无奈地叹气，出了屋子，想着这太子妃也不知何时才能稳重起来。

六公主点点头：“表姐说得对。”

柳吟立刻进去换衣服，她本想看看秦砚在不在书房，好过去把荷包给他。不过现在既然皇后找她有事，那肯定是有重要的事情。

柳吟换好衣服，两个人齐齐往外走，宫人们纷纷避让行礼。明日就是皇上的寿宴，整个皇宫都陷入一片忙碌之中，就连巡逻的御林军也多了不少。

“怎么姑母不让别人过来通传？你今日都不用上课吗？”柳吟忽然问道。

两个人不紧不慢地走在宫道上，六公主只是别过头轻声道：“沈太傅的病还未好，我想着也是无事做，便过来找表姐了。”

听着六公主那发虚的声音，柳吟不禁凑过来盯着她的小脸：“是吗？你该不会是想见某人吧？”

“才没有！”六公主突然反应激烈地红了脸。

见此，柳吟悠悠地走在前头，缓缓道：“这有何难？我可以去跟你皇兄说，让那个张大人时常进宫，这样你不就可以经常看见他了？”

六公主顿时恼羞成怒地瞪了柳吟一眼：“表姐！”

柳吟轻笑一声，看着那脚步飞快的人，立刻跟了上去。她们一路来到长春宫，倒是看到不少各司局的管事进出，可见皇后还在忙明日的寿宴。

“奴才叩见太子妃。”众人看到柳吟，纷纷跪地行礼。

柳吟摆摆手，自己走了进去，却见皇后一脸疲惫地靠在软榻上，正由红杏给她揉眉心。许是察觉到什么，她忽然睁开眼，看到柳吟后，面上才露出一丝淡笑。

“本宫忙得不可开交，你竟一点忙也不过来帮？等日后轮到你时，本宫看你可怎么办？”皇后端过一旁的茶盏，打趣了一声。

这的确是个严肃的问题，柳吟走过去坐下：“这有什么，即使姑母成了太后也能处理宫务呀。反正这后宫无论是姑母执掌还是吟儿执掌，不都一样吗？”

皇后被柳吟一句话逗笑，点了一下她的脑门：“油嘴滑舌。”

红杏笑着从里面端出一条玫红色衣裙：“这是娘娘特意让人给太子妃赶制的，料子用的都是织锦，颜色也极其明亮，明日皇上寿辰穿最合适不过了。”

皇后抿了一口茶，瞥了柳吟一眼：“你那些衣裳都寡淡得很，身为太子妃得端庄大气，衣裳和首饰也极其讲究，万不能马虎。”

看着那件花纹华丽的衣裙，柳吟默默手托着下巴看向窗外。她就说怎么刘嬷嬷没有提醒她准备衣服呢，原来早就在这里备着了。

皇后忽然看了一眼其他人，红杏和细云退出去，整个内殿一时间只剩下两个人。

“本宫得到消息，那祁阳郡主不知为何忽然旧疾复发，镇南王昨日就将其送回了西南。一开始本宫还担心皇上会让她成为太子的另一个侧妃，不过就目前来看，短时间内应该是没有这种可能了。”皇后正声道。

柳吟倒是有些惊讶，京中这么多名医，为什么非要送回去治？

“本宫叫你来是说另一件事。”皇后的神色忽然凝重起来，“昨日皇上与本宫提起充实东宫。按理说，东宫只有你与陆侧妃两个人的确是少了些。皇上的意思是选一些世家女进去，本宫也不好多说什么，毕竟其他皇子府中的姬妾要胜过东宫数倍。”

柳吟眉头一皱，一个陆侧妃就这么毒了，这要是多来几个，她如何睡得安稳？

“那这……”

“你不用担心。”皇后拉住柳吟的手，神色严谨，“有机会你去探探太子的口风，若是太子不愿，本宫亦可拿此事回绝皇上；若是他愿意，姑母自然不会害你，到时只挑一些性子不堪的进来，太子必定不会喜欢。”

柳吟看着皇后笃定的神色，一时间倒不知该说什么。这话听起来好像很有道理，可是她怎么去问呢？秦砚心思深沉，她还没开口说不定就被看穿了。

“姑母放心，我会想好怎么说的。”柳吟神色凝重地端过面前的茶喝了一口，又抿了抿唇，“这茶怎么感觉有些受潮了？”

皇后心里讶异，这是去年皇上赐的茶，今年的还未上贡，放久了，自然没有之前的味道，这丫头如何喝得出？

“太子平时待你如何？”皇后忽然意味深长地看了柳吟一眼。

柳吟拿过桌上的糕点咬着，不禁撇撇嘴：“有时候还可以，可有时候就非常阴晴不定，莫名就生气了。不过他人还是挺大方的，我问他要什么他都会给，只是那些名贵书画不肯给我，说我字都认不全。”

柳吟不想不知道，现在仔细一想，秦砚除了阴晴不定，其他方面还是挺好的。虽然他总说她是奸细，却也好过那种暗地里防备。其实她知道自己的身份任谁想都有细作的嫌疑，但秦砚除了嘴上说说，实际并没有防备她。

当然，对方也有可能是不屑防备她一个弱女子。不过他的脾气是真不好，动不动就生气，每次都需要人哄，并且一次比一次难哄。问题是还不知道他为什么会生气，难道有话不能直说吗？

“你又不懂，要这些做甚？”

皇后无奈地摇摇头，不知想到什么，忽然笑道：“不过太子那里的确有不少名家孤品，还有一幅前朝大师所作的《春山图》，为无数文人追捧。失踪了数年，听说好像落在了太子手中，你父亲可是心心念念许久，一直都想一睹真容，奈何也没有机会。”

柳吟咬着糕点没说话，这种好东西秦砚肯定不会给她，想都不用想。

“娘娘，马掌事求见。”

外面忽然传来红杏的声音，柳吟立刻识趣地拍了拍手上的碎屑，起身让细云进来把皇后给的衣服收好，便离开了长春宫。

回到东宫以后，刘嬷嬷又端来一大碗补汤，这次是人参鸡汤。许是怕柳吟喝着厌烦，刘嬷嬷每天都变着法子换各种口味的汤。柳吟终于明白秦砚为什么会说她胖了，天天这样补，能不胖吗？

柳吟也不知道这汤得喝到什么时候，好不容易喝完，她才做起正经事——那就是看账册。不看不知道，一看她发现自己最近进步特别大，除了个别字，其他字她都认得。不过恐怕在她爹眼中，她还是一字不识。

晚上刘嬷嬷倒是没催着柳吟去献殷勤，毕竟明日是皇帝的寿宴，秦砚必定有许多事情要做。她就继续练字，其实她觉得自己的字并不差，只是不能与其他人相提并论。他们还得要求风韵，这个她实在是做不到。

夜凉如水，屋外的树木被晚风吹得沙沙响。秋夜多了一抹凉意，守夜的宫女都靠在廊前，有一搭没一搭地打瞌睡。直到看见一道颀长的人影过来，众人吓得顿时精神抖擞。

屋内烛火跳动，书桌前的女子正手撑着小脑袋，青丝垂在肩侧，挥动着手中的狼毫，眼皮都快撑不开了。

“这么用功？”

柳吟耳边忽然响起一道低沉的男声，她瞬间睁开眼，还未回头看去，小手就被人握住，带着她驱动手下的笔。

柳吟余光一扫，只见秦砚微微俯身，一只手绕过她撑在桌上，棱角分明的脸似乎没了平日的淡漠，平添了一丝温和。

柳吟认真地跟着秦砚的力道动笔，不由自主地嘀咕了一句：“我都说我很刻苦了，太子哥哥非不信。”

秦砚听着那轻细的嘟囔声，嘴角勾起一个弧度：“那是本宫错怪你了。”

醇厚的男声响在耳侧，柳吟的脸颊忽然开始发烫。她正襟危坐练字，许是有人带，笔下的字要好看许多，简洁又干练，她也认真了许多。

烛火摇摆，在墙上投下两道阴影，屋里寂静到连外面的风声都如此清晰。柳吟视线一转，余光中，秦砚剑眉星目，神色清淡，一双黑眸里全是自己的倒影。

不知为何，柳吟忽然觉得秦砚人还是挺好的……

“看什么？”

柳吟猛地收回视线，脸上渐渐爬上一抹微红：“我……我就是好奇太子哥哥今日怎么这么闲？”

说着她忽然手一松，狼毫瞬间落在桌上。她整个人往椅子上靠，小嘴一嘟：“不写了，写得手都酸了，我又不要考状元。”

秦砚看着那张小脸，她还娇气地揉着纤细的手腕。明明没写几个字，就像让她做了什么体力活一样。秦砚眉头微蹙，抬手敲了一下她的头。

“你若是状元，第二日便会被革职。”

柳吟撇撇嘴，瞪他一眼，理直气壮地说道：“下辈子我若投了男胎，打死也不会去考状元，太子哥哥也就不用担心会有我这种懒散的官员出现了。”

柳吟不知想起什么，突然从怀里拿出一个蓝色荷包，笑眯眯地递过去：“好看吗？”

荷包上绣着两朵荷花，不仔细看还看不出来，针脚也极其粗浅。秦砚并不惊讶，一看就是她的作风，他的目光落在角落里的那个字上。

柳吟起身抬起手指指了一下那个地方，笑容浅浅：“我特意绣了一个字上去，为此嬷嬷还教训了我好一顿，非说我没大没小，不能直呼殿下名讳。可只有这样才能显示这是我亲手绣给殿下的呀？”

当然，柳吟可没指望秦砚真的戴出去，否则他的威严肯定一落千丈。

角落里那个“砚”字倒是绣得很工整，秦砚目光一动，视线忽然落在那张浅笑盈盈的小脸上，嘴唇一抿，随手将荷包放入怀中，大手握住柳吟的后脖颈。

“明日让母后看看你绣的。”秦砚声音低沉。

柳吟瞬间脸色一变，连忙抱住对方的胳膊，一脸无辜地眨着眼：“这种闺房之事怎能告诉姑母呢？！”

这要是被皇后看见她绣成这样送人，肯定会下令让刘嬷嬷日夜教她钻研女红，那还得了。

许是被她逗笑，秦砚嘴角一勾，拉着她的胳膊一步步往内殿深处走去。悠悠烛火，在地上投下两道身形不一的阴影。

柳吟有些紧张地跟在秦砚身后，等来到寝殿里，突然一咬牙，飞速褪下自己的外衫，然后一溜烟爬到床上，又赶紧用被子将自己裹住。

秦砚看着那鼓起的被褥，眼中含笑，解下腰带与外袍。随着烛火熄灭，整个屋子瞬间陷入一片黑暗。

柳吟感觉自己又被搂进一个温暖的怀中，为了呼吸新鲜空气，她只能把脑袋从被子里钻出来，却骤然对上一双黑眸。她小脸一红，立刻闭上眼睡觉。

腰间的大手如铁臂般紧锢着她的腰，源源不断的热量传至她的身体。她把头埋下，忽然想起什么，闷声闷气地说：“姑母今日说父皇要给殿下充实东宫。”

柳吟一想到那个陆阮就心寒，再多来几个，她要如何应付？

秦砚望着怀里的小脑袋，缓缓闭上眼，薄唇微启：“此事本宫会去与父皇说。”

闻言，柳吟瞬间眉毛一展，抬起头，兴致勃勃地问道：“我听说殿下有一幅《春山图》，不知可否借给臣妾观赏一二？”

等东西到了她的手里，那就是她的了。

“你怎会知道本宫手中有此物？”

黑暗中，柳吟伸手悄悄揪着他的衣袖，如实回道：“自然是姑母告诉我的。”

秦砚感受着袖间那只小手，摸了摸她的小脸，半晌才淡淡道：“母后对你倒是极好。”

柳吟不明白秦砚这话是什么意思，还没等她开口，身上忽然覆下一道人影，随着身前一凉，耳边又响起一道喑哑的声音：“听话，本宫就给你。”

柳吟：“……”

她什么时候没有听话了？

月朗星稀，清风拂过，吹不散一室旖旎。

直到次日晨曦初现，宫人们陆陆续续端着洗漱用具进去。大家似乎已经习惯了这种情况，再无一开始那般吃惊了。

柳吟是被刘嬷嬷叫醒的，说今日是皇上的寿宴，她得早些做准备。无奈，她只能让人打水沐浴，等梳洗完才吃上东西。

跟着她又换上皇后给的衣服，也不知穿了多少层，一件比一件重，而且好像还长了一些。刘嬷嬷却说就该如此，这样才能显得端庄大气。

反正她们说的都对，眼看时辰也不早了，柳吟连忙坐上轿子往长春宫去。等到了地方，看到大殿中已经坐满朝臣命妇，还有世家千金。皇后正穿着九尾鸾袍坐在上首与众人说着话，看来待会儿众人是要一起随皇后去宴席。

柳吟一袭玫红金鸾华服端庄秀丽，娇艳的小脸精致又俏丽，众人一瞧，都想起了宫中传闻。听说太子殿下对太子妃宠爱有加，却也未曾瞧见，不知是真是假。

思索间，众人起身行礼：“臣妇见过太子妃。”

人群中，庄明月紧握着手，目光怨毒地盯着那道身影。她不信太子真的会接纳这个粗鲁莽撞的女子，定是因为柳家的关系。

柳吟来到皇后身边，还是依样行礼：“儿臣叩见母后，因为一些事耽搁了时辰，还请母后恕罪。”

这宫中有什么能瞒过皇后的，看着娇艳动人的侄女，她笑眯眯地将其扶起来：“无碍，你的事自然也要紧。”

柳吟察觉到皇后了然的视线，莫名觉得臊得慌，继而到一旁坐下，一眼就看到她娘也坐在底下。

“太子妃如此端庄贤淑，难怪殿下会如此疼爱。”一个命妇顿时讨好地说道。

话落，其他人也跟着附和起来：“可不是，听闻太子妃还帮皇后娘娘打理宫务，可真是个贴心的人儿。”

“柳夫人真是好福气。若是我家那丫头有太子妃一半能干，我做梦都该笑醒了。”

众人你一言我一语地吹捧着，柳吟有些不好意思地低下头，都是逢场作戏，她明白。

皇后面上带着笑，淡淡地出声：“行了，你们别再说了，再说这丫头都要待不下去了。”

其他人也配合地笑起来。

张氏笑意盈盈地看着女儿，她当然知道太子时常宿在女儿房中，且对其也是关切有加。她就说只要成了亲，终归会日久生情。而且老爷还说太子对他的态度也缓和了不少，时常下了朝还会与他说说话，以前可从不会这样。

“王夫人，本宫记得你女儿去年刚及笄，如今可有婚配？”皇后忽然看向底下那个身材略微发福的妇人。

后者立刻起身，恭声道：“回皇后娘娘，小女尚未婚配。”

妇人看了一眼对面，一个身着秋香色曳地望仙裙的女子忽然走出来，对着上头缓缓福身：“臣女见过皇后娘娘。”

女子面容清秀可爱，虽不是什么绝色美人，却属于耐看型，气质也格外亲和。柳吟似乎猜到了皇后的意思。

“嗯，果然是个乖巧的孩子。”皇后忽然笑着招招手，“过来，让本宫仔细瞧瞧。”

其他人似乎明白了什么，女子顿了一下，然后便迈着碎步走了过去。皇后立刻握住她的手，上下打量了一番：“本宫真是越看越喜欢，恰好本宫那侄子也尚未婚配，不知王夫人意下如何？”

女子瞬间低下头，面上带着一抹羞红，底下的王夫人诚惶诚恐地低下头："谢娘娘抬爱，这个……这个……我家这丫头怎配得上柳将军？娘娘可莫折煞臣妇了。"

话是这样说，可她眼中隐隐带着笑意。柳家势大，又手握兵权，还有一个女儿在宫中做太子妃，不出意外未来就会是皇后。能和柳家联姻，自然是极佳之选。

"本宫可不是说笑，若是王夫人没有意见，改日本宫便去跟皇上说说，到时定不会委屈了这丫头。"皇后眼中含笑。

闻言，那王夫人没有再讲什么推脱之词，也没想到自家女儿会被皇后看上，今日带这丫头来果然没错。

"我瞧着柳将军和王夫人的女儿就是天生一对，简直是天作之合。"

众人跟着附和起来，也知道此事几乎是板上钉钉了，就等着皇上赐婚。只是没想到京中这么多出众的女子，皇后单单会看上王家丫头。

柳吟没有说什么，她觉得这个姑娘给人一种舒心的感觉，也没听说过对方有什么不好。要知道她那个跟班林璇极其多嘴多舌，都没有说过对方的黑点，可见至少是个谨慎守礼之人。

又说了一会儿话，等时辰差不多了，皇后才领着一群人往金华殿走去。随着夜幕降临，宫中巡逻的御林军也越来越多。众人到金华殿时，皇帝与太后还未到，不过各国使节，还有朝臣基本都到了。

殿内一片笙歌乐舞，丝竹管弦声不绝于耳。众人纷纷入席，柳吟坐在左侧第一排第一个，旁边是六公主。对方今日似乎精心打扮过，还抹了胭脂，平日可从未见过她这样。

"表姐，我听说母后要给表哥定亲？"

宴会还未正式开始，周围嘈杂声一片，六公主不知从哪里听来的消息，好奇地看向柳吟。

为了端庄，柳吟不能大口吃东西，只能跟个木桩一样坐在那里。听到六公主的话，她也只是瞥了一眼："到时你就知道了。怎么，你等不及了？"

听出柳吟的言外之意，六公主立刻瞪了她一眼："表姐，你就知道胡说八道，我要告诉舅母说你欺负我。”

柳吟轻笑一声，无所事事地玩着手中的丝帕，看着殿中那些身姿妖娆的舞姬。她娘这时心心念念就是她的肚子，怕是做梦都在想着此事。

“皇上驾到，太后娘娘驾到！”

随着殿前传来一道太监尖细的嗓音，殿内瞬间一静。众人皆起身行礼，齐声唤道：“微臣叩见皇上，皇上万岁万岁万万岁，太后娘娘千岁千岁千千岁！”

声音响彻大殿，皇帝走到龙椅上坐下，摆摆手：“众位爱卿不必多礼。”

“谢皇上！”

众人随即起身，柳吟刚坐下，就看到那日的那个小王爷忽然站出来，恭敬有礼地冲皇帝拱手行礼：“父皇深感两国相交之情，听闻陛下大寿，特意花费数月，命人打造一尊金佛，特令小王亲自送来以表敬意。”

他身边的侍从立刻端上一个被红布盖着的东西，一个小太监连忙接过，随即递上去。王海上前撩开红布，只见盘中的确放着一尊栩栩如生的金佛。底下的官员也交头接耳地议论起来，大家深知舟国人信佛，虽说一尊金佛并不算极其贵重，却也算是一番心意。

皇帝看了一眼，立刻大笑起来：“那就替朕多谢你父皇的心意了。在京数日，定要好好游玩一番。京中有不少风景极佳之处，小王爷可不能错过了。”

小王爷笑着低下头：“这是自然，小王对晋国风情仰慕已久。”

殿前坐着的秦砚忽然看着他，淡淡地说道：“小王爷进京数日，本宫也未给你接风洗尘，实在过意不去。”

“哪里哪里，殿下忙于政事，待会儿若是能与小王酌酒一杯，小王便心满意足了。”他谦虚地笑道，全然没了那日对东国人的态度。

秦砚淡淡一笑：“一定。”

两个人谈笑风生，就好像那日之事从未发生过，紧接着是他国使节送礼。柳吟坐在那里无聊地左顾右盼，她最烦这种场合了，只能当个花瓶坐在那里，被那么多双眼睛盯着，一动也不能动。

柳吟突然想起昨夜秦砚答应给她那幅《春山图》，也不知道小禄子有没有送过来。虽然她不知道画什么样，可听皇后的意思，好像很厉害。

太监还在念着老长的礼单，不知念到谁的，皇帝突然看着底下的人道："朕记得张爱卿还未有妻室？"

张漠顿时站了出来，毕恭毕敬："回皇上，微臣的确还未娶妻。"

众人一时间心中了然，联想到最近的传闻，都笑眯眯地看着张漠。他也真是好命，居然能得皇上如此看重，一届寒门出身的武夫竟然也能娶嫡公主。

"你即将上任西北，一直未娶妻也不是个办法。你若愿意，朕便将六公主赐婚于你，如何？"皇帝一脸亲切地说道。

闻言，柳吟立刻去看旁边的人。后者的脑袋都快低到地上了，似乎极其羞涩，哪有一开始那种抗拒的模样。

张漠不自觉地扫视六公主，嘴唇一抿，掩住那个弧度，立刻正声道："多谢皇上，微臣必定不负皇上圣恩！"

张漠掷地有声的话语让六公主心一紧，脑袋低到了胸口，小手紧紧揪着手帕，脸上泛着霞红。

"好！"

皇帝大笑一声，去看旁边的皇后。皇后也是淡淡一笑，似乎并没有什么意见。实际她对这武状元有些不满，毕竟是寒门出身。但皇上如此看重，一上任就让其去西北练兵，她就算有意见也没有用了。

"恭喜张大人，皇上待你真不薄，那可是嫡公主。"一个同僚羡慕地说。

其他人也跟着附和起来。周围还有不少武将，一个个十分眼热，一个劲地给他灌酒。他也是毫不掩饰面上的笑，其实内心并不喜欢那种娇滴滴的公主，可看到六公主后，突然觉得她就该被人捧在手心。

眼见六公主还害羞得不肯抬头，柳吟悄声道："你再这样下去，他怕是要以为你不愿意了。”

六公主立刻抬起头，一张小脸上满是红晕，目光闪烁不定。看到柳吟眼中的打趣时，她瞬间别过头去，小脸红扑扑的。

朝臣们的礼物都大同小异，并无太多出彩之物。不过秦砚送的深海珊瑚倒是让人眼前一亮，也不知他是如何弄来的。这种颜色的确世间罕见，就连皇帝也十分满意。

柳吟也有些惊讶，因为秦砚还给了她一座同样大的。刘嬷嬷不让她拿出来，所以就锁到库房了。没想到他会这么大方，不过这也并不能抹去他脾气差的事实。

等念到镇南王送的礼物时，皇帝又关心道：“爱卿真是有心了，听闻歆儿旧疾复发，不知可好些？”

镇南王立刻站了出来，恭声回道：“多谢皇上挂怀，歆儿是老毛病了，没有大碍。”

话落，镇南王不由得多看了太子一眼。他老眼一眯，也不知道女儿居然会三番两次对太子妃下手，惹得太子都上门警告了。他除了把女儿送回去再无其他办法，那个不知天高地厚的丫头就知道胡来。

“朕还想着让那丫头多留几日，给她选个好夫婿，看来只能等下次了。”

皇帝颇为遗憾地抿了一口酒，目光又落在底下的贺冀身上：“不过贺冀也老大不小了，是时候成家立业了。朕倒是想着将明月这丫头指给他，不知爱卿意下如何？”

殿内瞬间一静，所有官员都面面相觑。倒是女眷区的庄明月羞涩地低着头，似乎有些紧张。

闻言，镇南王顿了一下，似乎不知该如何回答。此时贺冀却突然起身，拱手示意：“皇上一片好意，微臣实在承受不起。如微臣又如何配得上郡主的千金之躯。”

秦砚坐在那里不咸不淡地抿了一口清酒，幽幽地看了他一眼，声音清淡：“世子文武双全、品行出众，与明月乃是天作之合。”

贺冀的眉头跳了跳，定定地看向秦砚。四目相对下，他薄唇微启：“只怕郡主看不上微臣。”

“是呀，皇上，犬子怎配得上金枝玉叶般的郡主？到时就怕郡主会受委屈，那可就是犬子的罪过了。”镇南王顿时提高音量。

皇帝眯着眼，意味深长地看着底下的人。殿内的气氛瞬间有变化，众人连大气也不敢喘，都听得出镇南王父子言语间拒绝的意味。

“只要世子真心相对，明月又怎会受委屈？”秦砚神色如常。

话落，贺冀又是眉头一皱。倒是一旁的镇南王的眼神变了，顿时拦住儿子要说的话，突然欣喜地应承下来：“承蒙皇上厚爱，犬子必定尽心待郡主。”

贺冀不由自主地看了父亲一眼，手一紧。后者只是给了他一个警告的眼神，一个世子妃而已，这世间什么女子没有，何必为了一个虚位引起皇上的怀疑。

“好，至于婚事是否在京办，便看你们自己的意思了。明月这丫头虽然任性了些，但还是识大体的。”皇帝顿时满意地笑起来。

镇南王赶紧谢恩：“谢皇上恩典。”

贺冀抿唇，半晌才低下头：“谢皇上。”

庄明月眉宇间满是羞涩，不时地偷偷抬头看着殿前那个丰神俊朗的男子，心跳加快不少，只觉得如同做梦。

宴会依旧继续，群臣都心思各异地举杯畅饮。如今他们是越发看不懂皇上的心思了。

柳吟发现了，皇帝分明是早有打算，就等着别人下套。不过看秦砚的反应，他分明也是知道的。这皇帝明知镇南王要造反，还把庄明月嫁过去。皇家果然无情，以前还一副疼爱自己外甥女的模样，转眼就要把人嫁出去，变脸比变天还快。

不过这也不关她的事，她和庄明月本来就是敌人，对方不止一次想害她，她可都记着。

“表姐，现在庄明月肯定得意极了。”六公主凑过来低语了一句。

柳吟看了六公主一眼，意味深长地笑了一下：“还未到最后，谁知道呢？”

六公主不明白柳吟这话是什么意思，倒也没有多问。只是想到自己的婚事，她的脸颊就不自觉地发烫。

等礼单念完已是半个时辰后，舞姬们重新进入大殿，妖娆地扭动身躯。群臣畅谈，特别是柳国正。他最近春风得意，不仅儿子回京，就连太子对他的态度也有所好转，女儿还未受到什么委屈，这让他如何能不开心。

其他官员也都阿谀奉承，最近柳家势力大，他们自然得讨好。联想上次私盐一案，太子殿下分明是故意放柳立行一马。不然身为京兆尹，怎会不派人巡视画舫那边？若不是太子殿下不想深究，柳立行这顶乌纱帽铁定要掉。

“这两年柳将军似乎是头一次回京。”

上头突然传来一道和蔼的声音，柳霖顿时起身，恭声回道：“的确是第一次回京。不过皇上能让微臣守卫边关，已是对微臣最大的信任。微臣感激涕零。”

皇帝一只手搭在椅子上，看着柳霖，忽然一笑：“朕自然放心你。不过你还年轻，也是时候成家立业了。你姑母一直在朕的耳边念叨着给你寻门亲事，朕觉得也该如此，所以便想着把五公主赐婚于你，你觉得如何？”

刹那间，殿内众人心思一动。柳国正粗眉一皱，柳霖更是脸色微变。性子耿直的他直接出声道：“谢皇上恩典，不过微臣暂时还未有成亲的打算，怕是要辜负皇上的厚爱了。”

柳吟心一紧，她从未想过皇帝居然想把五公主嫁给她大哥。那个五公主可比庄明月好不到哪里去，她怎么能嫁给她大哥呢？！

“男儿自然得成家立业，还是说，你看不上朕的公主？”皇帝忽然语气一沉。

“微臣不敢。”柳霖顿时低下头，手握成拳。

见此，皇后赶紧看向一旁的人：“不瞒皇上，臣妾已经给霖儿看中了一个姑娘，正想和皇上说呢。”

皇帝只是冷冷地瞥她一眼：“还有哪家女子比得上朕的公主？”

殿内气氛顿时凝重起来，皇帝不顾皇后欲言又止的神色，直接道：“此事就这样定了，改日让礼部寻个日子，与彤儿的事一起办了。另外，既然柳将军要成亲，那边关朕自会派他人去镇守，柳爱卿就不必操心了。”

这话等于在人群中投下一个惊雷，众人屏住呼吸。不用去边关，不就是变相收回柳家的兵权吗？

柳国正布满细纹的脸上并未显露一丝慌乱，只是瞪了儿子一眼，用眼神示意对方先坐下再说。皇上分明早有此意，不是今日也会是明日。五公主其实只是个幌子，实则是怕他们柳家借着亲事与其他世家联姻，然后继续壮大。

柳吟也想到了这一点，觉得这应该才是皇帝召她哥回京的真正理由。对于兵权，皇帝怕是早就想收回了。如今自己嫁给了太子，就等于不能和镇南王联姻，皇帝也就不用怕柳家会和镇南王联合在一起，所以才敢如此光明正大地收回兵权。

今日是收回兵权，那明天又是什么呢？

这一天终于还是来了。

经此一事，殿内弥漫着一抹诡异的气氛，连声音也小了许多。待宴会散了，柳吟看到她娘跟上了皇后的脚步。她并未跟上去，而是沿着回东宫的路走了。

更深露重，今夜繁星点点，热闹了一夜的宫闱逐渐归于平静。

等回到长春宫，皇后的脸色才逐渐沉下来，猛地一掌拍在桌上，凤眸中满是怒色：“霖儿这些年镇守边关，就算没有功劳也有苦劳，皇上竟如此卸磨杀驴！”

“嘘，娘娘慎言！”

张氏立刻往后看了一眼，见有人在外面守着，这才上前一步，低声道："皇上的心思也不是一日两日了，有此举动并不稀奇，所以我们才会把希望寄托在太子殿下身上。就是不知太子如今是何想法，若长久下去，以皇上的趋势来看，必定会大力打压柳家。"

没了兵权，他们就是砧板上的鱼肉，任人宰割。

皇后骤然坐在软榻上，那张秀丽的面上透着阴沉，片刻后又化为担忧："嫂嫂莫忘了，太子未来也要登基，他又如何会容得下柳家坐大？不过本宫看他这些日子对柳家的态度似乎有所好转，凡事也未曾做绝，可见还是留有余地的。只是皇上那里就不好说了。"

说到这里，张氏也叹了一口气，面上全是担忧。如今退也不是，进也不是，只能把希望全寄托在太子那里了。

第八章

月色清冷，晚风微凉，柳吟回到东宫，忍不住把此事和刘嬷嬷说了。后者也是大吃一惊，没想到皇上动作这么快，让人一点防备也没有。

其实柳吟觉得收回兵权是迟早的事，没有哪个皇帝会容忍外戚坐大。柳家已经在朝中有了威信，再让其得了兵权，肯定不行。古往今来，那些手握重兵的大将军多是孤家寡人，要么就是出身寒门，绝不可是世家子弟，所以皇帝才会重用没有背景的张漠。

想必一开始皇帝也没有想到她哥一个世家公子会如此吃苦耐劳，在边关摸爬滚打数年也不喊累，现在又费尽心思地收回兵权，丝毫没有想过她哥这些年立下的汗马功劳。

不过柳吟最接受不了的还是让她哥娶五公主。要知道五公主当初还和庄明月一起放蛇咬她，而且性子粗鲁又刁钻。她哥要是娶了五公主那还得了，反正她是绝对接受不了她哥娶五公主的。

沐浴后，柳吟又让厨房做了一些东西吃。等了许久，到了半夜才听人说秦砚回来了，于是赶紧往书房走去。无论如何她都得尝试一下，绝不能眼睁睁看着她哥娶五公主。

如今看到太子妃，小禄子都不用通传，直接让她进去，努力做一个识时务的奴才。

柳吟悄悄推开房门，往里面探了一下脑袋，看到秦砚在书桌前坐着。她立刻合上门，迈步走过去。

秦砚听到脚步声也未抬头，继续提笔写着什么，脸上不带任何情绪。

“太子哥哥……”

柳吟轻轻唤了一声，接着又走到他身后，凑过去：“表哥？”

秦砚依旧没有任何反应，柳吟觉得他可能已经猜到自己过来的目的了，只好撇撇嘴直接说。

“姑母今日都已经给大哥寻了一门亲事，怎么父皇突然又给大哥和五公主赐婚呀？”

柳吟皱着眉头走来走去，嘴里念叨个不停：“反正我不喜欢五公主，她曾经还和明月郡主一起放蛇咬我呢，可歹毒了，平时也没少给我使绊子。我才不要一个这样的嫂子，我哥肯定也不想娶她！”

屋里响起柳吟喋喋不休的抱怨声，秦砚继续写着东西，好似没有听到她的话，也无任何反应。

“我越想心里就越硌硬，要是大哥真娶了她，我们全家肯定都不会好过。如果对她哪里不好，丽贵妃肯定又要找麻烦，那岂不是鸡犬不宁？”

柳吟越想心里越难受，说了半天，见对方还是没有反应，这才走过去蹲在他面前，一只手扯着他的衣袍轻声道：“我知道太子哥哥肯定有办法的，殿下……”

柳吟忍不住掐了一把大腿，眼泪没出来，眼眶倒是红了。

秦砚头也没抬，薄唇微启：“聒噪。”

柳吟凑过去把脑袋靠在对方的腿上，可怜兮兮地眨着大眼睛：“我知道太子哥哥最好了，肯定不会忍心看着我哥娶五公主，对不对？”

秦砚的笔一顿，视线忽然落在那张满是哀求的小脸上，声音冷漠：

“你觉得本宫为何要帮你？”

书房在这一刻寂静下来，气氛逐渐变了味。

柳吟慢慢低下头，缓缓松开他暗色的衣袍，换下巴枕在他的腿上，耳郭逐渐泛红：“因为殿下是我的夫君呀。”

秦砚听着那轻细的声音，余光一扫，嘴角勾起淡淡的弧度，拿笔敲了一下她的脑门：“油腔滑调。”

柳吟一只手捂着脑门，祈求地看着秦砚：“太子哥哥……”

秦砚依旧低着头在写什么，似乎没打算理她。于是她就这么蹲在他身边，仰着小脑袋眼巴巴地望着他。

柳吟突然想起秦砚和皇帝是一伙的，这件事秦砚肯定早就知道，那不管自己怎么求他，他肯定都不会帮忙，毕竟他肯定也想收回柳家的兵权。

柳吟心中突然有些失落，一想到哥哥要娶五公主，就跟吃了一只死苍蝇似的。以前对方还放蛇咬自己，结果转头自己还得乖乖叫她“嫂嫂”。如果真有这么一天，她肯定会气到吐血。

柳吟越想越难受，看了一眼无动于衷的秦砚，只能失落地扭过头去。许是蹲得久了，她刚一动，整个人就猛地往后倒去，脑袋撞到桌脚，疼得眼泪盈满了眼眶。

这人倒霉起来，喝凉水都塞牙。

书房里光线并不暗，看着靠着桌脚的人，秦砚眉头微蹙，抬手握住她的胳膊，顺势将人拉入怀中。他的指腹忽然压在她脑后的撞击处，轻轻地按揉着。

“如今还会苦肉计了？”秦砚眼中带着不悦。

虽然秦砚的动作很轻，可被他按着的地方依旧有些疼。柳吟真是有苦说不出，她哪是玩苦肉计啊，真要玩苦肉计也该是以死相逼呀。

“来人。”

小禄子立刻推门而入，小心地瞄到里面的画面时，身子一抖。

“殿下有何吩咐？”

秦砚的脸色并不好："传太医。"

虽然不知为何要传太医，但小禄子还是连忙应声，麻溜地出去并关上门。

"我……我就是有些磕伤了，不用传太医，而且……半夜三更传太医……别人还以为我怎么了呢……"柳吟不由得慢慢低下头。

柳吟的小脸上还挂着泪痕，秦砚的指腹一压，怀里的人"嘶"了一声后抬起头，骤然对上一双带有愠色的眸子。

柳吟呼吸一顿，似乎有些害怕，赶紧低下头，颤巍巍地举起三指，言之凿凿地说道："我……我真的不是苦肉计，我要是故意的，就让我出门被雷劈死、喝水被呛死。而且谁使苦肉计是这样的？如果是我的话，那肯定是一哭二闹三上吊呀。"

秦砚眼帘一垂，指腹轻轻按压着那一处。整个屋里瞬间寂静一片，只余她时粗时浅的呼吸声。

"你需知晓，人生不能事事如意，无论谁，亦如此。"

清淡的男声在耳边响起，柳吟心一动，忽然涌起一抹失落。虽然早就料到了这个结果，可她还是难以接受。

看着怀里的小脑袋，秦砚眉毛微动："本宫又没说不帮你。"

柳吟骤然抬头，脸上满是惊喜与诧异，心情起起伏伏。

对上那双明亮的眸子，秦砚搂紧她的纤腰，低头啄了一下她的嘴角，声音暗哑："下次求本宫要拿出诚意，明白吗？"

柳吟眨眨眼，愣了一下，随即又红了脸，低着头不再说话，心中却全是愤恨，这人的清高都去哪儿了？！

"还不回去？"秦砚的目光一暗。

让她每日练字，性子依旧如此跳脱。

柳吟如蒙大赦，赶紧掰开腰间的手，忙不迭地从他怀里下来，往屋外走去。

屋外凉风习习，却吹不散她脸上滚烫的红晕。不知为何，她总觉得自己最近越来越容易害羞，一定是风月书看多了。

不过只是逢场作戏，秦砚以后可是会拥有佳丽三千的人，她根本就不算什么。她一定不能被这个人的花言巧语所迷惑，不然到时怕是会死无全尸。

柳吟回到听雨阁便洗脸，但脸上的温度依旧降不下来。哪怕躺到床上，她也依旧翻来覆去睡不着。她不明白秦砚为什么突然肯帮自己了，他不是和皇帝一伙的吗？

算了，不管对方有什么目的，只要能解除这桩婚约那就是好事。至于兵权，就不是她能管的事了。

更深露重，整个皇宫都笼罩在一片黑暗之中。这一夜，不知有多少心思各异的人难以入眠。

柳吟一觉睡醒已经是晌午，今日好像有些凉，外面的天阴沉沉的，眼看就要下雨。柳吟赖了好一会儿床，最后还是被刘嬷嬷叫醒，说这个习惯一定得改掉。

没想到连睡个懒觉也不行了，这可是她最后的底线。她这一次终于拿出太子妃的气势，据理力争之下，终于说服了刘嬷嬷，以后一定会在中午前起来。

"小姐！"

细云忽然急匆匆地闯进来，神色间带着几丝欣喜，也不知发生了何事。柳吟正和刘嬷嬷说陆侧妃的事，听说对方这几天经常传太医，好像是身体不舒服。不过这可不关她的事，最多也就是刘嬷嬷为了替她报仇，私下动了手而已。

"何事如此惊慌？没有一点规矩。"刘嬷嬷一边替柳吟梳发，一边不悦地看了细云一眼。

细云脚步一顿，有些害怕地低着头，轻声道："奴婢听闻贵妃求见皇上，说是不想让五公主嫁给大少爷。"

"什么？"柳吟顿时精神了。

"奴婢也是刚听说的，如今贵妃娘娘还跪在乾清宫外呢，说是五公主心有所属，不能嫁给大少爷。皇上听后雷霆大怒，狠狠斥责了贵妃娘娘一顿，还说五公主只能嫁给大少爷，不然就送去突厥和亲。”细云一五一十地说出来。

闻言，柳吟有些反应不过来。丽贵妃这个举动也太突然了，先不说五公主有没有心上人，就算有，如今这样拒绝皇帝的旨意岂不是拂了对方的脸面？并且连五公主的闺誉也全然不顾，除非她疯了。

还是说，有什么事情比五公主的清誉还重要，让贵妃不得不取消婚约？不知为何，柳吟突然想起秦砚昨日的话，难道说……这是秦砚的手笔？

秦砚怎么可能速度这么快？居然让贵妃主动拒绝赐婚。这样的话，她哥反倒成了受害者，皇帝还得好生安抚一番。

“传膳吧，待会儿把那幅《春山图》带上，我们去姑母那里。”柳吟起身。

细云立刻点点头：“是。”

用过午膳，柳吟就抱着《春山图》去了长春宫。等下次她娘进宫时，就让皇后给她带回去。最近发生了这么多事，她爹压力肯定很大，毕竟背负着柳家这么大的一个家族，能让对方开心一下最好不过了。

天上乌云密布，好像下一刻就要下大雨。等柳吟来到长春宫，却发现里面的气氛有些凝重，宫人们都守在外面。待她进到内殿，只看到一地的瓷片，之前桌上摆着的那个花瓶不见了。

“奴婢见过太子妃。”看到柳吟过来，红杏立刻屈身行礼，然后欲言又止地看了一眼里面的皇后。

似乎明白了她的意思，柳吟摆摆手让人退下，走到软榻前坐下。只见皇后一脸阴沉地握紧拳头，不知发生了何事，地上有一截断裂的护甲。

“姑母……”

皇后缓缓闭上眼，下一刻，她突然抬头看柳吟，淡淡一笑：“只是想起了今日朝中的事，有些糟心罢了。”

柳吟没有说话，直觉告诉她，一般的事情绝不会让皇后如此动怒。

皇后抿了一口清茶，突然叹了一口气：“今日皇上已经下了最后通碟，令你哥三日内交出兵符。虽然嘴上说的是让他留在京城成亲，可实际为何你应该知晓。今日是交出兵符，他日又该如何？没了兵符，我们柳家能动用的力量只会越来越少，最后只能被一步一步削弱。”

看着皇后面上浓浓的担忧，柳吟的心情也十分沉重。树大招风，这是没有办法的事。世家和皇权之间的拉锯战一直都存在，就算没有皇帝，等秦砚登基，也迟早会收回柳家的兵权，这是不可避免的事情。

“对了，不是说丽贵妃替五公主拒绝了皇上的赐婚吗？”柳吟突然想起这件事。

说到这里，皇后眉头一皱，似乎也很不解：“此事的确蹊跷，以本宫对那贱蹄子的了解，除非她疯了，不然绝对做不出这种蠢事来。她连女儿的名誉都不顾了，谁知道她又要做什么？”

“不过……你也不必心存侥幸，皇上定还是会让五公主嫁进柳家的。丽贵妃的哀求如何能有皇上的颜面重要？”皇后面上露出一丝讽刺。

柳吟心里还是有些失落，忽然凑过来，轻声道：“我……昨日去求了太子哥哥，他……他好像说会帮我。”

皇后顿时凤眸一抬，就这么直愣愣地看着侄女：“你说什么？”

其实柳吟并不打算说这件事的，因为她也不确定秦砚会不会帮自己，不过她是真的不想五公主嫁给大哥。

“我昨日求了他好久呢，太子哥哥也只是松了口而已。我也不知道他会不会真的帮忙，不过……太子哥哥说话一向算数，他……应该不会骗我吧？”柳吟越说心里越没底。

说到这里，柳吟笑着把带来的那幅《春山图》打开：“姑母，你看，这可是我费了九牛二虎之力才从太子哥哥那儿要来的，给爹爹最好不过了。”

随着画卷缓缓打开，一幅水墨画顿时映入眼帘。未出阁前皇后可是京中出了名的才女，对书画也有所研究，当目光触及画上的每一帧笔触时，眼中透着惊艳。

良久，她才逐渐回过神，神色复杂地看着柳吟。这《春山图》乃是太子及冠之日皇上赐的，很有意义，不承想竟真送给了这丫头。虽说她之前一直怀疑太子对柳吟的宠幸只是表面，如今倒是有些不敢相信了。

太子为何突然对她这般好，而且还允诺帮她。既然开了口，对方肯定不只是随便说说。如此看来，丽贵妃今日的举动并非毫无预兆。

“太子对你好这是好事，不过你要明白，他是储君，未来的皇帝，在他心里，江山社稷才是第一位。你莫要被那点温存冲昏了头脑。”

皇后握住柳吟的手，又意味深长地说：“在这世间，哪怕是枕边人，也是信不过的。”

柳吟认真地点点头，感觉这应该也是皇后心中所想。作为一个皇后，如果连这一点都看不清，也不会稳坐中宫这么多年了。

柳吟知道秦砚是不能相信的，都是逢场作戏，秦砚能帮她的也有限。虽然她也不知道秦砚为什么要帮她，但其中肯定有其他原因。

“不过既然太子说了会帮你，那定不会作假，且先看看丽贵妃那里如何。如有必要，本宫会让人散播流言。既然那贱蹄子都不顾自己女儿的清誉了，本宫自然也就顺水推舟。等五公主名声一坏，看皇上还如何将她嫁入柳家？”皇后的目光一冷。

柳吟倒没发表什么意见，只是把那幅画收好：“那这画我就放姑母这里了，等有时间您就让我娘带走吧。我也不能出宫，太子哥哥虽然嘴上说着让我出宫，这要是等我真出宫了，他肯定又会说我不安分。他总是嘴上一套，背地里一套，可难伺候了。”

柳吟一顿，慢慢抬起头，只见皇后正看着她。她立刻红着脸低下头，怪自己口无遮拦，怎么能这样说秦砚呢？

看着眼前这个模样精致俏丽的女子，皇后有些恍惚。不知从何时起，那个粗鲁莽撞的侄女逐渐变得懂事起来。虽然看似还与往常一般，心性却大不相同。是她了解这丫头太少，还是对方成长太快？

其实现在想想，太子自幼就不喜旁人靠近，性子凉薄，对自己这个养母也并不亲近。但吟儿一直黏着他，这么多年过去，虽说他未曾理会，却也没有格外抗拒，换成旁人怕又是另一个下场了。

或者……一直都是她们这些局外人看岔了？

“你如今最要紧的就是有孩子，其他的不用想。只有生了孩子，你的位子才算真正稳当。不要觉得姑母唠叨，姑母所做的一切都是为了你，为了柳家。”皇后语重心长地说。

见皇后又说起这事，柳吟赶紧起身，求饶似的点头：“好好好，我什么都听姑母的。可是这孩子又不是我说了算，您看这才多久呀？”

柳吟脸一红，头也不回地出了内殿，徒留皇后心中思绪万千。

一次宠幸那是给柳家面子，但这时常宿在吟儿那里又是什么意思呢？而且还给了她《春山图》，又带她出宫，又允诺帮忙。皇后不敢深想，但如果真是自己想的那样，那可真是天佑柳家了。

柳吟匆匆出了内殿，她觉得自己以后还是少来找皇后为好，免得天天被催来催去的。她又不是母猪，哪能说生就生呀。

柳吟来到外面的走廊时，天上下起了瓢泼大雨，还不时伴着打雷和闪电，格外吓人。没想到还真下雨了，就连老天爷也看她不顺眼。

“太子妃，不如先去里面陪娘娘说说话？这雨下得这么大，若是着凉了可如何是好？”红杏一脸担忧。

细云也跟着附和：“是啊，小姐，这样出去定会淋湿的。”

柳吟只是瞥了她一眼，留在这里继续被催生孩子吗？

看着漫天雨幕，柳吟咬咬牙，突然拿过红杏手中的伞在头顶撑开，再迈下台阶，整个人都融入倾盆大雨中。细云吓得赶紧跟了上去。

长乐宫。

豆大的雨珠砸在窗前，听着外面的阵阵雨声，内殿的气氛却有些紧张。一缕白烟从香炉悠悠升起，让人不自觉地凝神静气。

五公主跪在软榻前，一张清秀的面上满是泪痕，更透着一丝绝望，双眼也是红肿一片。不知哭了多久，她就这么直直地跪在地上，泪水依旧直直地落下。

“母妃……难道就没有别的办法了？”五公主哭到声音沙哑。

殿内只有两个人，丽贵妃半倚在软榻前，闭着眼，不断地揉着眉心。她面上带着疲惫，似也不愿看到女儿这个模样，深深地叹了一口气：“你外公是族中的顶梁柱，他若是一倒下，整个家族都要没了主心骨。此次私盐案你外公也有牵扯，虽然已经结案，但太子手中依旧握有你外公的把柄。你要知道，皇后是皇后，但我们绝不可得罪太子。不然不只你外公，连我们整个方家都不会有好日子过。”

“那就要让我牺牲吗？”

五公主难以置信地看着眼前这个风韵犹存的女子，从未想过这种事会发生在自己身上。一夜之间，她的亲人毫不留情地将她抛弃，并且这个人还是她的母妃。

丽贵妃不悦地看着五公主：“你要懂得顾全大局，我们都是为了方家好。你以为母妃当初进宫是为了什么？还不是为了方家。个人荣辱又算得了什么？在这个宫里，谁都是身不由己，你也该懂事了。母妃早就提醒过你，让你不要惹柳家那丫头，你非不听。这下好了，人柳家不愿娶你。若不是柳吟在太子那里煽风点火，太子又怎会这样逼迫我们方家？母妃也不会舍弃你的名誉。为今之计只有忍耐，皇后必定会见缝插针地毁坏你的名声，到时皇上自然会取消婚约。你怎么说都是个公主，皇上气也只是气一时，最后还是会给你寻个好人家的。”

五公主手紧握，泪水接连落下，最后突然闭上眼，嘲讽一笑：“好人家？是去突厥和亲吗？”

五公主悲凉的声音让丽贵妃心一紧，狠心地别过头去不看她：“你莫要胡思乱想，母妃怎会让你去突厥和亲？你只需耐心等待即可。”

等待？等待她名誉扫地吗？等待她成为全京城的笑柄吗？

五公主骤然起身，猛地转身冲了出去。门口的宫女叫都没叫住，只能去看里面的贵妃。后者疲惫地摆摆手，见此，宫女连忙跟了上去。

漫天大雨疯狂地砸落在身上，五公主脚步踉跄地往前跑着。分不清脸上是泪水还是雨水，她就这么没有目的地往前跑着。跑着跑着，她脚下打了一个趔趄，猛地摔倒在地，冰冷的雨水毫不留情地砸下来。

曾经她一直以为自己是最幸福的人，有一个这么疼爱自己的母妃。可万万没想到，最终摧毁这一切的还是她的母妃。

五公主哭着哭着，视线中忽然出现一个脚步匆匆的身影。她五指一紧，眼中弥漫着滔天恨意。

纵然伞很大，可柳吟身上还是被淋湿不少。哪怕如此，她也还是不愿意待在那里听皇后念叨孩子的事。直到路过御花园拐角，她的余光中似乎多了一个熟悉的身影。

柳吟的脚步一顿，透过漫天雨幕，视线落在不远处那个狼狈不堪地倒在雨中的女子身上。两个人就这么隔空对视，直到细云追上来，也跟着看过去，没想到竟然是五公主。

柳吟不知道这件事是不是秦砚做的，虽然觉得丽贵妃的做法很突兀，但她依旧不愿意五公主嫁给她哥。如果有能力，她愿意去成全别人的快乐，但前提是别人的快乐不能建立在她的痛苦上。

“小姐……那不是五公主吗？她怎么不带宫人呀？”细云好奇地看向那边。

冰冷的雨水沿着脸颊滑落，五公主看着那边的女子缓缓闭上眼，忽然手撑地面，脚步踉跄地起身，一步一步往自己的宫殿走去。

望着那渐行渐远的身影，柳吟并没有发表什么感慨，只是赶紧往东宫走。身子已经被淋湿了，她只能一个劲地往前冲，最后满脸都是雨水。好不容易跑回东宫，刘嬷嬷一看到她这样，顿时拉下脸就是一顿教育，之后又立刻让人去熬姜汤。

柳吟则赶紧洗了一个澡，又喝了一碗姜汤。刘嬷嬷又把细云狠狠地教育了一顿，柳吟都没拦得住。她显然高估了自己，到了晚上就开始打喷嚏，脑袋也发晕。

刘嬷嬷赶紧让人去找太医，最后得出结论就是她染了风寒，然后又开了几副药。

“太子妃体弱，以后切忌不把自己的身子当回事，这几日定要按时服药。微臣今日在太医院值班，若是夜里您的热还退不下来，微臣再过来给您施针。”太医收回把脉的手。

床上的柳吟脑袋晕晕地蜷在被褥中，太医说什么就是什么，整个人都迷迷糊糊的。

“老奴也不知说了多少回，这明日若是皇后娘娘问起来，看您如何说。”刘嬷嬷板着脸，十分严肃的样子。

床上的人小脸上泛着红，虚弱地呢喃：“这事一定不能告诉姑母。”

见此，刘嬷嬷眉头一皱，正欲说什么，余光不经意扫过门外的来人，连忙屈身行礼：“老奴见过太子殿下。”

门外响起阵阵见礼声，还未离开的太医也赶紧跪下：“微臣叩见太子殿下。”

外面的雨小了不少，但依旧淅淅沥沥地落在廊前。秦砚一袭墨袍上并未看到雨珠，待进来时，目光扫过床上的人，跟着又定定地看向太医：“太子妃如何？”

看到来人，柳吟又默默缩进被子里。这下好了，他又能肆无忌惮地嘲讽自己弱不禁风了。

“回殿下，太子妃高烧一直不退。如若今夜还是不退，微臣就只能施针了。不过太子妃体弱，此法子能不用最好还是不用。”太医恭声道。

秦砚的眉头微蹙，视线顿时落在床上的那团被褥上。其他人都识趣地退下，整个屋内瞬间只剩下他们俩。

柳吟憋得有些喘不过气，最后还是偷偷把脑袋伸出来，骤然看到床前站着一道高大的身影。秦砚正居高临下地凝视她，虽然脸上依旧没有什么表情，可让柳吟莫名有些害怕。

“表……表哥？”柳吟悄悄伸手拽住秦砚的衣袍。

许是烧得厉害，她的一张小脸通红。秦砚目光微沉，盯着她，微启薄唇：“明日让你父亲过来一趟。”

柳吟：“啊！”

"太子哥哥……"

柳吟紧紧攥着对方的衣袍，仰着头看他："凡事好商量，我今日走着走着就下起大雨来，哪知道淋一下就着凉了。这种小事就不用告诉我爹爹了吧？"

秦砚没有说话，目光毫无温度地盯着她，让人心里发慌。柳吟也不知道他怎么又生气了，好像发烧的人是她吧，她娘看到她发烧都只会心疼，怎么他还生气了？

若是平时，可能柳吟还会哄对方一下，许是脑袋晕极了，她整个人迷迷糊糊的，也不说话，干脆缩进被子里。她现在是个病人，为什么还要去哄别人？

直到被褥忽地被人拉开，柳吟整个人被搂入一个温暖的怀中。还未等她回过神，额前又多出一只温热的大手，耳边骤然响起秦砚愠怒的声音："这么喜欢淋雨，待会儿继续淋如何？"

柳吟："……"

她别过头去，有些委屈地闭上眼，一双小手推拒着面前的人。

屋内一片寂静，秦砚眉头一皱，抬手抚上她发烫的额头，声音轻柔："可还难受？"

当然难受了，而且还要被人教训。柳吟依旧扭过头不说话，双手用力推着他的肩头。她今日病了，可不能侍寝。

秦砚感受着那细微的力道，紧紧拥着她娇小的身子，伏在她的耳边沉声道："如今脾气越发大了。"

秦砚温热的气息喷洒在柳吟的耳边，柳吟依旧闭着眼不说话。许是脑袋太晕，她整个人无力地被人搂在怀里，连辩解一句的气力也没有。

"殿下，药来了。"

细云端着一碗热气腾腾的药汁走进来，这已经是第二碗了，虽然很苦，但柳吟丝毫没有犹豫，刚想伸手端过来，药碗却落入另一只手中。

柳吟软趴趴地伏在秦砚膝上，撇着嘴闷声道："臣妾今日不能侍寝，殿下还是去陆侧妃那里吧。"

秦砚顿时眉头紧蹙，语气没有一点波动：“是吗？”

柳吟像是被吓着了，赶紧摇摇头，整个人显得有些无措。

直到一勺药喂了过来，她乖乖地张嘴咽下，一个字也不敢说。她不明白自己哪里又得罪这个人了。

屋外响着雨声，等一碗药见底，柳吟才皱眉指着桌上的蜜饯。细云连忙端过来，可触及秦砚的双眸时，吓得赶紧端着蜜饯退后几步。

柳吟瞪大眼，难以置信地看着秦砚。最后她一咬牙，整个人又钻进被窝里，裹到连根头发丝也不露出来。

嘴里那抹苦味不时地刺激着柳吟的味蕾，不知为何，她的眼眶忽然一热，泪水沿着眼角渐渐滑落，像是压在心上的苦闷终于忍不住发泄出来。

柳家的压力不仅皇后有，柳吟也有。只是她知道自己什么也做不了，伴君如伴虎同样适用于她。她永远不懂秦砚在想什么，今日他对她好，明天可能就会和皇帝一样对柳家下手。而她，从来都没有选择的机会。

被褥忽然一松，她就被搂入一个温暖宽阔的怀中。还未抬头，她的双唇就被人堵住，一颗甜腻的蜜饯渡了过来。

屋里的烛火已经灭了，柳吟眨着眼想去咬那颗蜜饯。可秦砚似乎不想给她，唇齿间的缠绕夺走了她所有的呼吸。她忍不住又推搡起来，可手腕立马被人握住，再压到枕边。

“如今动不动就给本宫甩脸子了？”秦砚的声音暗哑。

柳吟红着脸别过头去，浅浅地喘息着：“才……才没有。”

明明是秦砚动不动就生气，还要把她扔去刑部受罚呢。她到底做了什么伤天害理的事呀？！

黑暗中，秦砚搂紧她柔软的身躯，用指腹抚去她眼角的泪珠，低声道：“本宫不想看到还有下次。”

柳吟虽然喝了药，但脑袋依旧非常晕。她侧着身子背对着他，整个人被圈在怀里，感受着他温热的大手。她眨眨眼，忽然说：“太子哥哥这是在关心我吗？”

她不是没有这种想法，只是不敢有。

听着她的声音，秦砚把头埋在她的脖颈间："你觉得呢？"

秦砚炙热的呼吸喷洒在她的脖颈间，她只觉脸颊发烫，慢慢闭上眼不再说话。过了半晌，她忽然翻了一个身。

"如果有一天我爹爹他们犯了错，皇上要抄了柳家，太子哥哥会救我吗？"她愣怔地看着眼前的人。

屋外的雨声依旧不停歇，秦砚闭着眼，大手覆上她的双眸，声音低沉："睡觉。"

柳吟眨眨眼，心里涌上失落之感。她慢慢低下头，觉得自己简直是异想天开，不过是些虚情假意而已，又如何能当真。

"就会胡思乱想。"秦砚轻叹一声，眼睛低垂，"只要有本宫在，你便不会有事。"

柳吟心一动，忽然嘴角一勾，眼中有星光闪烁："太子哥哥可不要骗我。"

秦砚按下那个不安分的小脑袋，抬头，大手覆上她的眉心，感受那温热的触感。他眉头一皱，还从未见过这么娇弱的人。

"可还难受？"秦砚轻声问道。

柳吟半眯着眼，把脑袋埋进他怀里："这里晕，好难受……"

以往感染了风寒，娘亲都会守着她，然后唱童谣给她听。

秦砚用指腹轻按着她的眉心，语气深沉："明日再去淋一下如何？"

柳吟："……"

柳吟闭上眼努力让自己看起来像睡着的样子，连呼吸也跟着绵长起来。

窗台前滴下不少雨珠，一场大雨过后，直到次日微阳升起，地面还留有不少水洼。秋风萧瑟，宫人们陆陆续续从宫道上经过，脚步匆匆地赶着去完成自己的差事。

张氏巳时就进宫了，恰好晨省刚散。等她来到长春宫，只见皇后正疲惫地靠在软榻上，任由红杏按着眉心。不过短短几日，皇后好似苍老了许多。

皇后摆摆手，让众人都退下后，神色才凝重起来："嫂嫂应该也听说了，今日在朝上，皇上又呵斥了哥哥，还将三叔侄子革职了。收受贿赂的又不止他一个，皇上分明就是在针对我们柳家。"

说到这里，皇后的神情越发阴沉。张氏无奈道："好在如今五公主主动自请去和亲，霖儿倒是不用再娶她。只可惜兵符还是被皇上收了回去。"

近日柳家四面楚歌，那些寻常讨好巴结的人纷纷避之不及，真是人心冷暖。

"有件事，本宫一直未曾告诉嫂嫂。"

犹豫再三，皇后还是皱着眉，欲言又止地看向窗外："前些日子皇上召见了吟儿，一开始我还有些不解。可直到最近，本宫才发现了一些猫腻。皇上居然想断了吟儿生育的可能！"

皇后手一紧，一双凤眸中满是怨恨。张氏也是大吃一惊，继而又惊怒交加。只见她一掌拍在桌上，面上是掩饰不住的心疼。

"我们柳家世代为国为民，就算有错处，也不该遭受这样的卸磨杀驴。皇上是要断了柳家所有的退路不成？！"饶是张氏脾气再好，这时心中也有不甘。

皇后没有说话，起身一步一步走到窗前，看着外面的天，眼中顿时闪过一丝精光："我们的确不能再坐以待毙下去了。"

柳吟是午时醒来的，这次刘嬷嬷倒没有再催她。感觉自己没有那么晕后，她整个人也轻松了不少，起床后便让人传膳。

怕柳吟高烧不退，刘嬷嬷守了一夜。直到晨间听殿下说太子妃的烧已经退了，她才松了一口气，就怕这小祖宗有个什么好歹。

烧虽然退了，柳吟的风寒却没有好，鼻音格外重。事实证明她以后一定要加强锻炼，可不能应了那句话——风一吹就倒。

"有个好消息，小姐听了肯定会开心。"细云替她梳着发，笑道。

柳吟只是瞥了她一眼："你如今倒还会卖关子了？"

细云也不敢再瞒柳吟，低着头，认真地答道："奴婢听说，今日五公主向皇上自请去突厥和亲。皇上似乎气极了，竟然也答应下来，并命令礼部准备相关事宜，不日就和突厥使节一同离开。"

柳吟瞪大眼，有些难以置信，怎么也没想到五公主会自请去突厥和亲。谁也不知道突厥那个新大汗是老是丑，五公主还这么年幼，怎么会有这个胆子？

不知为何，柳吟忽然想起昨日在雨中的场景，或许这里面有隐情也不一定。

"不过奴婢还听说了一件事，沈太傅一直病重，皇上今日特意派人送了一些药材过去，还问及沈瑶的婚事，似乎对其极为满意。奴婢觉得皇上此举肯定不简单。如今各个成年皇子都已娶妻，皇上这意思是给其他世家公子赐婚，要不就是想让她给殿下做侧妃，您可不得不防啊。"

细云一个劲地分析，刘嬷嬷进来了，睨了她一眼："皇上前些日子就与皇后娘娘提过充实东宫，如今再召见沈姑娘，心思还有何不明白的？"

柳吟梳好发，默默来到外殿吃东西，突然觉得有些心里有些不舒服。不过也是，身为储君，东宫肯定不能只有寥寥几个人，否则就是她不称职了。

柳吟正喝着粥，忽然从屋外进来一个人，看到她后，立刻谄媚地屈身行礼："奴才叩见太子妃。"

柳吟咬着包子，瞥他："什么风把禄公公吹来了？"

小禄子神色一变，躬身继续赔笑。纵然他也不知道自己哪里得罪太子妃了，可还是低头道："殿下让太子妃待会儿去书房一趟，说……您这几日都未曾抄书。"

"才不去。"

柳吟咬着包子，一脸严肃："我病了，要休息，而且我这里也有书房，为什么要去殿下那里？要是看到了什么不该看的，又要说我是奸细，我以后再也不要去那个地方了。”

刘嬷嬷看了柳吟一眼。

小禄子一脸为难地站在那里。也不知道太子妃又怎么了，闹脾气都闹到殿下这里了，胆子可真大。可他总不好就这样去回话吧？

“你还愣着做什么？我说我病了，我要休息，今日不抄书。”柳吟轻哼一声，喝了一口粥，突然又补充一句，“以后也不抄了！”

本来她就病了，为什么还要给自己找罪受？她又不要做书法大家，那个沈瑶的字那么好看，干脆去找她好了。天天红袖添香的，多自由自在啊。

“这……”小禄子苦着脸看了一眼刘嬷嬷，无奈地退出去。

等人一走，刘嬷嬷顿时看着柳吟，满脸严肃：“您又与殿下闹什么性子？”

她真是要叫祖宗了，病才刚好就折腾，如今居然还给殿下甩脸子，一定是昨夜烧糊涂了。

“我又没有说错，我本来就病了，待会儿还得喝药呢。”柳吟嘟囔一声，继续若无其事地喝粥。

刘嬷嬷摇摇头，无可奈何地走了出去。她怕自己有一天会被这个小祖宗气死，人家都是巴不得亲近殿下，这位倒好，居然把人往外推。等以后东宫里的人多了起来，她连哭都没地方哭。

用完膳，柳吟又喝了药，然后一个人靠在软榻上看书。这都是她那天从宫外带来的话本，虽然故事粗俗，但打发一下时间还算不错，比那些文绉绉的古籍好看多了。

许是跟她心有灵犀，没过多久，六公主居然找上门了。她手里还拿着两个荷包，一副含羞带怯的模样，不用看也知道是为了什么。

“表姐，你快帮我看看，哪个好看些？”

面对递过来的两个荷包，柳吟扫了一眼，意味深长地说：“送情郎啊？”

六公主瞪了柳吟一眼，别过头来把荷包收好："表姐真是一点也不害臊。"

柳吟瞥了细云一眼，后者立刻带着其他人退出去，顺带关上门。柳吟这才把手里的书递过去："穷书生和落魄千金的故事要不要看？"

六公主扫了一眼柳吟递过来的书，觉得眼前一亮，很快又别过头去，似乎对这些一点也不感兴趣。

"鸳鸯戏水……不是绣给情郎的还是给谁的？"柳吟笑着拿过桌上的葡萄扔进嘴里。

六公主的脸涨得通红，她只是拿不定主意哪个更好看，又不想问其他人，没想到一下就被柳吟猜出来了。

"好了，有什么可害臊的，你们都要成亲了，这不是很正常吗？"说到这里，柳吟忽然神秘兮兮地说，"我这里还有一本教房事的书，可以给你看看。"

那是刘嬷嬷给的，她已经看完了，没有一点意思。

"表姐……"六公主被柳吟说得越来越害羞，最后还是拿出那两个荷包，"到底哪个更好看呀？"

柳吟咬着葡萄扫了一眼，抬手指着另一个："这个吧，颜色大气些。那个粉色给你自己戴还差不多，一个将军戴一个粉色的荷包出去，你觉得合适吗？"

六公主一噎，倒是没说什么。她本来就没想着对方能戴出去，这也只是她的一片心意而已。

"那……我过几日去西山时再给他。"六公主小脸一红。

柳吟顿时眉毛一挑："西山？"

见柳吟还不知道，六公主顿时认真地解释起来："父皇过几日要去西山狩猎，难道表姐不知道？"

柳吟默默地轻咳一声，这种事怎么从来没有人告诉过她？

"那我先走了，过几日我要和表姐同坐一辆马车。"

许是知道了答案，六公主红着脸握紧了荷包，迈着小碎步快速离去。

柳吟默默地拿起一块糕点咬了一口，这下惨了，她刚和秦砚吵了架，对方该不会不带她出去了吧？

柳吟越想越有这种可能，突然有些坐立不安。犹豫再三，她还是起身，让刘嬷嬷叫厨房做几盘糕点。后者心领神会，顿时松了一口气，这小祖宗总算是看开了。

脸面这东西向来都不存在，又不能吃。

柳吟提着食盒来到书房门前，小禄子看到来人，顿时脸色一变，随即又低下头憋着笑。但他还是给柳吟行了一礼，丝毫不提之前的事。

柳吟知道他在嘲笑自己，瞪了他一眼，便一把推开房门。进去后只见秦砚正在写什么，神情一如既往地平静，哪怕听到开门声也没有任何反应。

柳吟深吸一口气，关上门，立刻提着食盒走过去，放在桌上，再从里面拿出几盘糕点："太子哥哥，你快尝尝，可都是刚出炉的。你每日操劳政事，可得多注意身体，切不能累坏了身子。"

秦砚似乎在写书信，没有什么反应，面容依旧清冷淡漠。

就知道会是这样，柳吟轻车熟路地走到他身后，不轻不重地给他捶着肩，又凑过脑袋在他耳边吹了一口气："太子哥哥……"

下一刻，一支笔忽然抵在柳吟的眉心，以阻止她的靠近。秦砚依旧头也没抬，声音清冷："不是再也不来本宫这里了吗？"

柳吟："……"

"诬陷！绝对是诬陷！"柳吟义愤填膺地瞪着门外，"小禄子也太过分了，他肯定是对臣妾有意见，不然怎么会陷害我呢？这也太歹毒了，我这就找他进来问个清楚！"

柳吟刚迈步，就感觉胳膊一紧，整个人被拉入怀中。当对上那双深不见底的黑眸时，她有些心虚地移开视线。

"今日可还有何不适？"秦砚抬手覆上柳吟的前额。

柳吟微微摇头，直到耳郭微红，她才悄悄拽住秦砚的衣袖，轻声道："我听说过几日皇上要去西山狩猎？"

秦砚瞥了她一眼，继续写字：“嗯？”

柳吟的小手忽然环上他的腰，面上带着一抹讨好的神色：“我……可以一起去吗？”

秦砚没有说话，只是意味不明地看了柳吟一眼，又继续提笔写着书信。

柳吟撇撇嘴：“不去就不去，殿下一个人去好了，回来的时候刚好多一个侧妃。人家琴棋书画样样精通，字又那么好看，必定日日红袖添香。哪像臣妾这么粗鲁野蛮，没有半点可取之处。”

柳吟想从秦砚怀里下来，腰间骤然一紧，耳边忽然多出一道温热的气息：“你便是因为这个给本宫脸色看？”

秦砚的嘴角扬起一个弧度，望着眼前这张愤恨的小脸。许是感受到那灼热的视线，她整个人都不自在起来，连忙去掰腰间的手。

“我……我才没有，我不去就是了。人家病了，要回去喝药。”柳吟使出吃奶的力气也未曾掰开他的手，脸涨红了一片。

秦砚用手托起柳吟的下巴，低头覆上那张喋喋不休的小嘴，大手握住她的后脖颈，一寸一寸地夺走她所有呼吸。

柳吟的小手紧紧抵在秦砚肩头，她费力地呼吸着，眼珠子一转，忽然主动迎合，刚准备咬他一口，后脑勺就突然一疼。

“如今胆子越发大了。”秦砚目光暗沉地盯着她嫣红的小嘴。

柳吟别过头，揪着他的衣袖，顿时红了脸，支支吾吾道：“我……我做了什么？”

对，她明明什么也没有做呀。

秦砚的神色清淡：“不是要去西山狩猎吗？”

柳吟：“……”

秦砚一只手揉着那软软的纤腰，另一只手继续写着自己的东西。

“殿下。”

小禄子走进来，看到坐在殿下怀里的太子妃时，顿时低下头，认真地说道：“皇后娘娘派人传话，让您和太子妃待会儿一同过去用晚膳。”

闻言，柳吟眉头一皱，看着秦砚："我……我可以不去吗？"

可想而知，这次过去肯定会被狠狠地教训一顿。她也没想到自己这身体这么弱不禁风啊，一下就病了。

小禄子默默抬起头，又加了一句："皇上也在。"

柳吟顿时垮下脸，也不知为何，她一看到皇帝就瘆得慌，特别是皇帝最近还收回了她哥的兵权，也不知道到底想对柳家怎么样。

"我……我的烧还没退呢。"柳吟立刻虚弱地捂着额头。

秦砚没有说话，就这么盯着柳吟。她撇撇嘴，默默地从他怀里出来，皱着一张脸出了书房。反正皇后也在，应该不会出什么事。

柳吟回到听雨阁，又喝了一碗药，才换了一身衣裳。等小禄子过来了，她便和太子一起前往长春宫。其实她很想问五公主的事，却又不知该如何开口。万一不是他帮的忙那就尴尬了，她没想到五公主会自请去和亲。

当天边最后一抹霞色消失时，整个长春宫已经燃起了烛火。外殿守着御林军与宫人，待看到来人时，立刻伏身行礼。

王海也守在外面，看到两位，连忙迎上来："奴才见过太子殿下，见过太子妃，皇上与皇后娘娘刚刚还在念叨殿下与太子妃呢。"

柳吟看了一眼外面昏沉的天色，心里莫名压抑起来。每次看到皇上，她都会觉得自己的存在是那么渺小。人家一句话就能要了她的命，也一句话就能定柳家的生死。

"因为一些事耽搁了。"秦砚看他一眼，迈步踏入殿内。

柳吟赶紧跟上，内殿里守着不少伺候的宫人，气氛格外沉寂。待行至深处，才见软榻两处坐着人，似在下棋。柳吟纵然棋艺不深，却也看得出双方似乎陷入了僵局。

"儿臣给父皇、母后请安。"柳吟立刻躬身行了一礼。

听到声音，皇帝无奈地笑了一声："你们这母后啊，当真是让朕刮目相看。才不过数日未与她切磋，这棋艺都要赶上朕了。"

皇后笑道："那也是皇上让着臣妾，不然臣妾怕是一盏茶的工夫都撑不到。”

皇帝笑着让人传膳，随后来到长桌前坐下。他似乎今日心情不错，儒雅的脸上满是和煦的笑意。或者应该说他近日心情都不错，除了五公主的事让他动了怒，朝中一切都在按着他心中所想进行。

待宫人上好菜肴后，他亲自给一旁的儿子满上一杯酒，眉宇间带着和蔼：“朕也好久未与你这样喝过一杯了。”

柳吟坐在那里，筷子都不敢伸太长，只能夹面前那道她最讨厌的清蒸鱼头。皇后显然没那么拘束，还笑着给皇帝夹菜，似乎根本不知最近朝中发生的事。

“父皇的身体不如以往，切莫贪杯。”秦砚不紧不慢地说道。

内殿气氛似乎很和谐，皇后也关切地说了一句：“太子说得是，皇上可不能不听太医的话。”

皇帝却摆摆手：“今日难得朕高兴，你便让朕与皇儿喝几杯，不会有事的。”

柳吟低着头默默地扒着白饭，想着自己回去一定要让厨房多做些好吃的才行。还好皇帝不经常找他们用膳，既然是父子交心叙旧，那找她过来做什么？

“此次江南水患，你觉得派谁前去治理好？”皇帝抿了一口酒，目光变得幽深起来。

秦砚瞥了一眼坐在旁边扒米粒的人，夹了一颗狮子头放进她的碗里，神色如常：“郁宏光在苏州做了几年巡抚，对江南一带地形较为熟悉，儿臣以为派其去为佳。”

皇帝看到秦砚的举动，眼睛一眯，停顿了半晌，才重新饮了一口酒，语气平静：“话虽如此，可此次赈灾银两数额略大，交给他一人，朕终归有些不放心。”

柳吟看到碗里忽然多了一颗狮子头，忍不住偷偷抬头，看了一眼秦砚，又继续吃饭。好吧，其实有时候秦砚还是很体贴的。

“朝中官官相护的风气一向严重，江南一带官员更是如此，此次赈灾银的确难以不被人中饱私囊。若是水患越发严重，那儿臣只能亲自前往江南一趟，百姓之事万不能耽搁。”秦砚的神色也逐渐严谨起来。

闻言，皇后慢慢垂下眼帘，又夹了一筷子菜放至皇帝碗中，轻声道：“皇儿说得有理，臣妾也一直听闻江南一带奢靡之风甚行。太子此去若能整治一下当地官员的糜烂之风，也是一件好事。”

看着碗里又多了青菜，柳吟继续低头吃着饭。皇后眼中含笑地看着这一幕，不时地也给侄女添菜。

“且先派郁宏光去看看，赈灾银先拨一部分。你手头上事务繁多，其他几个兄弟若能有你一般能干，朕也就心满意足了。”皇帝轻叹一声，似有忧虑。

不知想起什么，皇帝忽然又看着秦砚：“近日沈太傅重病一直未愈，他也算肱股之臣，亦是你的老师，其女也算才貌双全。如今东宫伺候你的人的确少了些，朕有意将那沈瑶赐给你做侧妃，也好替吟儿分担一下。”

整个殿内的气氛顿时一变，就连皇后也是低着头慢条斯理地用膳，似乎并不打算插嘴。柳吟就更是如此，她算是明白皇帝叫自己过来的目的了，当着她的面赐侧妃，她肯定不能说什么，不然就是她不够大度。

说到这里，皇帝的视线忽然落在柳吟身上，和蔼一笑：“吟儿觉得如何？”

突然被点名，柳吟恭敬地回道：“沈姑娘乃是出了名的才女，给殿下做侧妃自然是最好不过了。”

难道她还能说不吗？

秦砚眼帘一掀，神色没有丝毫波动：“父皇的好意儿臣心领了，只是太傅之女虽娴静，但并非儿臣中意之选，给四弟为妃倒是正好，也能收收四弟的性子，父皇觉得如何？”

皇后抬手轻拭嘴角，掩住那个弧度，也跟着认真地说道：“子汇这孩子的确也该成家收收心了，免得淑妃妹妹终日操心。”

皇帝扫了两个人一眼，忽然放下手中的银筷，脸瞬间沉了下来，眉头一皱，骤然起身，大步往外走去：“王海。”

“奴才在！”

突然看到皇上面色不虞地从里面出来，王海忙跟上去。他又回头看了一眼，似乎不明白到底发生了何事。

柳吟没想到对方会突然动怒，等皇帝一走，顿时松了一口气，还有些害怕。她刚刚可是同意了的，这可不关她的事。

皇后似乎并不担心，看着秦砚淡淡一笑：“母后知晓你不贪恋女色，不过纳妾一事到底还是难以避免，只要你有心护着吟儿就好。若是能早些诞下子嗣，自然是最好不过了。”

柳吟被几颗米粒呛到，赶紧端过一旁的茶灌了一口。直到发现一旁的人正看着自己，她又埋下头，耳郭通红。

“母后说得是，儿臣自会放在心上。”秦砚微微颔首。

皇后的眉眼间全是笑意，没想到成亲后太子的态度会变化这么大，看来老天又给了她们柳家一条生路。

好不容易用完膳，柳吟只想赶紧回去，不过皇后却让她留下，不用想也知道是要教训她。没想到秦砚根本不管她，居然一个人先走了！

不出意外，柳吟被皇后极其严肃地教育了一顿。无非就是说快些生孩子，多与太子亲近些，这样柳家才能有路可行。

戌时快过了柳吟才回到东宫。她的想法和别人不一样，树大招风，柳家败落是不可挽回的事情。哪怕皇帝不铲除，以后秦砚也不会让柳家继续一手遮天，保住柳家的根本才是最要紧的。不过很可惜，权力的诱惑太大，不管是她爹还是皇后，没有一个人肯听她的。

没过几日，五公主便随突厥的使节走了，其中缘由无人知晓。只是柳吟觉得这也突显了皇家的无情，因为颜面，就连亲生女儿也能舍弃，着实让人心寒。

去西山狩猎这天天气还算晴朗，不过秋风一吹到底带了几分凉意。因为是皇帝出行，随行的御林军好似一条长龙，百姓们纷纷避让。

柳吟并未与秦砚同乘一辆马车，她跑到了六公主的马车上。六公主许是第一次出京城，显得格外好奇，不时地伸出脑袋看外面的风景。

“表姐，你说我待会儿要怎么给他呀？”

柳吟靠在一旁看着话本，听着六公主那含羞带怯的声音，眼帘一掀，就见六公主一脸忐忑的模样，赫然春心萌动，哪像一开始哭天喊地不要嫁给一个野蛮人的样子。

“直接给呀，要不你让宫女偷偷叫他出来再给也行。不过我告诉你，女子不能太主动，不然会被人看轻了。”柳吟一脸严肃地说。

六公主好像被吓到了，只能呆呆地看着手中的荷包：“那……那该怎么办？”

柳吟轻笑一声，弹了一下六公主的脑门：“你傻吗？只要他有心，你只要一个眼神，他便知道你要做什么，哪里还需要专门去叫他。这里又不是皇宫，没那么多顾忌，只要不去偏僻的地方就好。毕竟你们尚未成亲，多少也忌讳一下。”

六公主不由得小脸一红，立刻点点头。

西山在京城的南边，风景自是不必说，直至申时她们才到山谷外扎营。行了一路，皇帝肯定要明日才会带人狩猎，这时山谷里里外外全是御林军守着。

等营帐扎好以后，柳吟才和六公主一同下了马车。远远望去，树木郁郁葱葱，天高云淡，头顶不时地飞过一群鸟，风景自然不是皇宫可比拟的。

“表姐，那不是表哥吗？”六公主看向东边。

周围皆是巡逻的御林军，还有一些随行的官员经过。柳吟顺势望去，也看到了她大哥牵着一匹马和几个人在那里说笑。见此，她立刻带着六公主走过去。

走近了才看清那是夏邑和三皇子一行人，并且贺冀也在。虽然知道对方要造反，可众人依旧一副关系极好的样子，逢场作戏似乎是每个人的必备技能。

“大哥！”

柳吟提着裙摆走过去，看着他们手里牵着的马，好奇地问道：“你们要去哪里？”

“见过太子妃。”夏邑立刻拱手行礼。

贺冀牵着一匹棕色骏马，目光若有似无地扫过柳吟，清朗的脸上带着一抹淡笑。

看到柳吟，柳霖笑着拍拍她的肩：“你来得正好，大哥正要去那边林子里转一圈，看看有没有什么山鸡野兔，好晚上烤给你吃。怎么样，要不要跟我去转转？”

“打猎？”六公主似乎有些新奇。

柳吟眼前一亮，赶紧点头：“那你等我一下，我去和太子哥哥说一声。你千万要等我啊！”

说着，柳吟就提着裙摆跑了。柳霖失笑不已，本以为妹妹做了太子妃能稳重一些，没想到还是这样跳脱。

营帐周围皆是巡逻的御林军，守卫森严。秦砚身后跟着几个工部的官员，一个个都低着头汇报着江南水患一事。

“殿下，近日江南一带的雨势并不见减少，微臣认为还是先修建房屋为好。”

另一个官员却不赞成：“眼下百姓流离失所，必须得控制他们流于其他城镇，以免带来不必要的麻烦。”

秦砚走在前头并未说话，看到从那边急匆匆跑过来的身影，似乎有什么急事。

柳吟看到有官员在这里，也知道对方是有正事。她立刻走过去扯住他的衣袖，眼巴巴地说：“殿下，我可以和大哥去周围转一下吗？”

四目相对，秦砚薄唇微启：“不行。”

后头的官员忍着笑，躬身行礼：“微臣见过太子妃。”

柳吟瞪大眼，也顾不得有人在，不甘地问：“为什么？”

她和自己的亲哥哥一起，又不是别人，而且周围又有御林军守着，能出什么事？

秦砚瞥了她一眼，直接走在前头："送太子妃回营帐。"

柳吟："哼！"

几个御林军欲言又止地守在柳吟身侧，做了一个"请"的手势。柳吟瞪着那道渐行渐远的身影，最后攥着拳头一路回到营帐，再让细云去告诉大哥，自己不过去了。

柳吟从没见过这种心思莫测的人，而且又专制独裁。如果是别人也就算了，那可是她同父同母的亲哥哥。这都不让人出去，是不是以后连她和她爹说句话也不行了？

柳吟越想越气，营帐外还真守着几个御林军，分明就是不让她出去。那她还来这里做什么？还没有在皇宫自在呢。

随着夜幕降临，山谷里的晚上凉风习习，带着一抹袭人的寒意。偌大的营帐里烛火幽幽，柳吟才刚沐浴完，正用布巾绞着头发。直到屋外响起阵阵脚步声，帘子才突然被人撩开。

"表姐。"

六公主端着一盘烤鸡笑吟吟地走进来，眉飞色舞："我下午和表哥他们去那边的林子里转了一圈，有好多野鸡和兔子。表哥非要把那只兔子烤了，我和他争了好久才抢过来。虽然偷偷放跑了，但它受了伤，也不知道会不会出事。"

说到这里，六公主叹息一声，突然将烤野鸡放在桌上："这是表哥让我给你拿来的，表哥说以前在边关扎营时经常烤这个。我刚刚试了一下，可好吃了。"

见六公主越说越起劲，柳吟就更郁闷了。她现在都怀疑自己是不是又哪里得罪秦砚了，不然他为什么要这样对她？

柳吟苦着一张脸，默默撕下一个鸡腿，张嘴咬了一口，瞬间眉眼一舒，这手艺的确不错。

"殿下。"

屋外忽然响起御林军的见礼声，柳吟赶紧把鸡腿放下，皱着一张脸去洗手。然后她就直挺挺地躺在床上，顺势将被子拉高，瞬间没了身影。

看着柳吟这一连串的动作，六公主有些回不过神。待看到来人时，立刻老实地低下头："皇兄。"

秦砚的目光扫过桌上那盘烤鸡，不咸不淡地"嗯"了一声。见此，六公主立刻出了营帐。其实她每次看到皇兄都有些害怕，也不知表姐每日是如何过来的。

营帐外不时地响起虫鸣声，看着床榻上那团鼓鼓的被褥，秦砚走到书桌前坐下，那堆积如山的折子丝毫不见减少。

见外面没有动静，柳吟这才悄悄抬起头。只见秦砚正坐在那里看公文，桌上的折子一本比一本厚。这几日他似乎特别忙，晚上也没有过来找她。听刘嬷嬷说他经常在书房忙到半夜，没想到他出了皇宫也这么忙。

柳吟心中的怨气好像消退不少，她觉得他不让自己出去说不定有其他原因。他都忙成这样了，她却四处乱跑，的确有些说不过去。

柳吟也没有去打扰他，等她迷迷糊糊醒来时，营帐里还亮着烛火，秦砚依旧眉头微蹙地坐在那里看公文。

也不知道是什么时辰了，柳吟只是迷迷糊糊地叫了一声："太子哥哥……"

秦砚抬手揉了一下眉心，放下公文，回头看了一眼床榻。却见柳吟又闭上了眼，莹白的肌肤上没有丝毫瑕疵，小嘴不知在嘟囔着什么。

周围陷入一片黑暗，迷迷糊糊间，柳吟只感觉自己被拥进一个熟悉的怀抱。她找了一个舒服的睡姿，哼哼唧唧："这么晚了，表哥都不用休息吗……"

黑暗中，淡淡的清香萦绕在呼吸间。秦砚逐渐闭上眼，放缓声音："宫外不比皇宫，随时都有危险，不要四处乱走。"

柳吟迷迷糊糊地"嗯"了一声后，呼吸又绵长起来。

当一切重新归于平静，秦砚忽然眼帘一掀，目光复杂地看着怀里的人，大手一寸一寸抚过那精致的眉眼，神情晦暗不明。

第九章

山谷里的夜星辰点点，晚风习习，火盆里的木炭烧得噼里啪啦响。巡逻的御林军一批又一批行过四周，警惕地扫视着周遭，随时提防意外发生。

清晨的山谷是最宁静的，柳吟醒来时身边已经空荡荡一片，莫名给人一种他一夜未睡的感觉。本来她还想多睡一会儿，不过很快细云就端着洗漱用具进来了。

“小姐，您不是要看日出吗？怎么还睡得这么晚呀？”

柳吟睡眼惺忪地看她一眼：“我就是说说而已，谁还真起这么早的呀。”

也不知秦砚一大早做什么去了，柳吟又赖了一会儿床，最后才依依不舍地下床穿衣。本以为能去狩猎的，所以她带了很多轻便的衣服，不过现在看来是她多想了。

柳吟洗漱好后，又用了早膳。出去时，一阵凉风扑面而来。为了自己的身体着想，她又默默去里面加了一件披风。营帐的另一头已经候着不少御林军，还有一些官员也都围在那里。只见皇帝已经坐在马上，精神奕奕地接过禁军递来的弓箭。周围皆是全副武装的禁军，显然是要随时护驾。

“哈哈哈，朕倒是许久没有出来走动了。看着你们这些年轻人，朕也觉得回到了那气血方刚的年纪。”皇帝骑在马上笑了几声。

周围的世家子弟赶紧吹捧：“皇上正值壮年，自然是意气风发。论狩猎，我们这些人必定没有皇上经验丰富。”

“是啊，今日的头筹定是皇上的，微臣还得与皇上多学习狩猎经验才是。”

众人你一言我一语，皇帝笑而不语，目光却投到一旁的镇南王身上：“记得朕也许久未曾与爱卿一起狩猎了，上次还是二十年前。如今朕与你都老了，这时间过得可真快呀。”

镇南王牵着马，拱手道：“微臣怎及皇上？况且太子殿下完全继承了皇上的风姿，犬子是拍马也及不上的。”

秦砚身着一袭玄色劲装，身下是一匹棕色骏马，气势内敛，又带着一抹凌厉，全程一言未发。皇帝看到他，忽然四处望了望：“吟儿那个丫头呢？”

秦砚只是淡淡地回道：“她刚病愈，儿臣让其在营帐里休息。”

皇帝却是笑了：“那丫头一向跳脱，如今怎么闲得住？还是带她一同去吧，莫要等回了宫，她再去皇后那里告一状，说你不带她出去游玩。”

一时间，其他人也跟着笑出了声。秦砚眉头微蹙，正欲说些什么，却见两个御林军已经带着柳吟走了过来。她身着一袭月蓝色罗裙，还披着一件青色披风，走过来时似乎还有些茫然。

“朕知道你这丫头必定闲不住，待会儿让你大哥陪你去外围转一圈，切不能乱走。”皇帝一脸严肃地看着柳吟。

面对众人投过来的视线，柳吟有些不解。她可没说要跟着一起去，怎么皇帝还主动要带上她？

秦砚看了一眼皇帝，忽然驱动身下的马来到柳吟身前，手一伸：“上来。”

看到这一幕，其他人眼神一变，看起来太子殿下对太子妃还是有几分宠爱的。

柳吟愣了一下，看着对方伸出的手，犹豫了一下，才慢慢抬手搭上去，一把被拽上马背，整个人都被秦砚圈在怀里。

皇帝眼睛一眯，忽而笑道：“今日拔得头筹者朕有重赏。镇南王，今日你可不能再藏拙了。”

后者讪笑一声：“微臣不敢。”

众人看到皇上出发，却不敢跟上，只能把目光投向他们的太子殿下。等太子殿下走到前面，他们才敢策马跟上。

西山很大，一入林子，四处皆是灌木草丛。秦砚身后还跟着柳霖等人，贺冀也策马紧随其后，看着前面的人笑道：“今日还想着与殿下比试一番，如今看来只能与柳将军比试了。”

话至此处，前方忽然跃过一只刺猬。秦砚眼睛一眯，突然拔出身侧的长弓，搭上箭弦，猛地射出一支离弦之箭，刺猬顿时倒在了血泊中。

没见过那么远都能射中的，柳吟一时有些新奇，身后的人多看了她一眼。

“我也早想跟世子切磋一下。怎么样，今日输了的人请对方喝酒如何？”柳霖爽朗地笑道。

“那我就等着柳将军这顿酒了。”贺冀说着，忽然余光一扫，顿时拔箭射向某个方向。

未等他箭落，草丛里突然传来一声呜咽，一只黑狐顿时倒下来，身上赫然插着一支长箭。

柳吟感觉那支箭从她耳边擦过，她忍不住咽了口口水，慢慢回头看了秦砚一眼。却见后者只是随手将弓箭丢给侍卫，神色一如往常。

“殿下果然好箭法。”贺冀淡淡一笑。

秦砚拉着缰绳，策马往深处走。他忽然道：“你们随意即可。”

后面的御林军赶紧跟上，可不能让殿下在这深林中发生什么危险。

贺冀幽幽地望着那离去的身影，继而策马往另一头奔去。

周围皆是郁郁葱葱的树木，不时还有小动物仓皇经过。柳吟往后看了看，好奇地问道：“为什么不和大哥一起？”

就他们两个人多没意思啊，打猎要人多才热闹。

秦砚看着柳吟不解的小脸，忽然低下头，目光一闪：“怎么，和本宫一起委屈你了？”

柳吟顿时一本正经道：“能和太子哥哥单独在一起，我巴不得呢。”

秦砚不咸不淡地看了她一眼，继续策马行在林间。他也不打猎，只是让御林军捉一些兔子，不知有何用。

清风拂面，柳吟歪着脑袋去看秦砚：“捉这么多兔子做什么？”

难道他一个大男人还喜欢养这些小东西？

秦砚神色平静：“女子不是都喜欢吗？”

柳吟红着脸定定地望着前头的树木，小手轻轻揪着缰绳，目光顿时闪烁起来。

见那一队御林军捉了一袋兔子，她忍不住看着秦砚：“我不喜欢这些，我喜欢烤野鸡，我想待会儿回营帐自己烤，肯定比大哥弄的好吃。”

秦砚没有说话，只是看了一眼那几个御林军，他们立刻又把袋子里的兔子全放了。

“其实我也会做饭，只是味道比不上宫里的御厨而已，有时间我亲手做几个菜给表哥试试？”

柳吟揪着那根缰绳，又喋喋不休地念叨起来：“姑母一直都想给大哥和王家那个姑娘说亲，可父皇好像不愿意。但五公主都去和亲了，难道大哥要一辈子打光棍吗？”

马不急不缓地行在林间，直到御林军手里提满了猎物，柳吟才心满意足地继续拍着马屁。更重要的是那个老皇帝不在这里。

直到他们来到一处树木密集的林子里，一声狂吼猛地传遍整个山林。柳吟吓了一跳，身下的马突然加快速度。待前面的场景越来越清晰，只见一棵小树下竟倒着一只庞大的黑熊，身上插着许多箭羽，血迹从很远的地方一路漫延过来，如铜铃般的双目瞪得老大，骇人不已。

“哈哈哈，世子可就棋差一招了。对于这种猛兽，我在边关不知猎了多少。”

随着一道爽朗的声音传来，马蹄声也越来越近，只见柳霖持着弓箭快速往这边奔来。待看到自家妹妹，他顿时笑道：“幸好你这丫头不在，不然非吓哭不可。”

柳霖身后的侍卫已经拖满三个大袋子，可见收获颇丰。不远处的贺冀亦是如此，两个人算是旗鼓相当。不过这头黑熊似乎是柳霖猎下的。

柳吟骤然沉下脸，顿时一脸不满地瞪着对面的人：“你才被吓哭！难怪爹爹说你是个野蛮人，的确如此。”

“你这丫头……”柳霖不与她计较。

兄妹俩大眼瞪小眼，策马过来的贺冀轻笑一声：“柳兄神力，在下甘拜下风。”

虽然只是三言两语，可看那头黑熊身上的伤，便知刚刚必定经过了一场恶战。一些御林军都仰慕地望着柳霖，难怪数届武状元都无一人是柳将军的对手。

“过奖。我倒一直都想与张大人切磋一二，改日定要寻他比试比试才行。”柳霖眼中弥漫着一股浓烈的兴趣。

如果所有官员都像他大哥这么直爽，朝廷哪还有这么多黑暗。柳吟好奇地看秦砚：“我听说张大人一只手就打败了所有竞选武状元的人，肯定很厉害。”

秦砚没有说话，把目光投向东南方。不多时，只见那边突然急匆匆地奔来一匹烈马，一个禁军神色严峻地翻身下马：“属下见过殿下，皇上在狮子林那边遇袭，情况紧急。”

众人皆神色一凛，贺冀立刻皱眉问道：“我父亲如何？”

禁军如实回道：“镇南王为救皇上受了伤，情况不明。”

柳吟有些紧张地左右环视起来，柳霖顿时掉转马头，看向秦砚：“殿下不如和太子妃先回营帐，皇上那边有微臣与世子即可。”

虽说皇上在打压柳家，可该做的样子还是得做。他自然要过去救驾，免得落人口实。

秦砚并未言语，贺冀也是如此，神色凝重。整个林子寂静得让人心惊。

不知从哪里射来一支利箭，秦砚顿时按下怀里的脑袋，长箭骤然射进一棵树木中。

柳吟感觉到耳边掉了一根头发，她屏住呼吸，心跳疯狂加快，手心也不自觉地冒起汗。

刹那间，四周突然跃出一大批黑衣人，手持长剑快速将几个人包围，御林军顿时执剑迎上去。

没想到这里也会有刺客，柳霖粗眉一皱，抽出佩剑瞬间跃入刺客群中。不过刺客的身手极好，他的神色逐渐变得凝重起来。

“殿下与世子先走，这里有微臣拦着。”他高声喊道。

贺冀也不说话，抽出长剑跃入人群中，顿时缓解了柳霖不少压力。

这时，又是一支长箭破空袭来。柳霖险险一避，可衣裳还是被划了一道口子，身边的御林军也在逐渐减少。

柳吟一言不发地扶着马背，努力告诉自己要冷静，都是些小场面，肯定没事。

秦砚忽然搂着柳吟腾空跃至一处无人之地，手中不知何时多出一把弓箭。他将箭对准西边草丛中的某个方向，骤然射去，那边瞬间倒下一个黑衣人。

秦砚并未过去帮忙，只是抬手捂住柳吟的双眼，神色如常：“不要怕。”

柳吟也不敢看，扭过头紧紧闭上眼，小手紧紧抓着他的胳膊，深呼吸。这是她第一次看到杀人……

地上一片残肢断骸，御林军基本没剩几个，不过柳霖和贺冀也不是吃素的。黑衣人见情势不利，突然齐齐地朝秦砚扑来。

那带血的长剑直直刺向秦砚怀中的柳吟，他眉头微蹙，用手中的弓箭抵住刺客的手腕，抬起一脚骤然将人踹至远处。

看到有人要伤害自己的妹妹，柳霖立刻挥着长剑砍杀剩下的几个刺客。不多时，整个林间都充斥着一股浓重的血腥味，刀剑碰撞声也逐渐销声匿迹。

“殿下如何？”

柳霖迈着大步朝两个人走来，身上满是血迹，却不见伤痕，应该都是刺客的。

贺冀身上也染了不少血迹，他蹲下身在刺客身上摸索，却并未找到什么有用的线索。这些刺客身手极好，配合极佳，不像普通的杀手。

直到没有听到厮杀声，柳吟才慢慢扭过头。纵然后背全是冷汗，她还是故作冷静地摇摇头，表示自己没事。

“你带她回去，本宫去父皇那里一趟。”秦砚的神色逐渐严肃起来。

柳霖刚想说什么，可看了看自己的妹妹，又点了点头。比起皇帝，当然是他妹妹最重要。

柳吟却有些心有余悸地拉住秦砚的衣袖，欲言又止道：“可是……可是那么危险，可以不去吗？”

周围浓烈的血腥味让人反胃，柳吟的目光里透着一抹希冀。秦砚定定地看她一眼，两根手指突然在她的耳边夹住一把小刀。锋利的刀锋划破他的指腹，流下一抹鲜红。

柳霖握着长剑往西南边的树上看去，猛地掷出一柄利剑。树上顿时跌落一个黑衣人，也不知藏了多久。

柳吟的身躯一震，赶紧上前几步，往后看了看，咽着口水抬手擦了擦额前的冷汗。当她看到秦砚指腹间的小口子时，顿时心一紧。

“表哥……你的手……”

秦砚随手擦拭了一下，目光灼灼地看向柳霖：“带她回去。”

说罢，秦砚翻身上马，策马奔向林中的另一个方向。柳吟几番欲言又止，最后还是老老实实地被柳霖扶上马。

许是担心自己的父亲，贺冀也立刻跟了上去。柳霖不敢耽搁，独自一人带着妹妹赶回营帐。纵然不懂朝中之事，他也知晓此事没那么简单。而且刚刚那个刺客为何要对妹妹下手呢？

一路回到营帐，许是早就收到皇上遇刺的消息，大批御林军都出去救驾了，柳吟则心有余悸地回到自己的营帐里。不多时，六公主赶了过来，似乎也被吓到，从未想过居然会有刺客。

营帐周围兵荒马乱，柳吟不时地让细云出去打探外面的消息。不知为何，她竟然有些不安，心绪一直平静不下来，脑海中也一直浮现秦砚的面容。

“表姐，你不要太担心了，皇兄一定会没事的。”六公主只好安慰柳吟。

柳吟十分烦闷地手撑着脑袋看向营帐外，能有这个能力早早地在西山里布好埋伏，还能知晓他们的路线，这世间没有几个人能做到。若说是那个镇南王自导自演倒是情有可原，只是她能明显感觉到那个刺客似乎是想杀了自己。难道他不是该杀太子吗？

“回来了，回来了！”

细云突然气喘吁吁地闯进来，指着外面道：“皇上……皇上他们回来了！”

六公主顿时紧张地问道：“皇兄他们可曾出事？”

细云摇摇头：“这个奴婢并不清楚，只是听说皇上受了伤，如今所有太医都去了皇上那里，并没有听见太子殿下受伤的消息。”

说到这里，细云突然认真地说道：“听说镇南王为了救皇上受了重伤，差点回不来了！”

柳吟皱着眉继续手撑着脑袋深思，她倒是想什么都不去管，可没想到这种事会发生在自己身上。就算是仇视柳家，可杀了她也无济于事呀。爹爹和皇后才是柳家的支柱，下一个这么大的手笔来杀自己，未免也太小题大做了，对方肯定还有其他目的。

当然，这并不能排除镇南王装模作样的可能。这个时候装出一副忠心救君的模样，若不是知道他要造反，柳吟差点都要信了。

不知为何，柳吟突然想到一种可能，会不会是镇南王双管齐下，一边派人去杀皇帝，一边派人杀她？如果她死了，贺歆就有机会成为太子妃。不过这也不对，即使皇帝死了，秦砚也会登基。秦砚早已协理朝政多年，就算皇帝死了，朝廷也不会大乱，除非对方还留有什么后手要谋害秦砚。

柳吟越想越可怕，她现在才明白她爹的感受。身在其位，后退是没有用的，因为已经成了别人的眼中钉、肉中刺，只能逆风而上。

“表姐，你放心好了，既然没有皇兄受伤的消息，那皇兄必定无碍。”六公主以为柳吟还在担心，不由自主地安慰了一句。

沉默片刻，柳吟忽然起身准备出去看看。可她刚出营帐，就被几个御林军拦住。他们恭声道：“殿下让太子妃在帐中不要外出。”

柳吟脚步一顿，看着外面兵荒马乱的场景，于是转身回到营帐里。她自然知道秦砚是为了她好，毕竟之前林子里发生的一幕还历历在目，可见宫外的确不安全。只是她又想起秦砚之前的意思，似乎早就料到宫外会有危险一样。

柳吟不了解秦砚在想什么，想问又不敢问。她也不知道秦砚对自己是什么想法，如果只是因为自己是他的太子妃，那为何之前在林中一直护着她？他平日虽然喜欢教训人，但对她很关心，就算口口声声说她是奸细，也未曾真正防备过她，就连看折子时也毫不避讳。

柳吟从不敢有什么自恋的想法，或许，只是因为她和他有过肌肤之亲，他下意识地维护她罢了。

柳吟出不去，只能靠细云不时地带消息回来。听说皇帝已经带着太子等人先行回京了，其他人再慢慢跟上，显然是怕再有什么意外发生。

没想到皇帝这么快就要回京，可见伤得并不重。而且对方带走了一大半御林军，张漠却留了下来，专门护送她们回京。

收拾好东西，等众人一路回到京城时已经临近傍晚。待回到东宫，柳吟第一时间就想去找秦砚问问情况，不过底下的人却说太子还在乾清宫，一直未回来。

发生了这样的事，宫里肯定很乱，明日又会是一番调查。柳吟也就不再等下去，今日的确把她吓到了，沐浴后便早早地回到床上休息。

更深露重，整个皇宫都笼罩在一片黑暗之中。沉寂的氛围像是暴风雨来临前的宁静，压抑在每个人的心头。

长春宫内还亮着悠悠烛火，皇后正一个人对弈，手执白子，望着棋盘，神情晦暗不明。

红杏从殿外进来，到皇后身边附耳道："信已经让人送出去了。"

皇后慢慢放下白子，秀丽端庄的面容上平静无波。烛火下，眼角那条细纹是那么清晰，她已经不再年轻。

"你怎么看？"皇后的语调毫无起伏。

红杏低着头，凝眉深思了一会儿："奴婢以为，此事颇为蹊跷。若是想加害皇上，为何还要派人刺杀太子殿下，而且还能知晓殿下等人的路线？要知道西山那么大，除非那些刺客一直尾随殿下。但以柳将军等人的察觉能力，不可能一直未曾发现，除非……"

"除非有人通风报信。"皇后轻笑一声。

棋盘上又落下一枚黑子，红杏立刻给她满上一杯热茶，认真道："听闻镇南王世子也与殿下在一起，娘娘的意思是镇南王动的手？"

皇后轻抚着茶盖，慢慢垂下眼帘："你可还记得先皇后。"

皇后突然出口的话语让红杏愣了一下，没想到她会提及此事，当即点点头："先皇后倒是个不一样的性子，一直不争不抢。当初难产时皇上都说保大，偏偏先皇后非要保小，不过好在皇上将太子殿下给了娘娘抚养。"

"难产？"

皇后忽然讥笑出声："你也是跟着本宫一起进宫的，到如今竟还相信这宫中的巧合？"

红杏神色渐变："奴婢的确怀疑过德妃娘娘，只是一直没有证据。"

"证据？这宫里最不值钱的就是证据。"皇后抿了一口茶，神色不明，“此事的确是她做的，那日她承认了。人之将死，本宫姑且信她一回。”

红杏倒是有些惊诧，没想到真是德妃动的手。不过也是，大皇子刚出生，若先皇后生了子嗣，必定就是太子。可就算没了太子殿下，难道德妃就能保证日后宫中没有其他皇子吗？

“你可还记得林家是如何败落的？”皇后悠悠地问道。

红杏立刻认真地回答：“奴婢记得当年林家比起柳家也不遑多让，老爷还与林大人起了不少争执，不过皇上一直都偏袒林家。只是先皇后去世后，林家也跟着一日不如一日。若不是有太子殿下帮衬着，怕是要跌出四大世家了。”

听到红杏的话，皇后的神情渐渐凝重起来，就这么定定地望着面前的棋局：“有些事本宫一直不明白，如今想来不是不明白，只是不敢明白，希望如今还来得及。”

许是睡得早，次日柳吟巳时就起来了。外面还带着秋日的凉意，宫女们在清扫着院中落叶，三三两两不时地交头接耳几句。

梳发的时候，柳吟发现细云总是欲言又止。她看了一眼其他宫女，后者识趣地退下，又见刘嬷嬷不在，柳吟才问：“发生了何事？”

难道是抓到行刺的凶手了？

细云握着梳子退后一步，神色怪异地低下头，半晌才支支吾吾道：“就是……就是奴婢听闻今日早朝时，此次遇刺一事交给陆丞相调查，不过大少爷却被人参了一本，说西山防卫是由大少爷负责的，出了这种事大少爷难辞其咎。虽然皇上相信大少爷，可此次遇刺大少爷的确有责任，如今已经被带去大理寺协助调查了。”

说罢，细云又道：“不过皇上还是相信大少爷的，就算进入大理寺调查，最后必定也不会如何。”

柳吟的心一紧，突然闭上眼，只觉得体内的气血都在翻滚。大哥是柳家未来的支柱，若是这时出了事，柳家等于倒了一半。那陆家和柳家一直都是死对头，皇帝此举什么意思昭然若揭！

“殿下可回来了？”柳吟忽然问道。

细云立刻点点头：“殿下是下了早朝回来的，如今应该还在书房。”

柳吟也顾不得用早膳，立刻起身往屋外走去，恰好撞上回来的刘嬷嬷。她也没有说什么，径直往书房的方向走去。

柳吟心中有太多疑问，什么都可以装聋作哑，唯独她大哥这件事不行。此事分明早有预谋，就算防备得再好又有何用？若是其他人也就算了，就怕陆家对她大哥用刑，一想到里这她就闷得慌。

柳吟一路来到书房，小禄子远远地看到她过来，当即迎上去：“奴才见过太子妃，殿下吩咐不让任何人打扰，要不……您还是迟些时候再来？”

柳吟看了他一眼，脚步未停：“放心好了，我就说是我自己硬闯的，不会连累你。”

眼看着书房的门已经被柳吟推开，小禄子顿时苦着脸，都这样了又如何能不连累自己？

小禄子知道太子妃是为何而来，只是柳将军一事实在错综复杂，昨日从西山回来后，殿下到现在也未曾休息。不仅江南水患越发严重，如今又出了柳将军这件事，殿下如何能不忙。

柳吟推开房门，往里面看了看，只见书桌前正坐着一个熟悉的身影。突然想起对方一夜未归，也不知道有没有休息，她合上门，迈步走了过去。

“太子哥哥昨夜可有休息？”柳吟轻声问道。

秦砚看着公文，并未抬头，只是不轻不重地“嗯”了一声。

见此，柳吟犹豫了一下，深吸一口气，慢慢来到书桌前，面上闪过一丝担忧：“我……我大哥会出事吗？”

秦砚低头看着折子，神情严肃，也不说话，只是提笔在上面写批注，也明白她只会因为柳家人来找自己。

“昨日的事殿下也看到了，刺客根本就是有备而来，就不能怪我大哥。当然，我并不是要替大哥开脱，正常调查自然是必需的。我就是担心陆丞相，他一直都是爹爹的死对头，万一公报私仇对大哥动刑可怎么办？”柳吟越说越害怕。

听着柳吟喋喋不休的声音，秦砚忽然抬手揉了一下眉心，脸上依旧不带任何情绪。

“那你想本宫如何？”秦砚的声音平静。

闻言，柳吟立刻上前几步，小手拉住他的胳膊，认真地说道：“殿下能不能……帮我照看一下大哥，别让他被人用刑。”

话落，整个书房忽然安静，柳吟有些忐忑不安地站在那里。不知为何，她突然觉得自己有些过分，秦砚似乎没理由帮她，一时间不由得慢慢松开了他的胳膊。

秦砚头一抬，目光如炬地看着柳吟，声音低沉：“在你心里是否只有柳家？”

四目相对，柳吟呼吸一窒，目光闪躲，一时间竟忘了如何回答。

“是否有嫌疑大理寺自会调查清楚，若因为本宫一句话便免去这个流程，从此以后规矩何在？”秦砚的声音微冷。

屋内的气氛逐渐凝重，柳吟慢慢低下头，粉唇紧抿，神色有些复杂。

望着眼前的人，秦砚眉头微蹙，随手放下手中的公文，神情淡漠地问道：“你嘴上的夫君可曾放在心里？”

秦砚冰冷的声音让柳吟心一紧，她的手紧紧攥成拳，就这么转过身去。她正欲迈步离去，胳膊却骤然被人拽住，然后猛地被拉入一个熟悉的怀中。

“你倒是比你父亲还会逢场作戏。”秦砚的目光毫无温度。

四目相对，柳吟莫名感觉鼻子一酸：“我……我不会再提大哥的事了……”

看着她闪躲的目光，秦砚有些愠怒：“这就是你想与本宫说的？”

她倒是深谙宫中这一套。

柳吟低着头，没有说话。比起最开始的拆穿，如今秦砚的直接更让她心慌。她吞吞吐吐地说："殿下……一直……一直都在我心里。"

"是吗？"秦砚的眼神越发冰冷。

柳吟不敢再待下去，刚想挣脱开腕间的手，下巴忽然被人捏住，粉唇骤然被人堵住，后背紧紧抵在桌边，所有呼吸瞬间被掠夺一空。

"嗯……殿……殿下…"柳吟瞬间红了眼眶。

秦砚大手紧紧握着她的后脖颈，粗重的呼吸喷洒在她的耳边。半晌他才皱着眉对上那双慌乱惊恐的眸子，神色略微阴沉。

"出去。"

柳吟红着眼眶快速从秦砚怀里出来，立刻跑出书房，连门也没关上。

秦砚扫过那道匆匆离去的身影，抬手揉了一下眉心，面上带着一抹疲倦。

柳吟一路回到听雨阁，把自己关在房间，盯着窗外那棵梧桐树发呆，眼泪莫名就流了下来。她也不知道自己在想什么。

从嫁进东宫那天起，柳吟就想着只要能好好活着就够了，反正秦砚那么讨厌她，她也一直以为秦砚是在逢场作戏。喜欢上一个未来的皇帝，这是她想也不敢想的事情，除非她疯了。

哪怕到了如今，她也不敢去想这个问题。可是她心里为什么会这么乱呢？

"小姐，夫人来了。"

屋外忽然传来细云的声音。闻言，柳吟一个深呼吸，对外面的人道："快让我娘进来。"

她娘从不会主动到东宫找她，这次她也能想到怕是因为她大哥的事而来。

房门被人推开，只见从屋外走进来一个身着棕色祥纹吉服的妇人。纵然鬓间带着白丝，可依稀能看出年轻时的秀美风华。待看到屋里人，妇人顿时屈身行了一礼："臣妇见过太子妃。"

柳吟立刻对细云使了个眼色，细云低下头慢慢关上房门，屋内瞬间只剩下两个人。

柳吟立刻快步迎过去："娘过来怎么也不说一声？"

张氏慢慢来到软榻上坐下，无奈地看了柳吟一眼："我刚从你姑母那里出来，怕你担心你大哥，便过来看看。"

"那大哥现在如何？"柳吟顿时紧张起来。

偌大的寝殿虽无奢华的摆设，但每一处皆极为讲究。想到前些日子女儿从太子那儿得来的《春山图》，可见这丫头在东宫倒并未受什么委屈，这也让张氏松了一口气。

"这个你不必担心，大理寺有你爹的人，你哥不会有事。陆丞相若当真想给你哥扣脏帽子，也不是那么容易。"

说到这里，张氏忽然笑吟吟地拉住柳吟的手："今日在朝上还多亏太子殿下，不然你大哥就不止被带到大理寺调查那么简单了。皇上如今受伤，朝中一些琐事都是交由殿下在处理，只要殿下不松口，那陆家定然无法对你哥怎样。"

闻言，柳吟的目光有些闪躲，不由自主地端过一旁的茶轻轻抿了一口。既然秦砚已经帮了忙，为何又要那样说？她还真以为大哥这次凶多吉少了。

"如今皇上要打压柳家的心思昭然若揭，我们只能依靠太子殿下。不过殿下对你爹的态度虽然有所好转，想法依旧让人猜不透。你如今也莫要管其他的，唯有诞下子嗣。如此一来，你的地位才算稳固了。"

张氏一脸凝重地说，又忽然想起什么，好奇地问道："对了，陆侧妃可有给你使绊子？"

没人比张氏更清楚女儿的性子，若不是有皇后在这儿看着，她还真不放心把女儿送进宫。

柳吟眨眨眼，双手绞在一起："这个……倒是听说她最近身子不好，好像时常请太医。我怀疑是姑母动的手，可刘嬷嬷不承认。不过我才不会管这些事，她前些日子还差点害了我一回，要不是刘嬷嬷眼尖，我这辈子怕是都不能生育了。"

都说这宫里连朵花都是带刺的，果然如此。这以后要是再多来几个，她岂不是就要成了别人上位的靶子。

“还有这事？真是岂有此理！”张氏皱着眉，一掌拍在桌上，面上带着怒意，“那陆家简直欺人太甚，就算我们柳家不比以往，也容不得人这般欺凌！”

居然使这种阴毒的手段，真是欺柳家无人！

柳吟就知道她娘会生气，她立刻拉住娘的胳膊劝道：“我这不是没事吗？而且还有刘嬷嬷在这儿呢。对了，爹爹可有说此次遇刺是谁做的？”

柳吟至今也没想明白是谁要杀自己，真是防不胜防。

话至此处，张氏往后看了一眼，凝眉道：“这些你不必管，朝中的事自有你爹爹处理。你如今只要早些诞下殿下子嗣，那我和你爹做梦都会笑醒。”

柳吟：“……”

就知道会是这样，连同皇后一起，所有人都盯着她的肚子！

虽然知道柳吟不爱听，可张氏还是念叨了小半个时辰。她还说要是再过一月没有动静，就要去给她寻方子，这不是小事，不能马虎。

柳吟好不容易把娘送走，整个人都松了一口气，感觉他们都没有想过一种可能，万一她生的是女儿怎么办？

而且如今秦砚还在生她的气，这次她感觉自己哄不好他了。

屋外不知何时又淅淅沥沥下起了小雨，柳吟的心情十分沉重。如今想来，秦砚从一开始就知道她是在逢场作戏，又何必与她计较这些？

刘嬷嬷又端着一碗补汤进来，柳吟还是老老实实一口气全部喝完。许是心不在焉，她完全喝不出汤的味道。

“您可是又与殿下闹脾气了？”

眼尖的刘嬷嬷一眼便看出柳吟的不对劲，柳吟似被看穿一般别过头去。她靠着软榻看书，闷声道：“我才没有，明明是殿下生我的气，又不是我的错。”

以前她说点好话就没事，可这次也不知道为什么，她突然有些说不出口，总觉得有点心虚，这大概就是昧着良心说话吧。

“恕老奴多嘴，从昨日西山回来至今，殿下便一直未曾休息。您就没想过去关心一下吗？”刘嬷嬷叹了一口气，也不知道该说这位小祖宗没心没肺还是什么。

柳吟的心一紧，脸色微变。她之前问过，对方说昨夜休息过了，原来是一直忙到现在？

“老奴也是看着殿下长大的，殿下性子一向内敛，哪怕与皇后娘娘也算不上多亲近，只能算是敬重，对您却是实打实的包容。有很多事老奴不方便说，但您自己也该想想。其实老奴一直都没感觉到您对殿下的喜欢，只是一直不好说。至少在老奴眼中，殿下从未亏待过您。”

这番话刘嬷嬷一直想说，可她曾经也是看着这位太子妃一直追着殿下跑。可最近她才发现，事情好像并不是如此，真正的喜爱是放在心里的，并不是嘴上说说而已。太子殿下虽然嘴上不说，但处处都想着太子妃，平日里还会过问太子妃的吃食，并时常让厨房送滋补的药膳。

屋外的细雨飘落至窗台，柳吟垂着头并未说话，心里乱成一锅粥。现在想想，她好像一直都在索求别人的帮忙，从来也只会在嘴上说说漂亮话，对方却一桩一件帮了她许多。

那他为什么还要对自己这么好呢？

刘嬷嬷轻叹一声，转身就往屋外走。有些事，她们这些做奴才的也掺和不了。

“等一下。”

刘嬷嬷脚步一顿，顿时回头望去，只见软榻上的人忽然跳下来，拿过一件披风：“你与我去厨房一趟。”

刘嬷嬷愣了一下，顿时笑着替柳吟打开门，又赶紧让细云拿把伞来。虽然太子妃不会做饭，但走走过场也算是一番心意了。

柳吟记得秦砚好像喜欢吃青菜，当然，她也不会做什么复杂的菜式。以前每次惹爹娘生气，她都会去做点小点心哄他们开心，渐渐地，她也学会了几道菜。

柳吟来到厨房后，那些宫人看到她都大吃一惊，她立刻让宫人们给自己腾出一个地方来。

刘嬷嬷还想着在一旁指点她一下，却发现她似乎懂厨艺，只是有些像小菜，没有什么复杂的工序，做得倒是有模有样的。

柳吟好久都没下厨了，也不知道味道怎么样，反正比起那些宫里的大厨，她这些根本上不得台面。

柳吟提着食盒，有些忐忑地来到书房外。不知为何，看着那道紧闭的房门，她忽然有些怯懦。她撑着伞站在绵绵细雨中，神情复杂。

看到院子外的人，小禄子顿时眼前一亮，冒雨迎过去："太子妃是来给殿下送膳食的吗？"

殿下今日心情不好，他自然能感觉出来。

天色渐暗，柳吟张张嘴，面上带着犹疑，最后还是慢慢把食盒递过去："还是……你送进去吧。"

柳吟一直以为自己胆子很大，可如今看来，她似乎高看了自己。

"这……"小禄子也不知道柳吟是什么意思，慢慢侧过身，"您还是自己送进去吧，奴才送，就不是这个意思了。"

殿下对太子妃的好只有他这个做奴才的才知道，偏偏太子妃身在福中不知福。

柳吟瞥了他一眼，深吸一口气，迈着小步来到书房前。屋里燃着烛火，她抬手覆上房门，顿了一下才慢慢推开。

屋里很安静，秦砚依旧坐在公文堆积如山的书桌前，脸色没有任何情绪。一想到对方一天一夜没有休息，柳吟心里有些愧疚，她应该早些劝他休息的。

柳吟关上房门，把食盒放在圆桌上，再一步一步走到书桌旁。他肯定知道她来了。

"太子哥哥……"

柳吟轻轻唤了一声，扭捏地行至他身后，神情怪异地走来走去："我知道我不该只想着柳家，只是今日我太担心了。"

秦砚像是没有察觉到她的到来，依旧提笔在公文上批阅着，神情淡漠。

“我承认，一直以来我都误会了你。那是因为你以前那么讨厌我，所以我以为你对我好只是因为姑母。”

柳吟似乎也不需要回应，红着脸来回踱步，低着头，声音轻细：“我也一直以为爹爹他们才是最重要的，可是……”

“可是……我发现太子哥哥好像一直在我心里。”

不知从何时开始，比起爹娘和姑母，她更习惯依赖眼前人。

柳吟轻细的声音在寂静的书房里响起，她不敢抬头，自顾自地在那里念叨：“我不想殿下有其他妃子，哪怕知道这些只是我的妄想。所以我只能假装不在意，渐渐地，我也以为自己真的不在意了。我不知道这是一种什么感觉，只知道看到殿下回去救父皇时，我会担心，我不想你出事。可我又告诉自己只是逢场作戏，不能当真。”

说着说着，柳吟看了一眼一直没有动静的秦砚，神情逐渐认真起来：“柳家虽然重要，可以后我也会把殿下看得同样重要。”

没有得到回应，柳吟有些失落地低下头：“桌上是我自己做的菜，虽然味道不怎么好，殿下……将就着吃吧。”

说罢，柳吟便盯着脚下一步一步往屋外走，直到胳膊突然被人拽住，她骤然跌入他的怀抱，即使低着头心跳也骤然加快。

“看着本宫再说一遍。”秦砚的声音低沉。

柳吟咬着下嘴唇，慢慢地抬起头，对上他的双眸，一张小脸通红：“我……我喜欢太子哥哥。”

秦砚的目光一暗，大手握住她的后脖颈，嘴角勾起一个小小的弧度：“油嘴滑舌。”

柳吟感觉腰间的手一紧，她眨眨眼，慢慢伸手抱住秦砚的胳膊，忽然仰起小脑袋，声音轻细：“那……太子哥哥喜欢我吗？”

【上册完】

后记

写这本小说的时候收到了很多读者的疑问，我能理解他们的想法，也反思过这样的设定是否合理，是否能让人接受，最终我还是坚持自己的想法。

很多人都好奇秦砚为什么对柳吟的态度突然发生了转变，他是什么时候开始喜欢柳吟的，为什么秦砚的心理活动那么少，他到底在想什么？

秦砚的性格非常内敛，很少表现出自己的喜怒哀乐，这和他从小生长的环境有关。不管喜欢与否，他都不会刻意表现出来，包括喜欢柳吟。

从一开始他就知道自己未来的太子妃会是柳吟，这是皇帝安抚柳家的一步棋。可从皇帝给柳吟下绝育药的事情就能看出，若秦砚成亲前对柳吟展露半分示好，皇帝都不会容忍柳吟的存在，所以他的冷漠是在变相保护柳吟。

只是他自己从来不承认，直到柳吟长大，身边爱慕柳吟的异性多了起来，他才不得不正视自己的内心。

很多东西我写得都比较隐晦，挑破便也就失去了那份懵懂与美好。

东宫里就连皇后都插不进人手，为何柳吟每次都能准确无误地打听到太子的行踪？

柳吟不明白，可皇后明白，所以才会一次次地试探。只是试探无果。

身在其位，受万众瞩目，稍有差池便会酿出大祸，所以养成秦砚这种内敛的性子，他的内心和他的性格一样，都是淡淡的，没有跌宕起伏，内心戏也并不丰富。

有人说，秦砚对柳吟的感情表现得太含蓄。这是他的性格，是他表达的一种方式。他不可能跟恋爱脑一样每天跟在柳吟后面谈情说爱，他有自己的责任。

秦砚和柳吟的性格其实很互补，秦砚嘴上虽然不说，但一直在用自己的方式保护柳吟。柳吟嘴上油腔滑调，但在感情上，她才是不懂表达的那一个。

柳吟进书房秦砚都未曾避讳她，其实这也是一种试探。

每次叫她小奸细，秦砚并不是在开玩笑，也知道皇后和柳家的密谋。他想看看柳吟会如何选择，也知道柳家在她心里是什么位置，所以对于她毫无理由地替柳霖求情才会那么生气。

秦砚以为柳吟心里只有柳家，他以为自己自始至终都是孤家寡人一个。

其实柳吟的想法很简单，但她的立场最难。至于柳吟在柳家和秦砚之间会如何选择，后面会写。

有人说柳吟根本不聪明，秦砚为什么会喜欢她？

两个人的出生环境看似相同，都是荣华富贵，其实恰恰相反。秦砚从小就没有任何可以信任的人，无论多少危险都需要自己承担，凡事都要算计。

但柳吟不同，父母和姑母将所有黑暗屏蔽在外，她从来不用去争斗，也不用去尔虞我诈，有什么不满都直接说出来，这份坦率是很多人缺乏的。

她也想替家族出力，所以纵然知道秦砚不喜欢她，也装着很喜欢秦砚的样子，因为她知道自己迟早会嫁入东宫。

哪怕秦砚对她很好，她也不敢敞开心扉。秦砚都知道，所以一直在等。

明月知我心，唯卿不识意。

其实柳吟已经在慢慢心动，太子哥哥一直期待的孩子也很快就要来啦！